喜劇站前虐殺

駕籠真太郎

喜劇站前虐殺・目錄

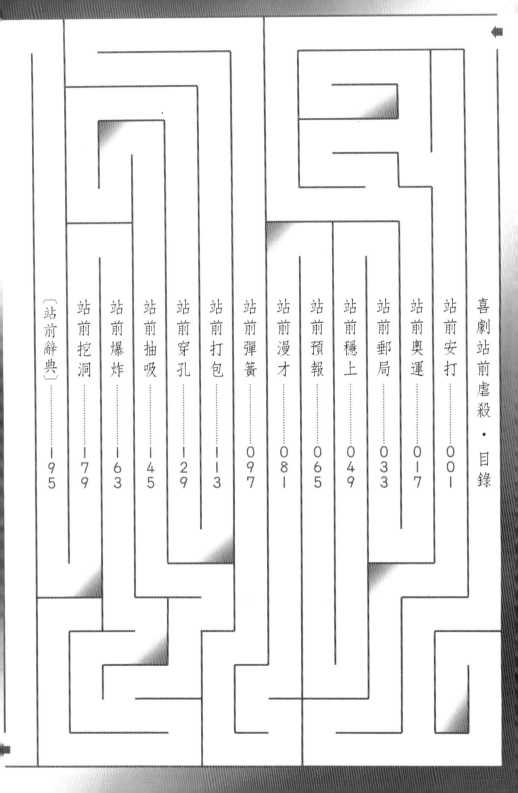

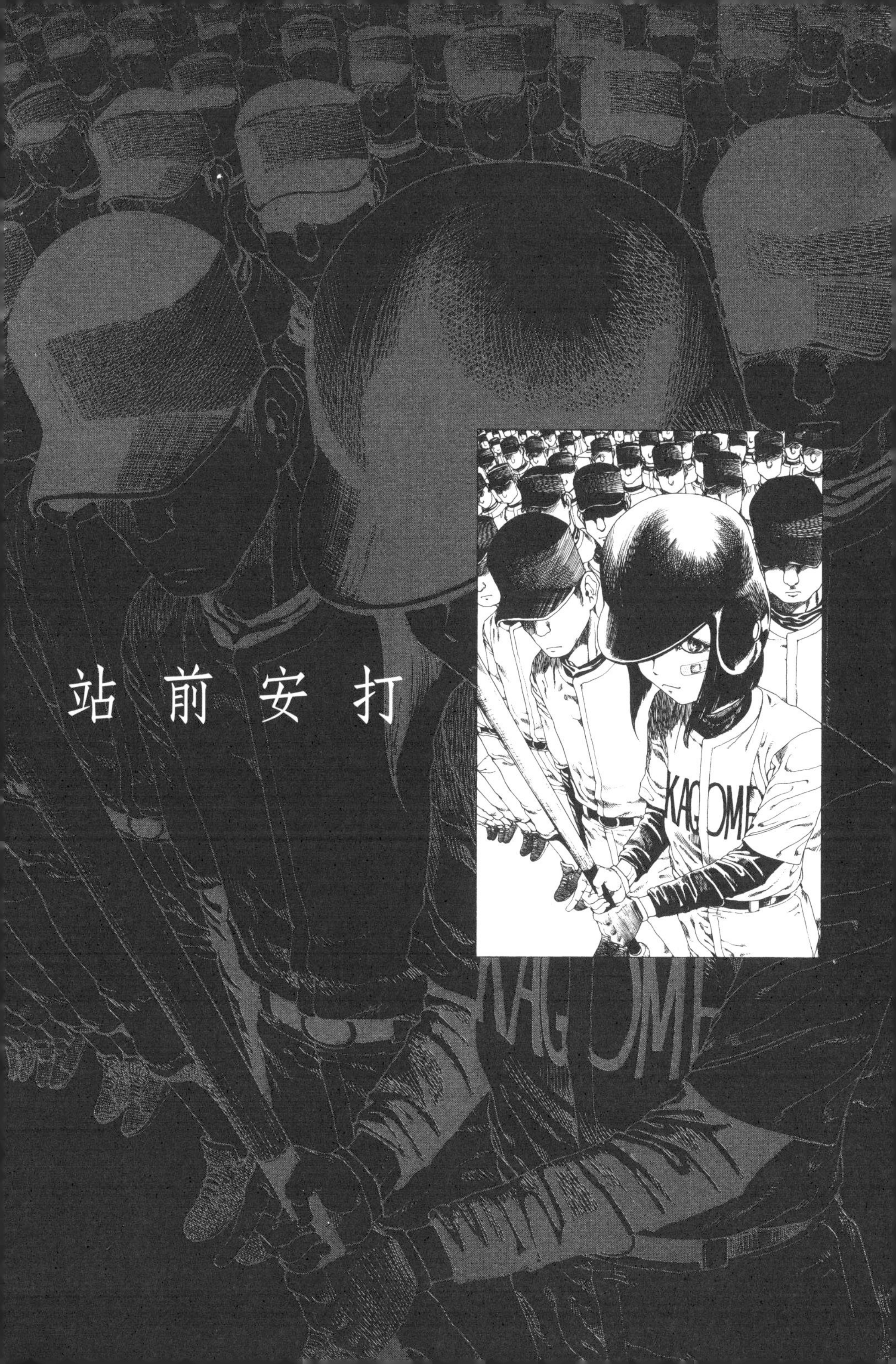
站前安打
KAGOME

咻
嗡
不行了！我果然已經……
二郎先生!!
你不能輸！要戰勝自己啊！
不！我已經完蛋了啊，小忍。
你昨天有看巨人隊的比賽嗎？
王貞治那支滿壘全壘打真是了不起！
腰扭得超棒！
這是怎樣？

啊，對喔，甲子園大會今天開打。
太好了！今天翹班吧！
隆隆隆—
叭叭—
パパー
隆隆隆
叭叭
隆隆隆
嗶—
喀啦
喀啦
喀啦

呀——
喀啦
喀啦
喀啦
高中
高中
鏘—
啪
啪沙
噗渣
咻咻咻

噗咻
喀哩
咚咚

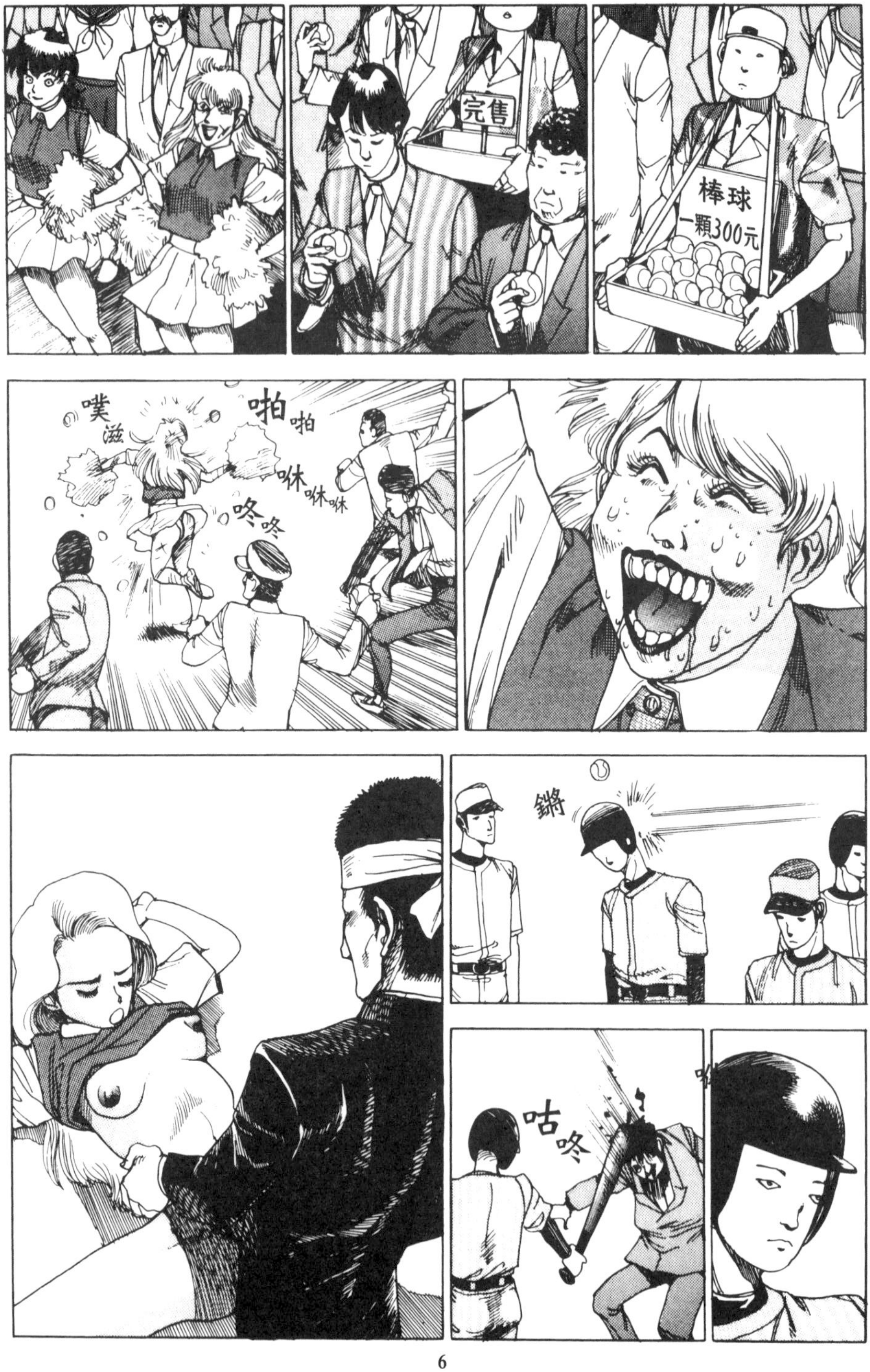
棒球
一顆300元
完售
啪
啪
噗滋
咻
咻咻
咚咚
鏘
咕咚

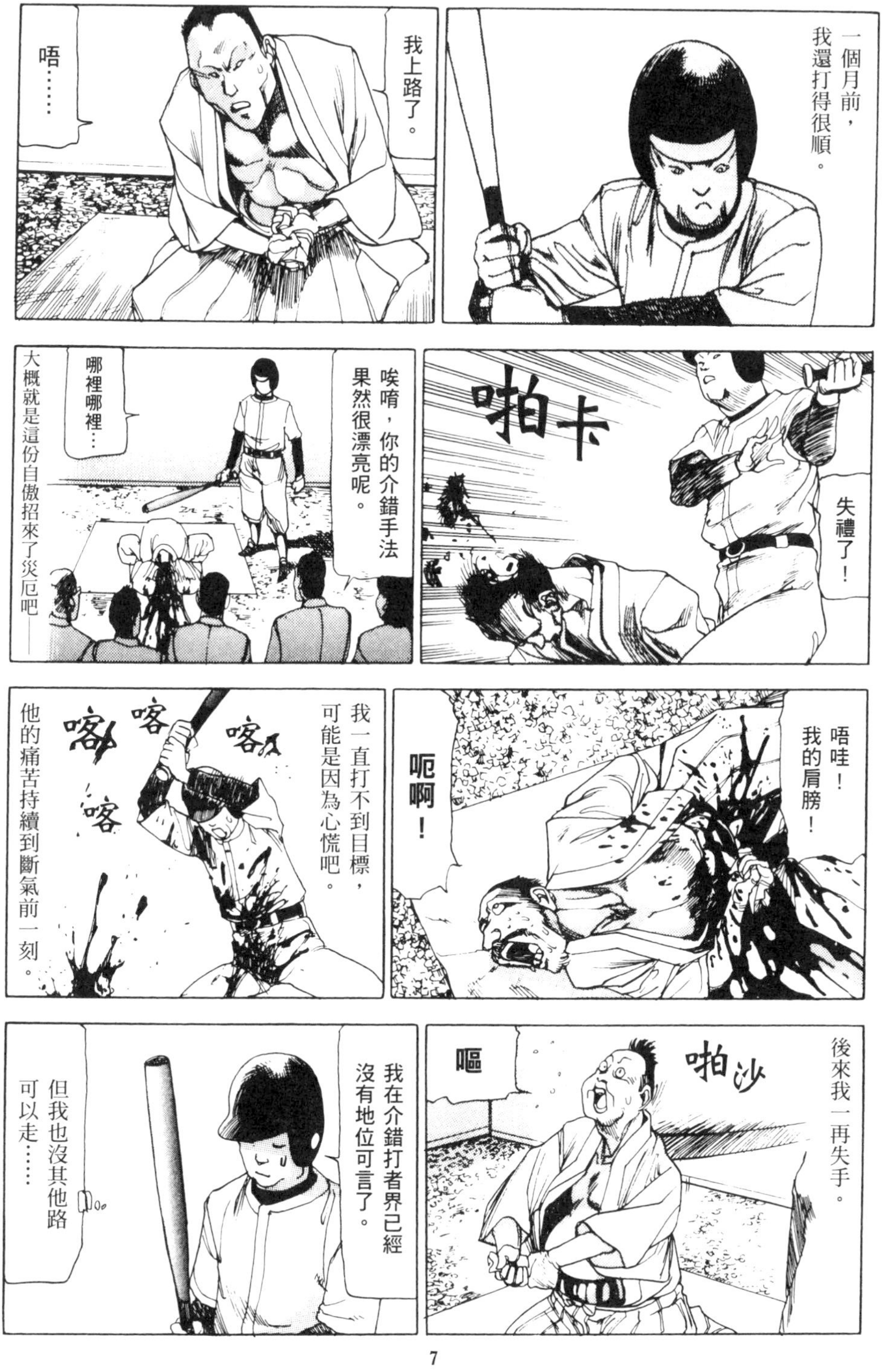
一個月前，我還打得很順。
我上路了。
唔……
啪卡
失禮了！
唉唷，你的介錯手法果然很漂亮呢。
哪裡哪裡…
大概就是這份自傲招來了災厄吧——
唔哇！我的肩膀！
呃啊！
我一直打不到目標，可能是因為心慌吧。
喀喀喀喀喀
他的痛苦持續到斷氣前一刻。
後來我一再失手。
啪沙
嘔
我在介錯打者界已經沒有地位可言了。
但我也沒其他路可以走……

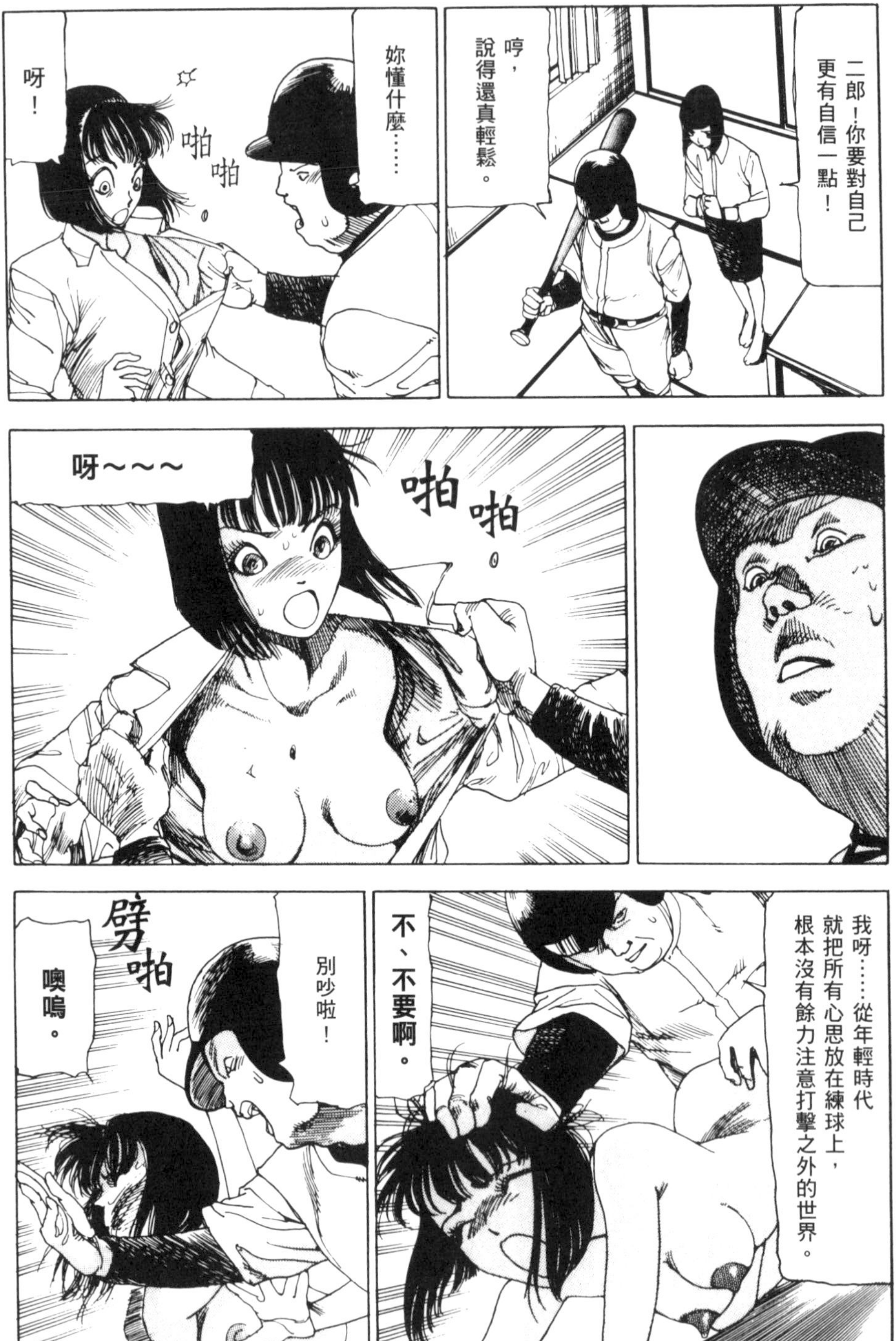
二郎！你要對自己更有自信一點！
哼，說得還真輕鬆。
妳懂什麼……
啪 啪
呀！
呀～～～
啪 啪
我呀……從年輕時代就把所有心思放在練球上，根本沒有餘力注意打擊之外的世界。
不、不要啊。
別吵啦！
劈啪
噢嗚。

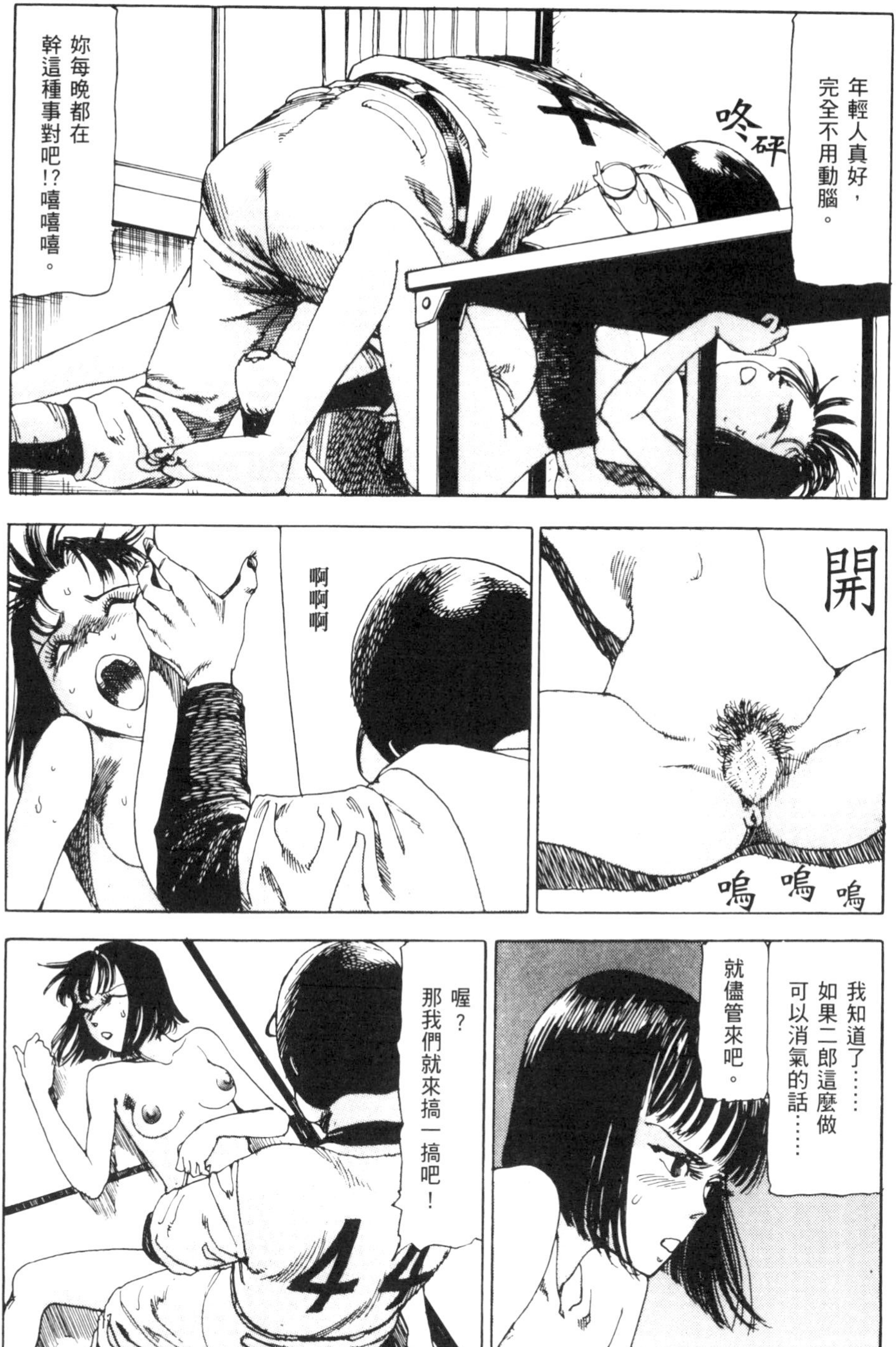
年輕人真好，完全不用動腦。
咚砰
妳每晚都在幹這種事對吧!?嘻嘻嘻。
開
嗚嗚嗚
啊啊啊
我知道了……如果二郎這麼做可以消氣的話……
就儘管來吧。
喔？那我們就來搞一搞吧！

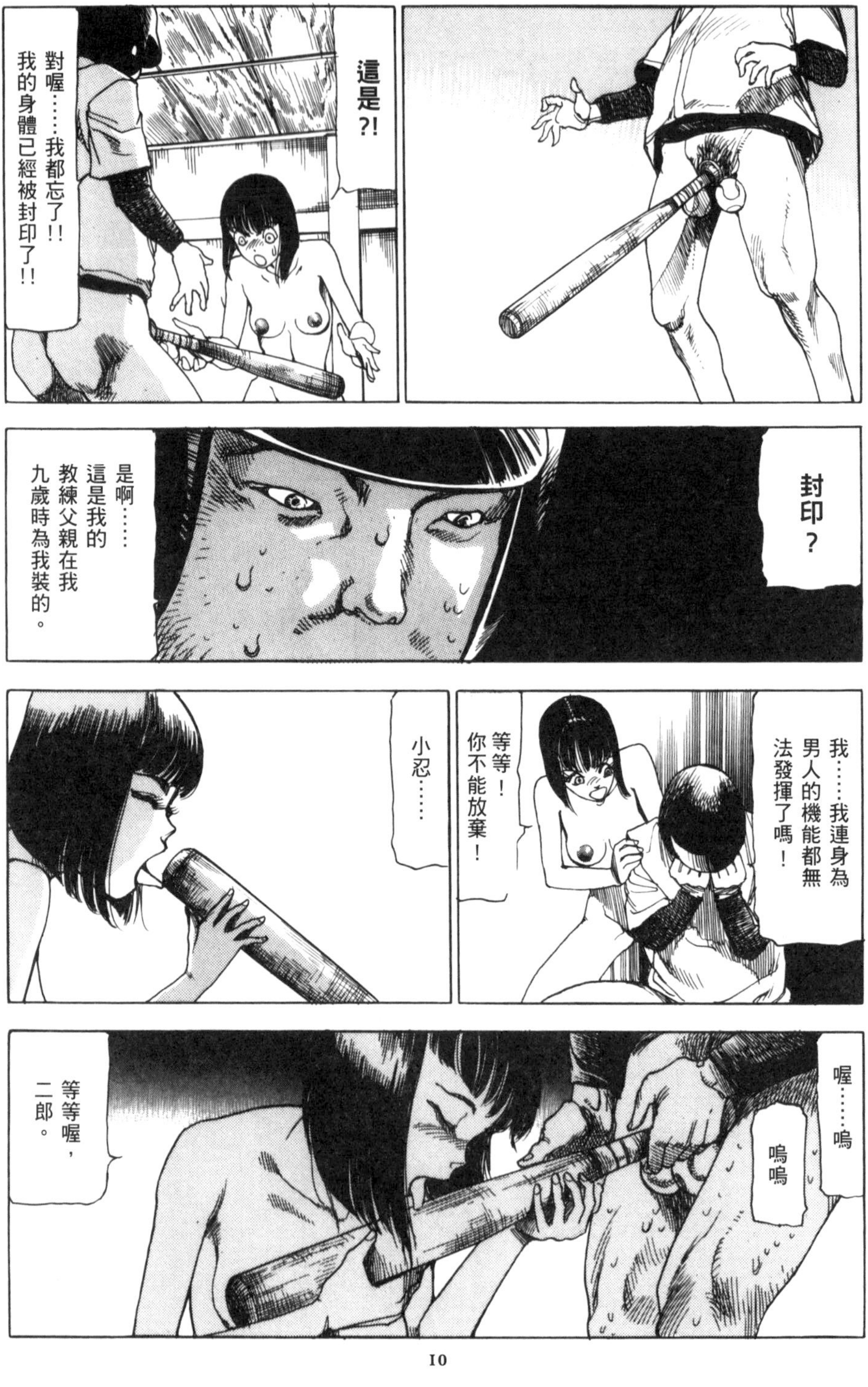
這是?!
對喔……我都忘了!!
我的身體已經被封印了!!
封印?
是啊……
這是我的
教練父親在我
九歲時為我裝的。
我……我連身為
男人的機能都無
法發揮了嗎!
等等!
你不能放棄!
小忍……
喔……嗚
嗚嗚
等等喔,
二郎。

不可能啦。這玩意兒……進不去啦！
你就是個性太軟弱才會這麼慘！快，一股作氣推進來！
那…我要放進去囉……
咕啾
唔。
呃呃呃呃呃。
唔唔唔唔唔。
嘰嘰嘰
嘰
!!
我辦不到！我果然不夠格當人，也不夠格當男人啊！
砰
二郎!!

西船橋——
西船橋——
讓孝夫升學是不會錯的。
反觀弟弟政夫，他成績怎麼會爛成這樣呢。
到底是遺傳到誰啊？
沒收他的電視，讓他去補習好了。
找得到優質的補習班嗎？

都是妳把他寵壞了。
又怪我。
是他小學時代的班導不對——那個人不該採取放任主義啦。
政夫，你在幹啥？明天有考試吧？
鏗——鏘
媽，我宵夜想吃鍋燒烏龍麵喔。
燥——
燥——
燥——
燥——
燥——

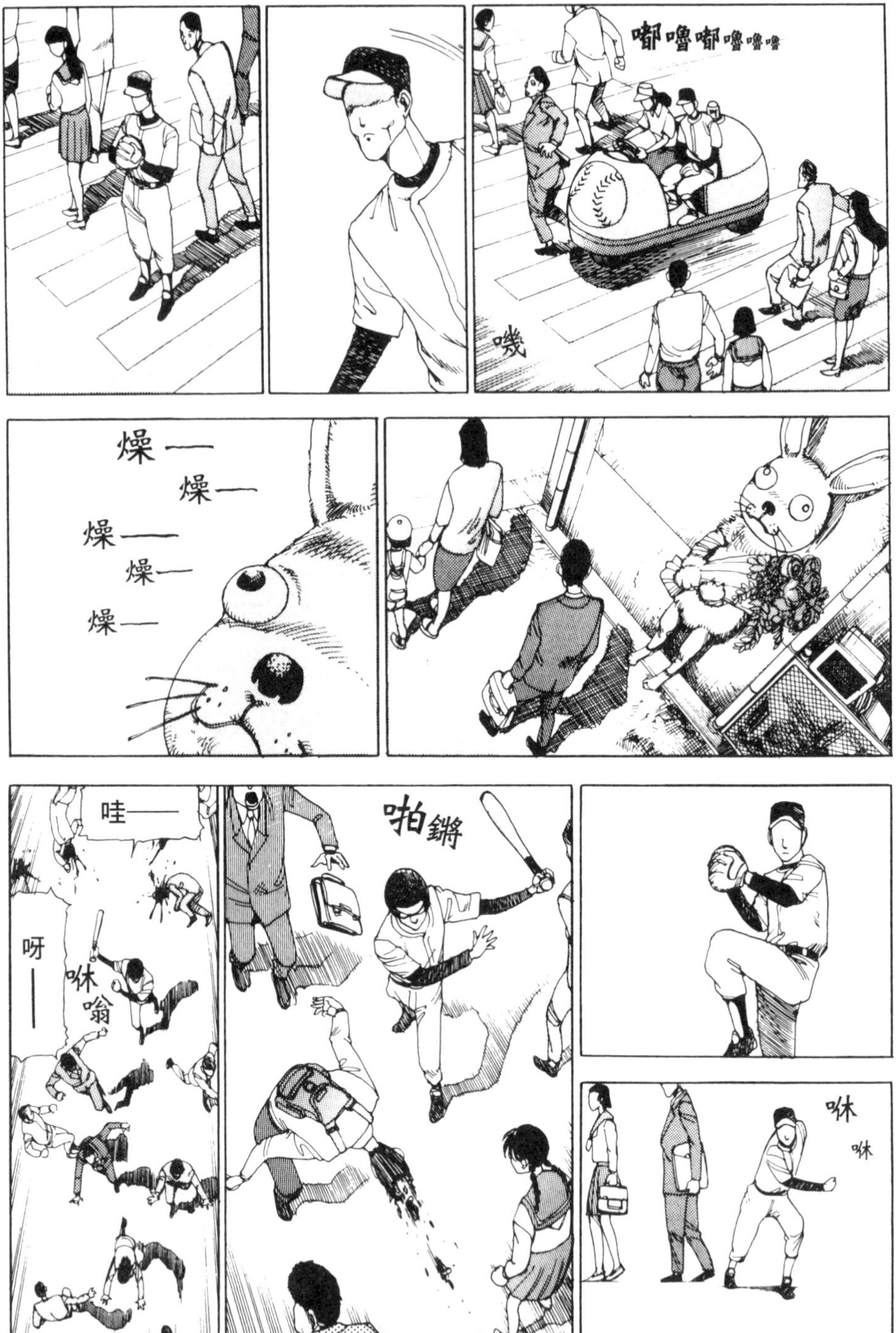
嘟嚕嘟嚕嚕嚕
嘰
燥——
燥——
燥——
燥——
燥——
咻
咻
啪鏘
哇——
呀——
咻嗡

燥一
燥一
燥一
卡恰
呼……
!!
小忍?!
啊…你回來了…二郎……
妳、妳切腹了嗎？為什麼要幹這種蠢事?!
我不要緊的。
別管那麼多了，快幫我介錯！
嚇……
別傻了，現在的我才辦不到…
說那什麼話？別討拍啦！
人家是正在受苦的切腹少女耶！你要冷眼旁觀嗎？

啊……快一點。
拜託你……了
我知道了……我試試。
快回想起來吧……想起當年修練時那份純粹的心情。
喝——
成……成功了！我成功啦小忍！
謝謝妳，真是多虧有妳啊！
啵喀
唔。
四 五 六 七 八
6 0 1 2
1 2 4 1
啪噠

站前奧運

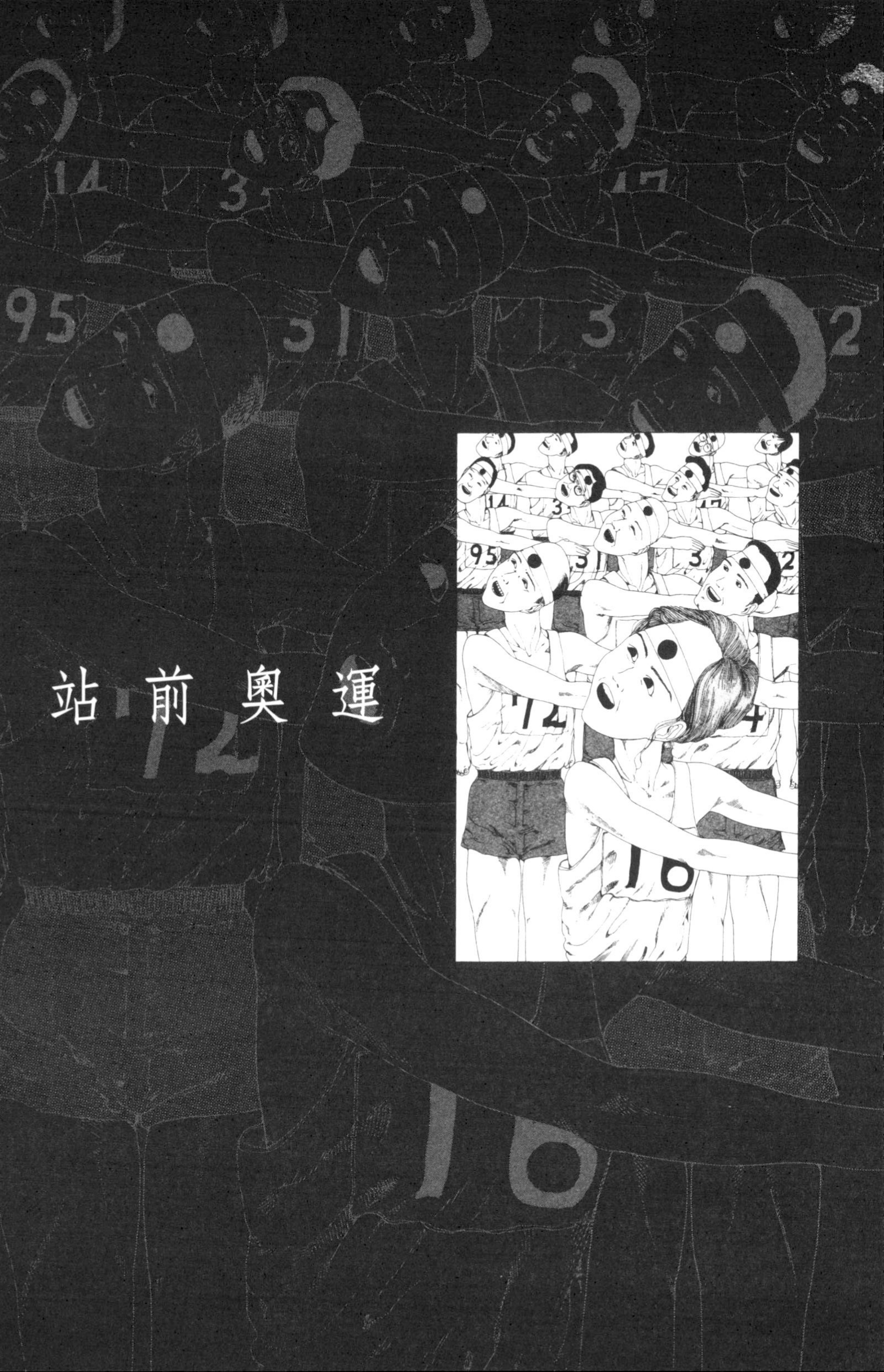

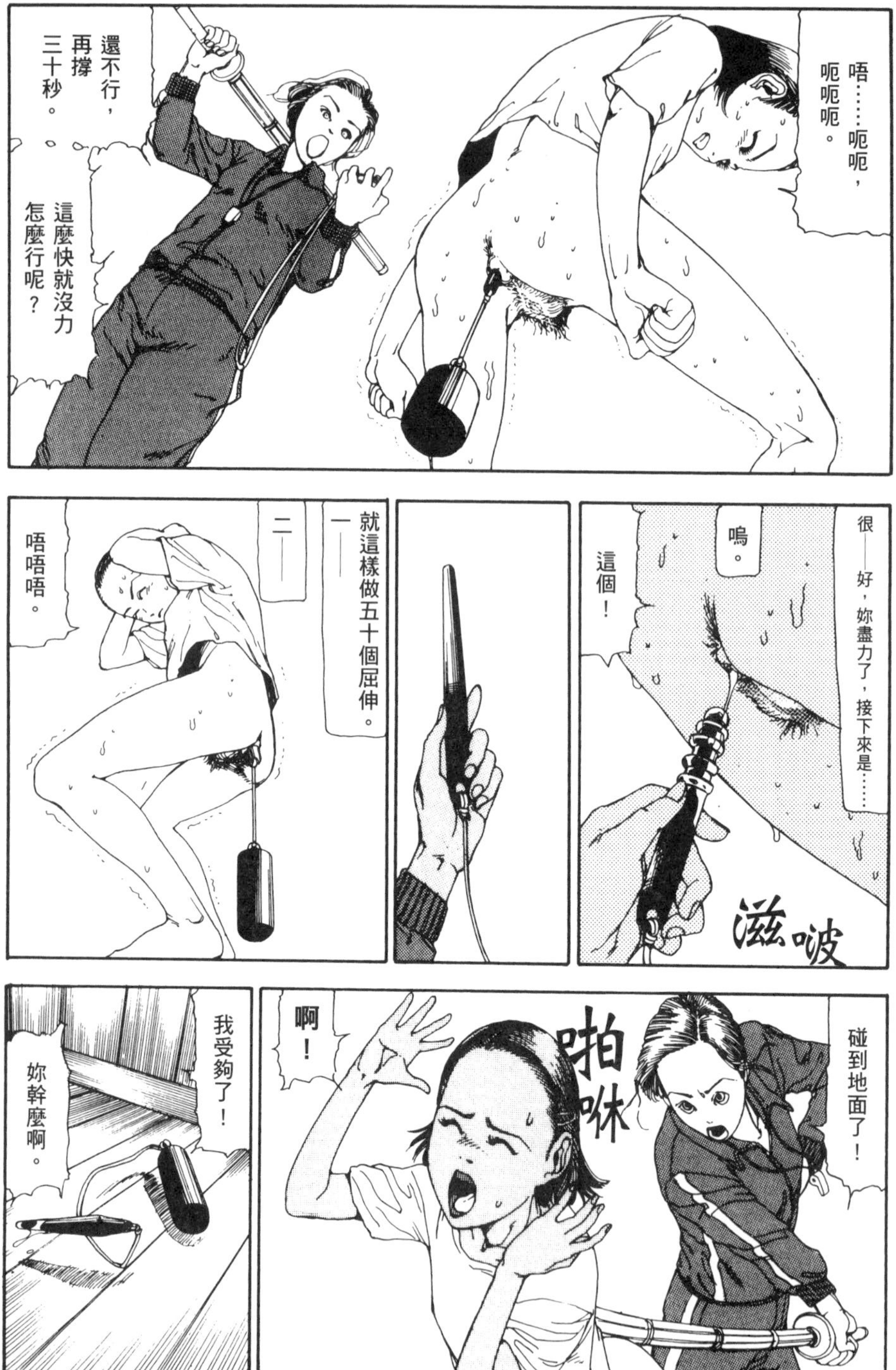
唔……呃呃，呃呃呃。
還不行，再撐三十秒。
這麼快就沒力怎麼行呢？
很——好，妳盡力了，接下來是……
嗚。
這個！
滋啵
就這樣做五十個屈伸。
一——
二——
唔唔唔。
碰到地面了！
啪咻
啊！
我受夠了！
妳幹麼啊。

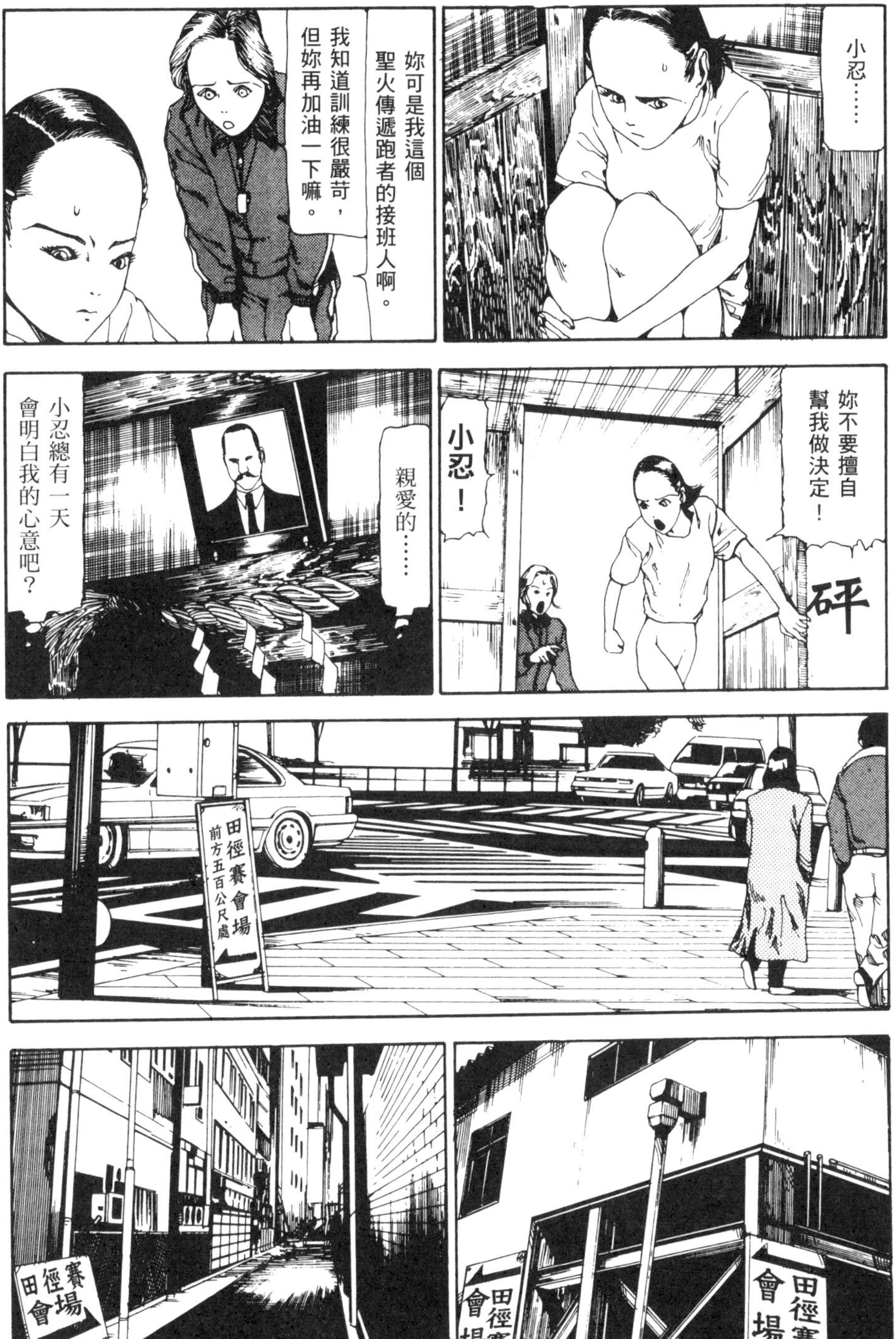
小忍……
妳可是我這個聖火傳遞跑者的接班人啊。
我知道訓練很嚴苛，但妳再加油一下嘛。
妳不要擅自幫我做決定！
小忍！
砰
親愛的……
小忍總有一天會明白我的心意吧？
田徑賽會場
前方五百公尺處
田徑賽會場
田徑賽會場
田徑賽會場

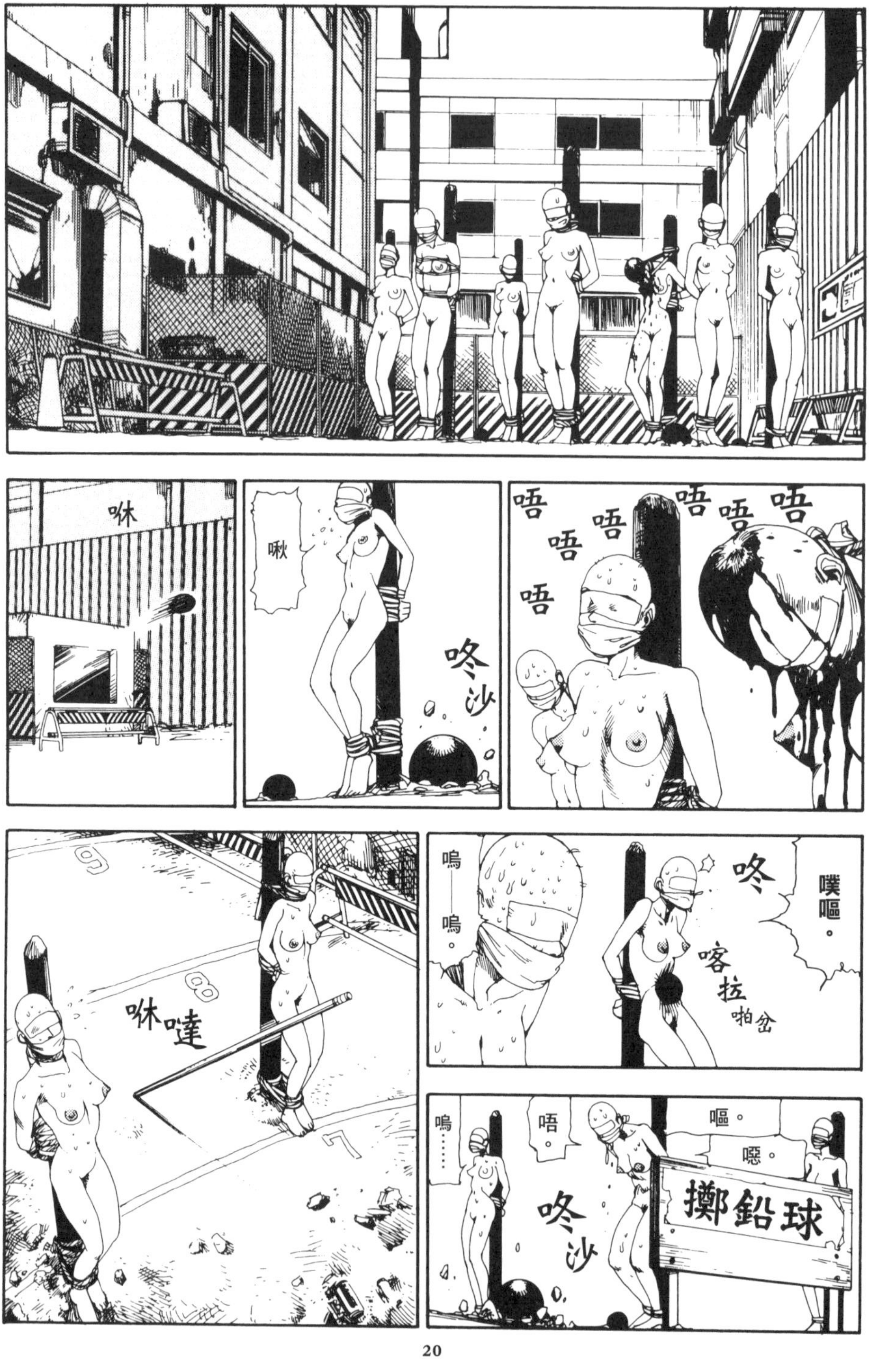
唔唔唔唔唔唔唔唔
啾
咚沙
咻
噗嘔。
咚
喀拉
啪岔
嗚—嗚。
嘔。
嗯。
擲鉛球
唔
嗚……
咚沙
咻噠

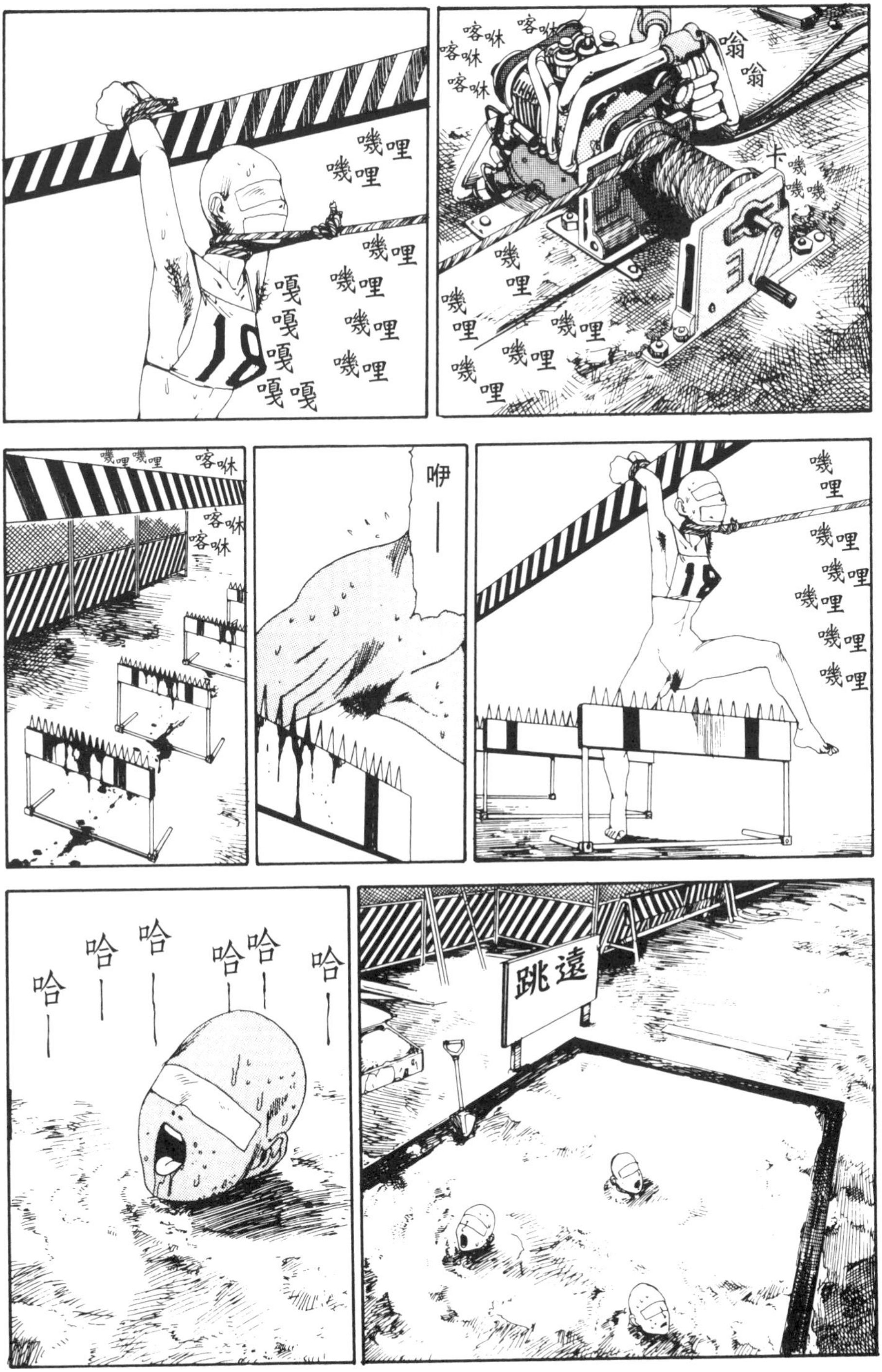

喀咻
喀咻
喀咻
喀咻
嗡嗡
卡嘰嘰嘰
嘰哩
嘰哩
嘰哩
嘰哩
嘰哩
嘰哩
嘰哩
嘰哩
嘰哩
嘰哩
嘎嘎嘎嘎嘎
嘰哩嘰哩
喀咻
喀咻
喀咻
咿——
嘰哩
嘰哩
嘰哩
嘰哩
嘰哩
嘰哩
哈——
哈——
哈——
哈——
哈——
哈——
跳遠

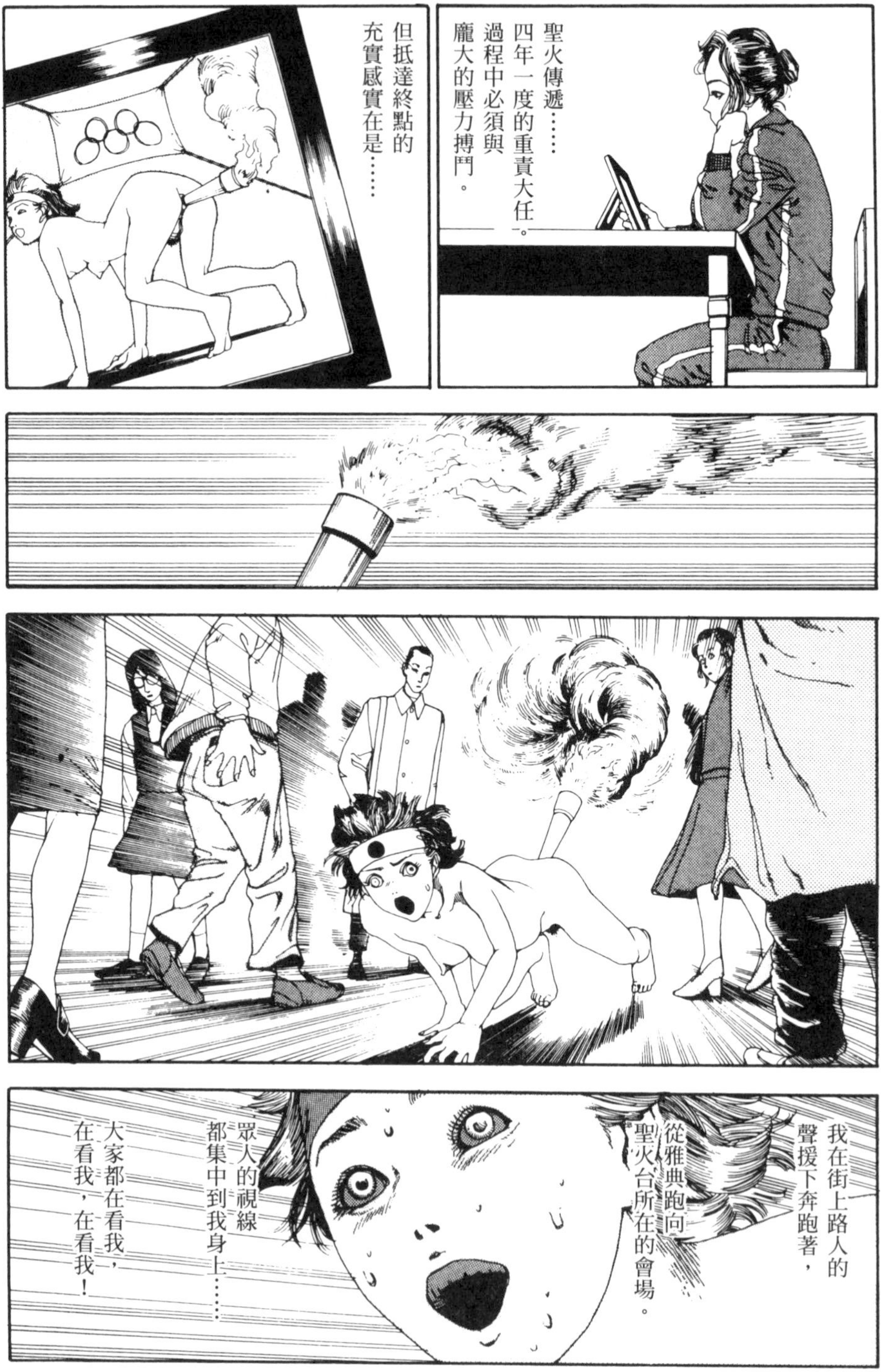
聖火傳遞……四年一度的重責大任。過程中必須與龐大的壓力搏鬥。
但抵達終點的充實感實在是……
我在街上路人的聲援下奔跑著，
從雅典跑向聖火台所在的會場。
眾人的視線都集中到我身上……
大家都在看我，在看我，在看我！

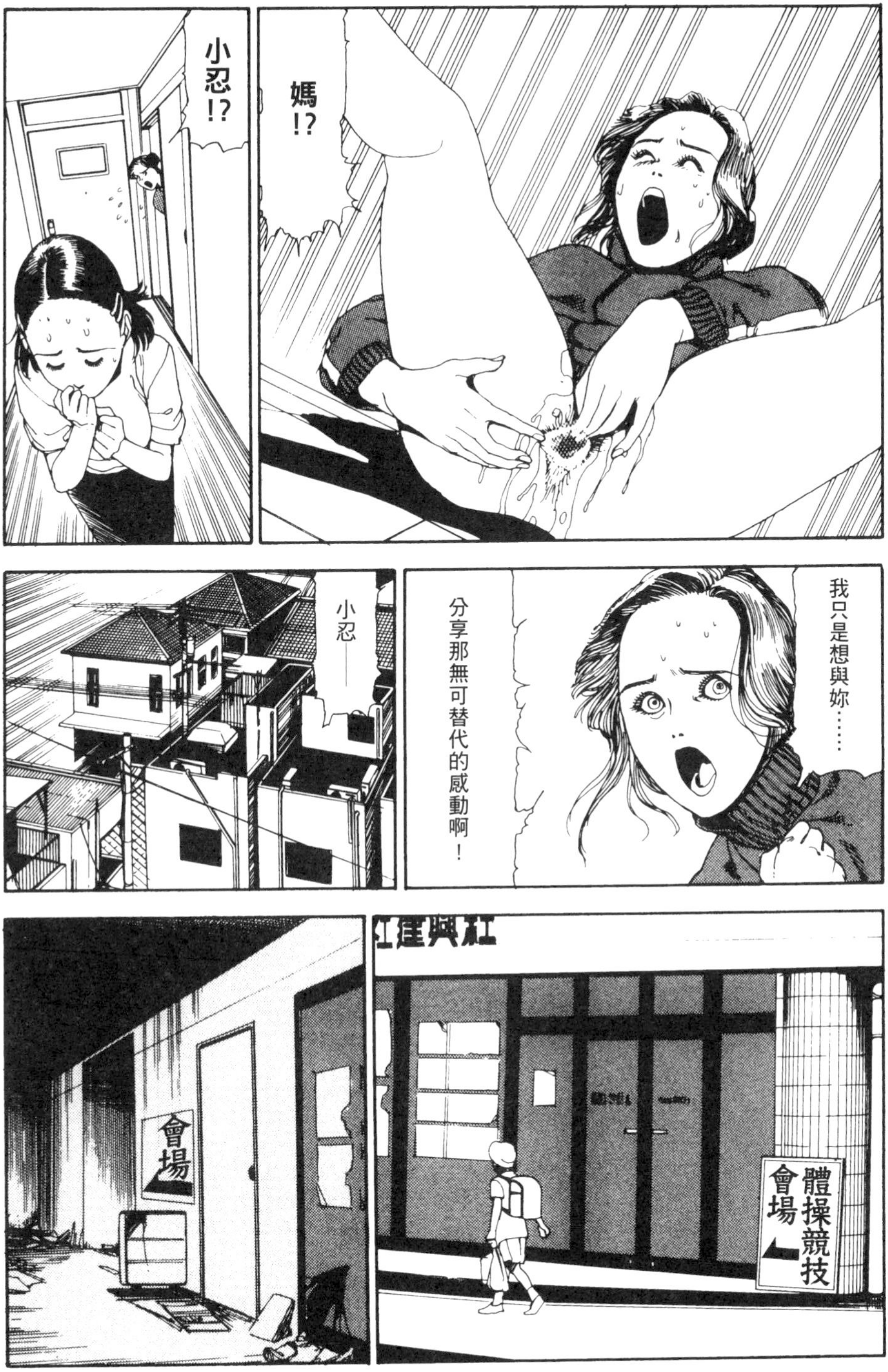
媽!?
小忍!?
我只是想與妳……
分享那無可替代的感動啊！
小忍——
體操競技會場
會場

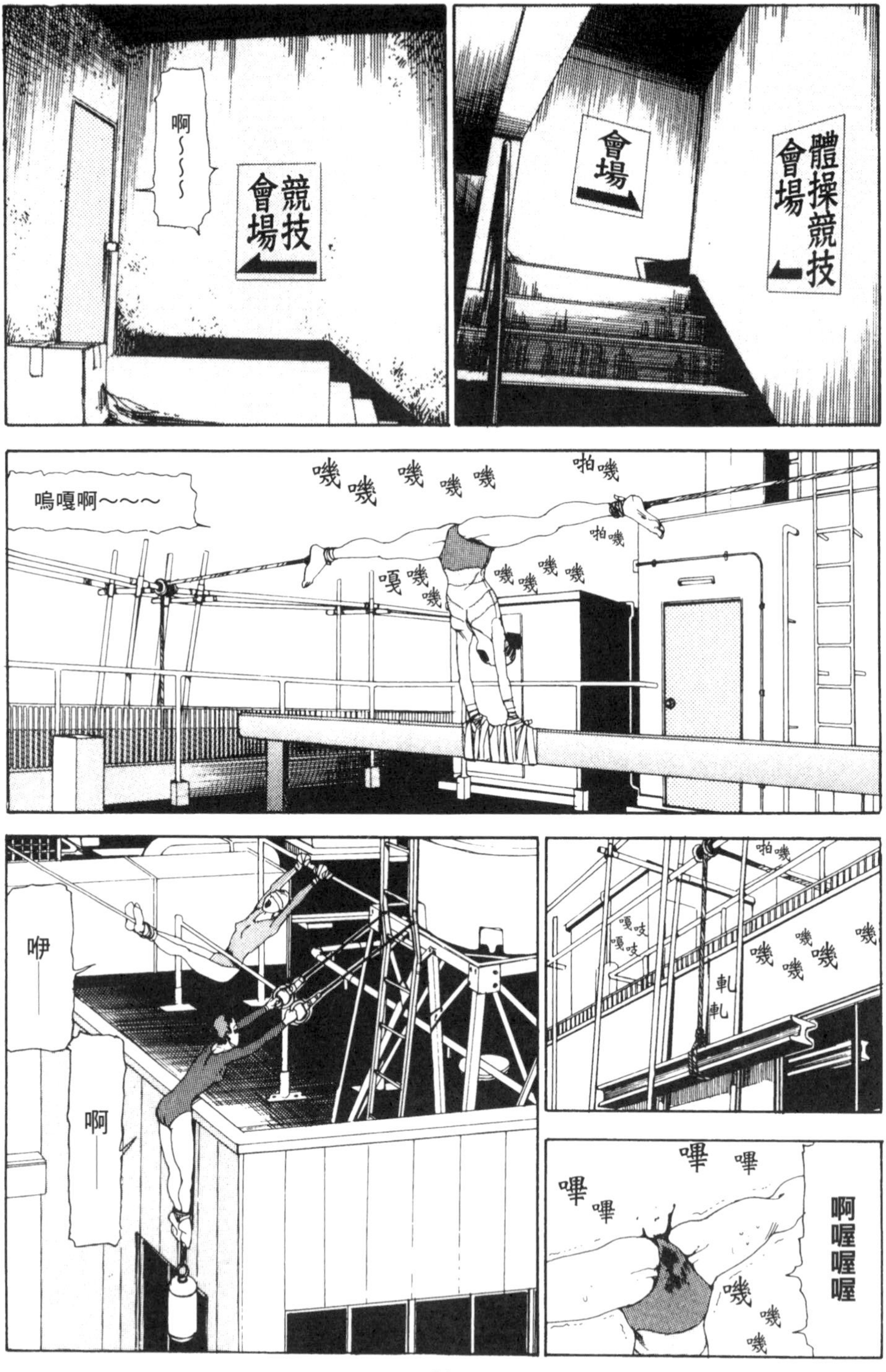

體操競技
會場
會場
啊～～～
競技
會場
嗚嘎啊～～～
噝噝噝噝噝
啪噝
啪噝
嘎噝噝
噝噝噝噝
啪噝
嘎吱
嘎吱
噝噝噝噝噝噝
軋軋
咿—
啊—
啊喔喔喔
嗶嗶嗶嗶
噝噝噝

新體操會場
咚隆
唔。
唔……咳咳。
喀拉喀拉
鏗
啊嗚。
妳媽在擔心妳耶。
沒關係啦。

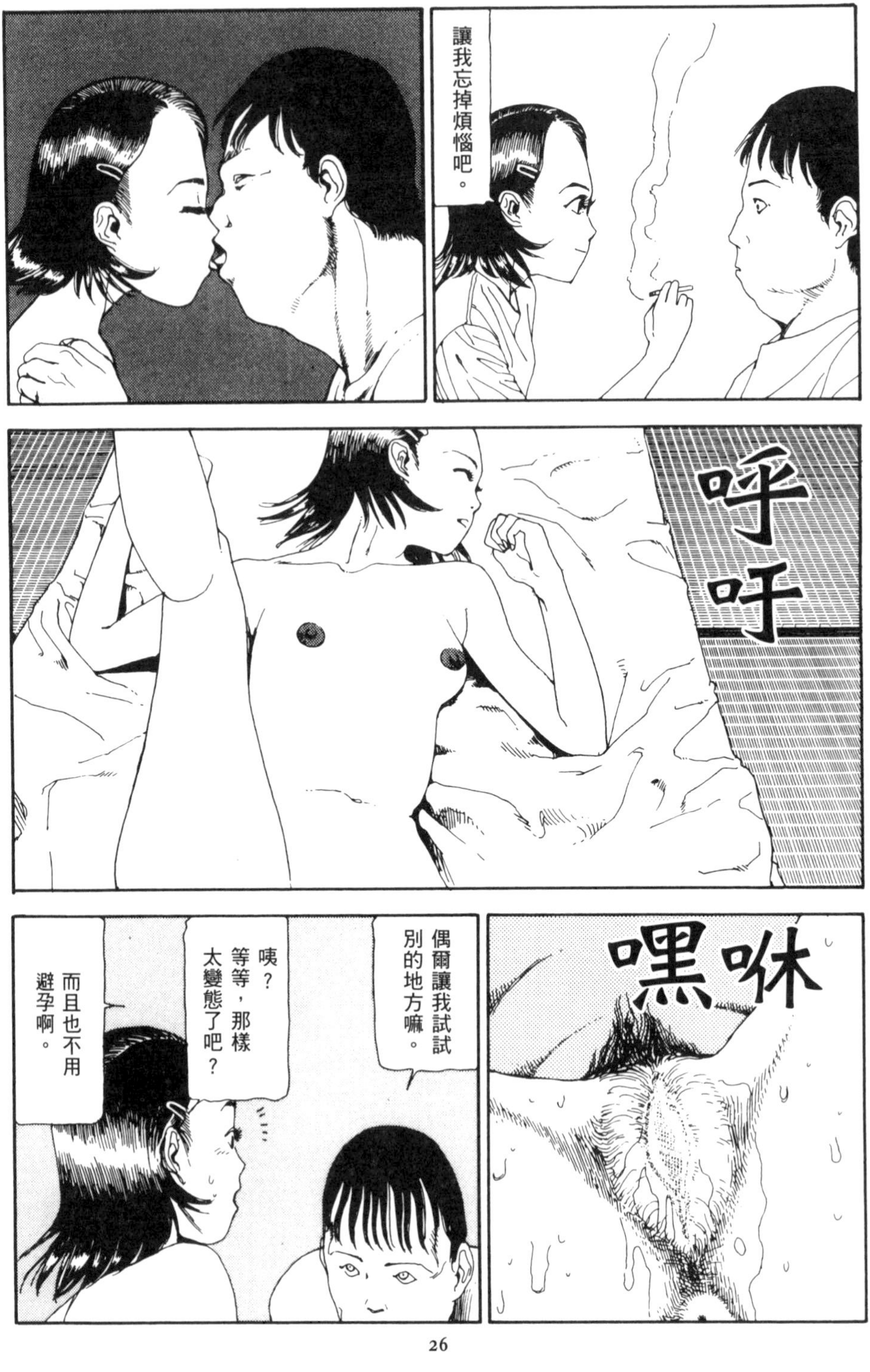
讓我忘掉煩惱吧。
呼呀
嘿咻
偶爾讓我試試別的地方嘛。
咦？等等，那樣太變態了吧？
而且也不用避孕啊。

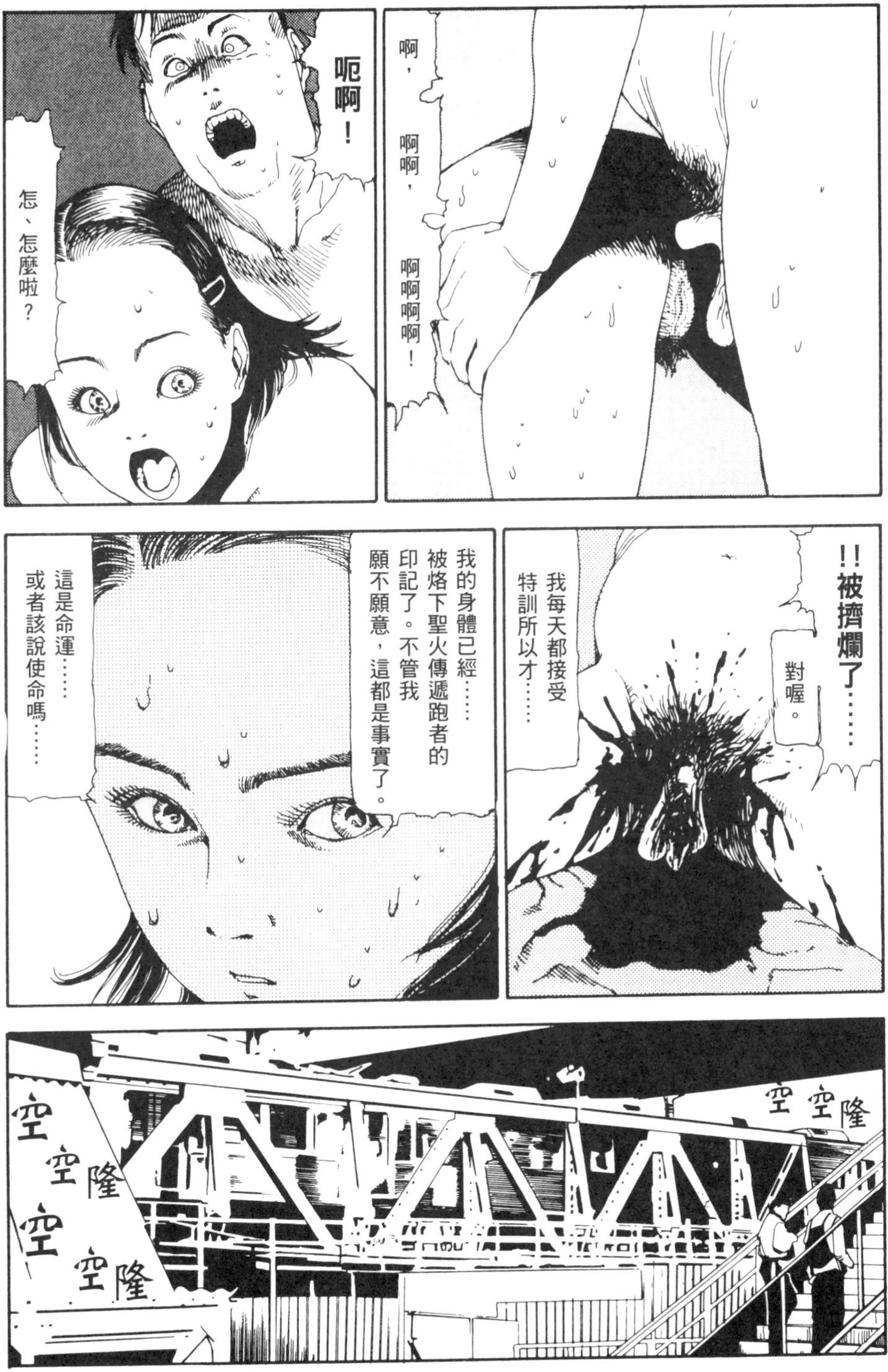
啊，啊啊，啊啊啊啊！
呃啊！
怎、怎麼啦？
!!被擠爛了……
對喔。
我每天都接受特訓所以才……
我的身體已經……被烙下聖火傳遞跑者的印記了。不管我願不願意，這都是事實了。
這是命運……或者該說使命嗎……
空空隆
空空隆
空空隆

游泳競技會場
封鎖
嗚嗚嗚唔唔——嗚嗚嗚嗚
唔唔唔——
嗚嗚嗚
唔唔
嗚嗚
唔唔
嗚嗚嗚
嗚嗚嗚
唔唔唔
唔
嗚嗚
嗚嗚
嗚嗚
唔唔
咳
咚唰

咿
刺
嗡
嗡
嗡
唔…
女子跳水
競技會場
嘰
嘰
嘰
嘰
嘰
嘰
嘰
嘰
嘰
嘰
嘰
嘰
嘰
嘰
嗚
嗚
嗚
唔
唔
唔
噁
嗚

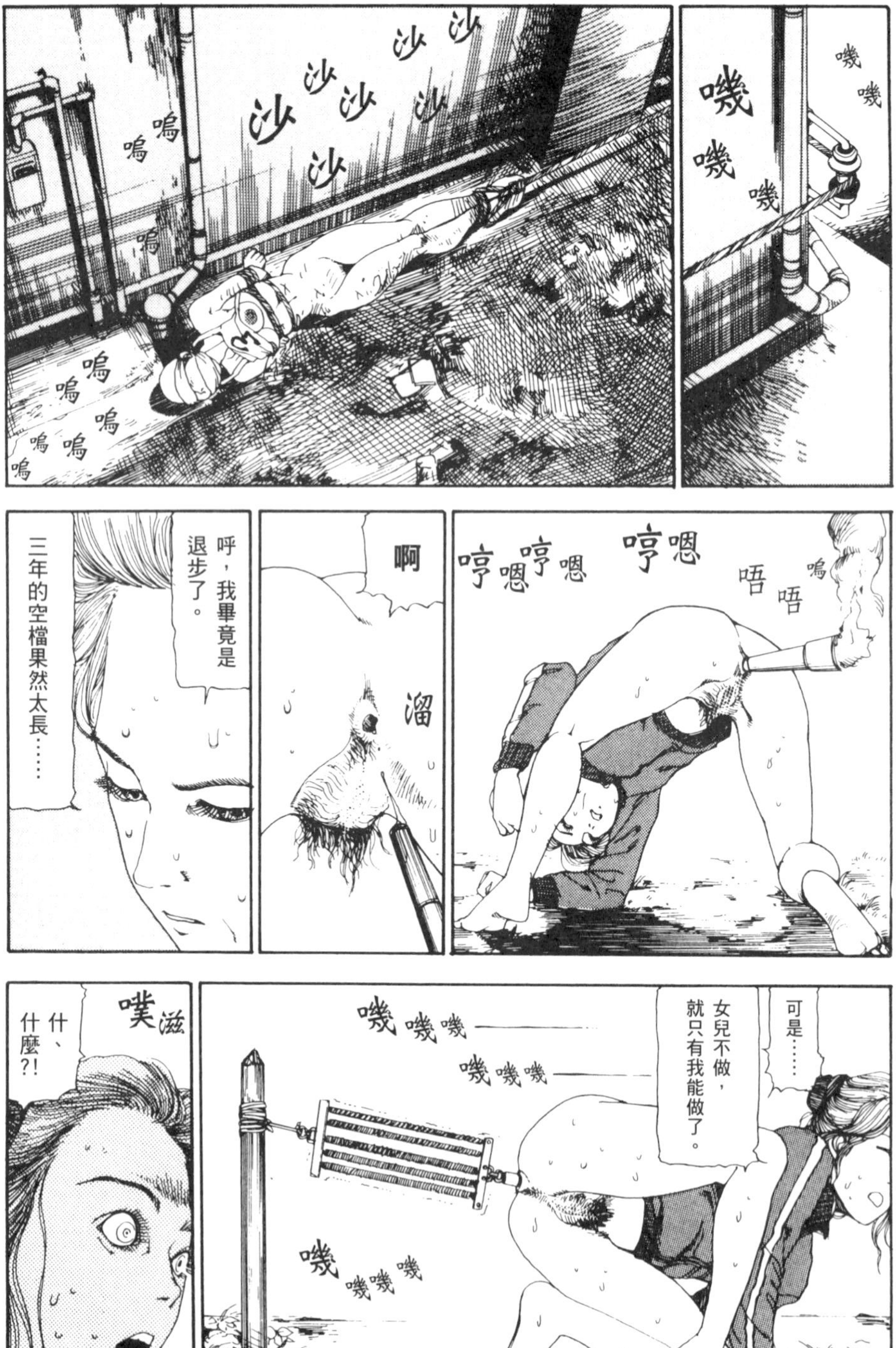
嘰 嘰
嘰 嘰 嘰
沙 沙 沙 沙 沙 沙 沙
嗚 嗚
嗚
嗚 嗚 嗚 嗚 嗚 嗚
嗚 唔 唔
哼嗯哼嗯 哼嗯
啊
溜
呼，我畢竟是退步了。
三年的空檔果然太長……
可是……
女兒不做，就只有我能做了。
嘰嘰嘰——
嘰嘰嘰——
嘰嘰嘰嘰
噗滋
什、什麼?!

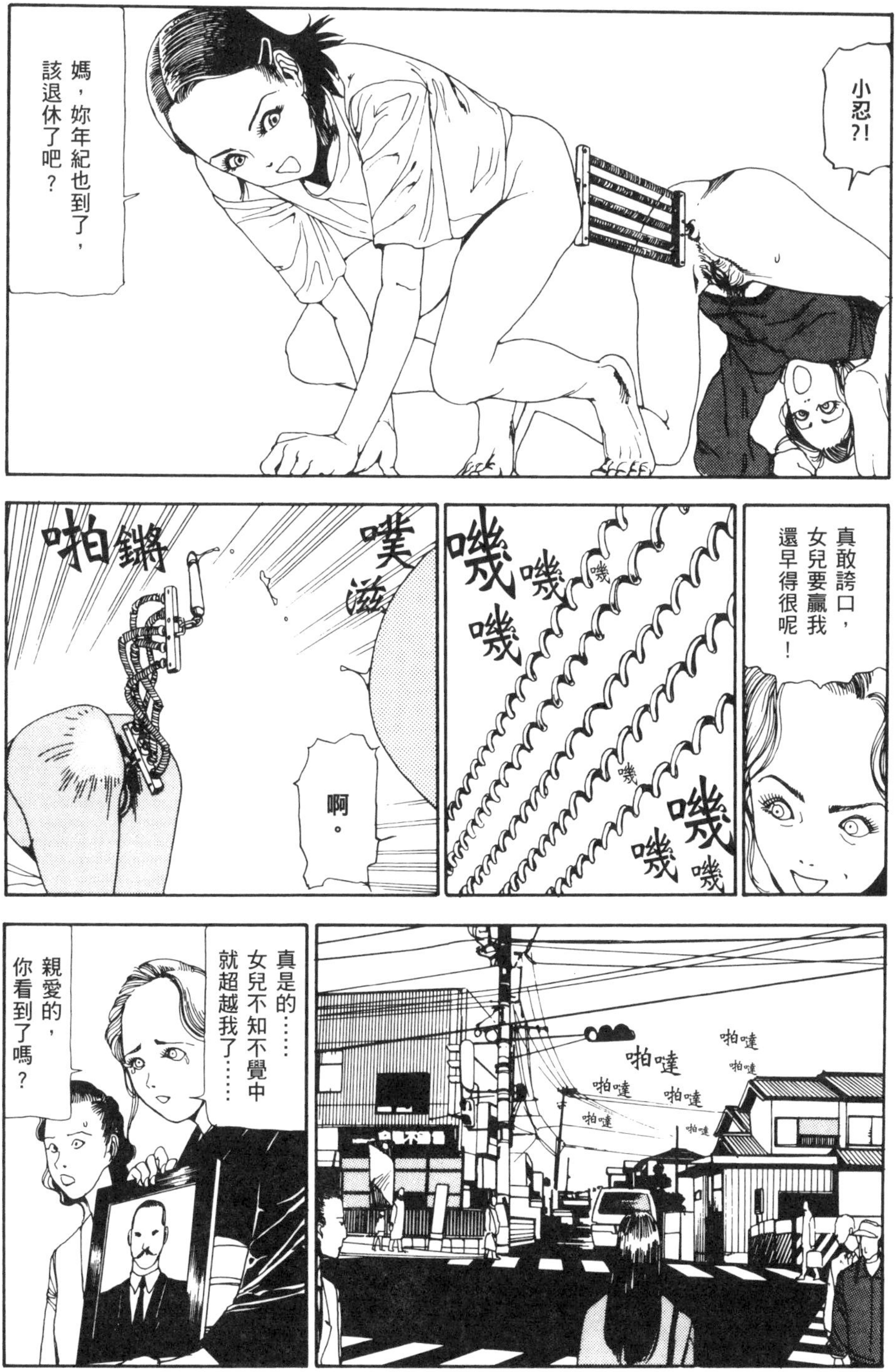
小忍?!
媽，妳年紀也到了，該退休了吧？
真敢誇口，女兒要贏我還早得很呢！
嘰嘰嘰嘰
嘰嘰嘰嘰
噗滋
啪鏘
啊。
啪噠啪噠
啪噠啪噠
啪噠啪噠
真是的……女兒不知不覺中就超越我了……
親愛的，你看到了嗎？

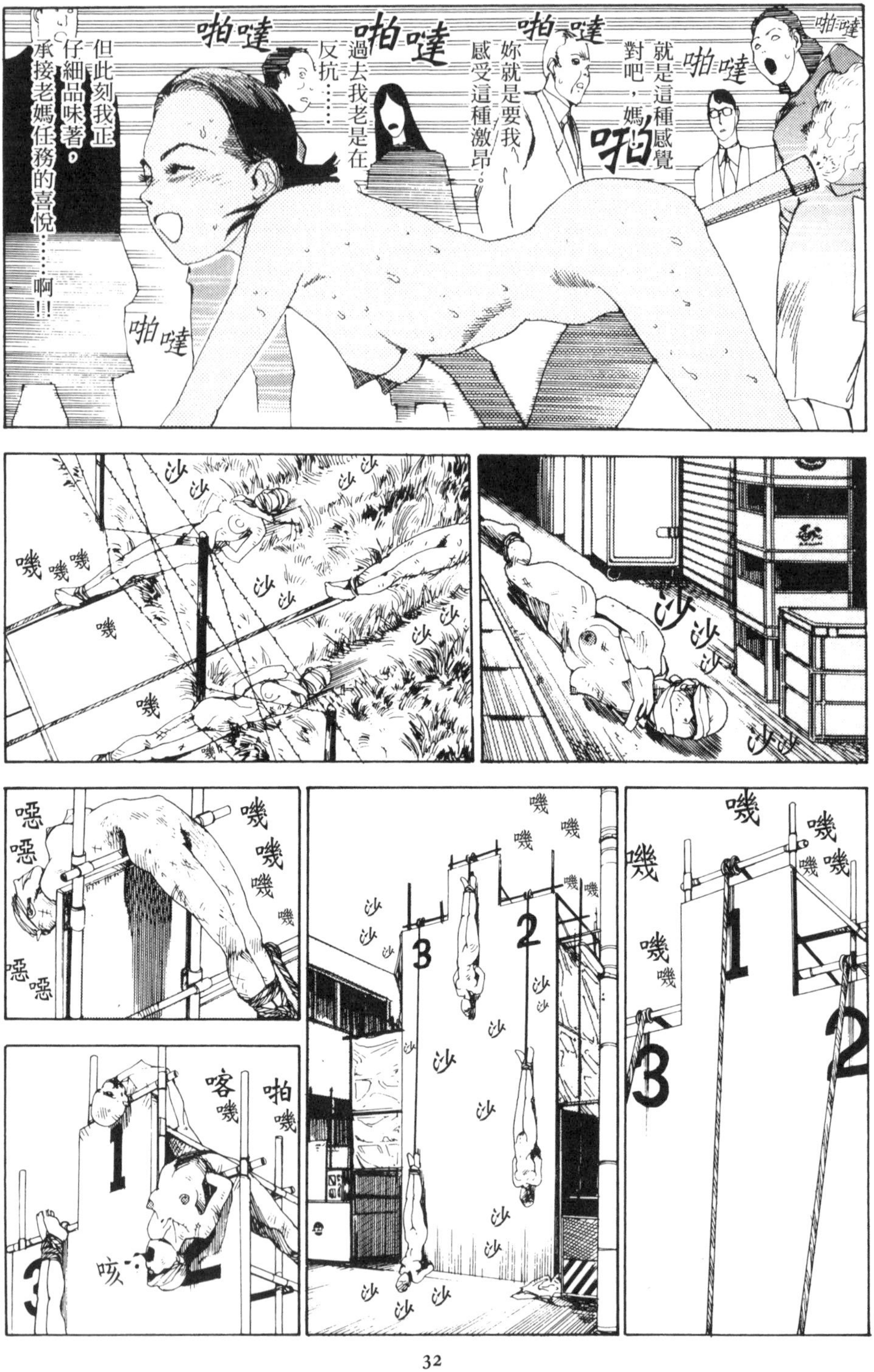
啪噠
就是這種感覺
對吧，媽
啪噠
啪
啪噠
妳就是要我
感受這種激昂。
啪噠
過去我老是在
反抗……
但此刻我正
仔細品味著，
承接老媽任務的喜悅……
……啊!!
啪噠
沙
沙
沙
沙沙
沙
沙
嘰嘰嘰
沙
沙
沙
沙
嘰
嘰
嘰
嘰
嘰
嘰
嘰
嘰
嘰
嘰
1
2
3
嘰
嘰
嘰
嘰
沙
沙
沙
3
2
沙
沙
沙
沙
沙
沙
沙
沙
沙
嘰
嘰
嘰
嘰
嗯
嗯
嗯
嗯
啪
嘰
喀
嘰
1
3
咳

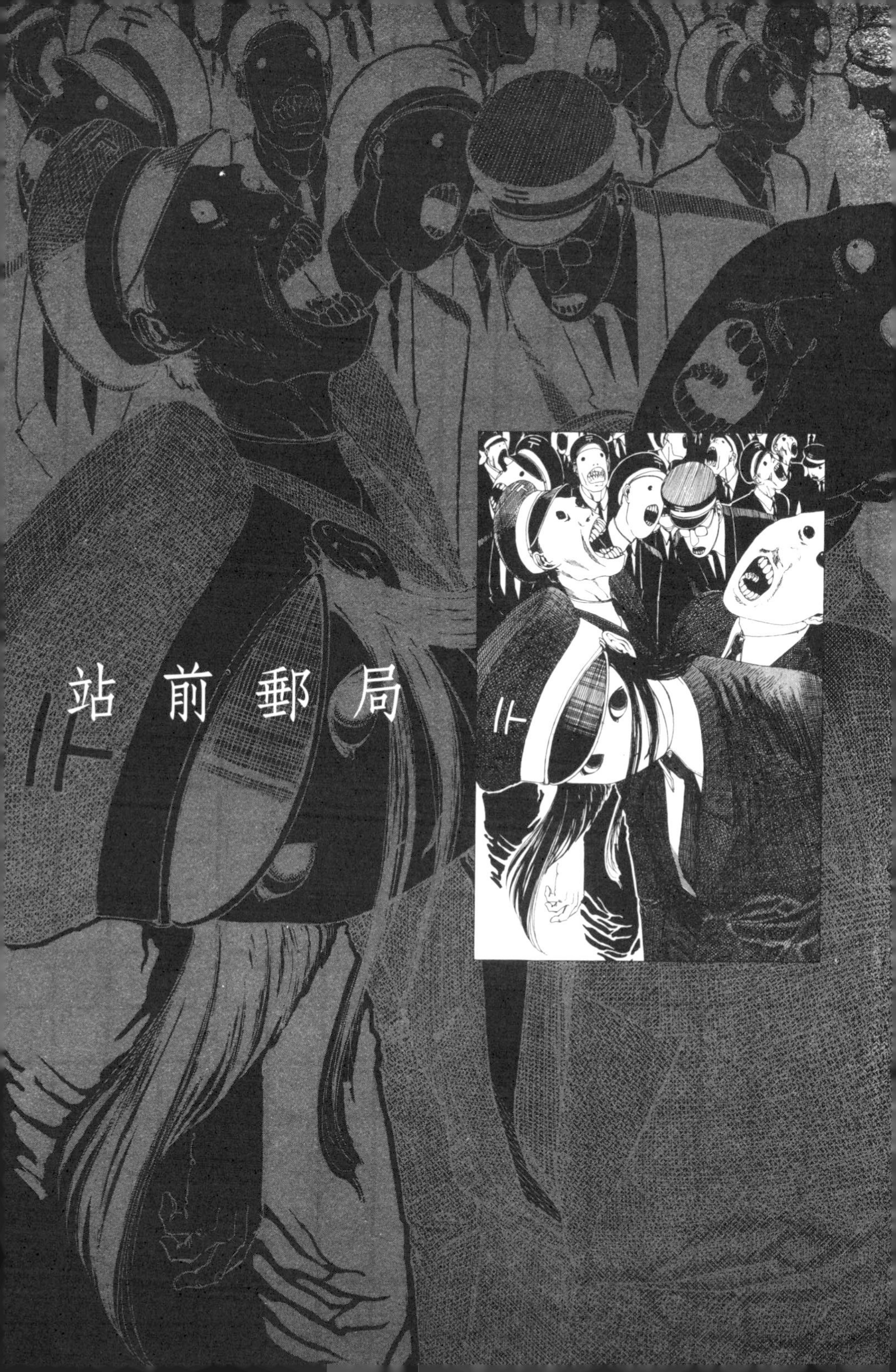
站前郵局

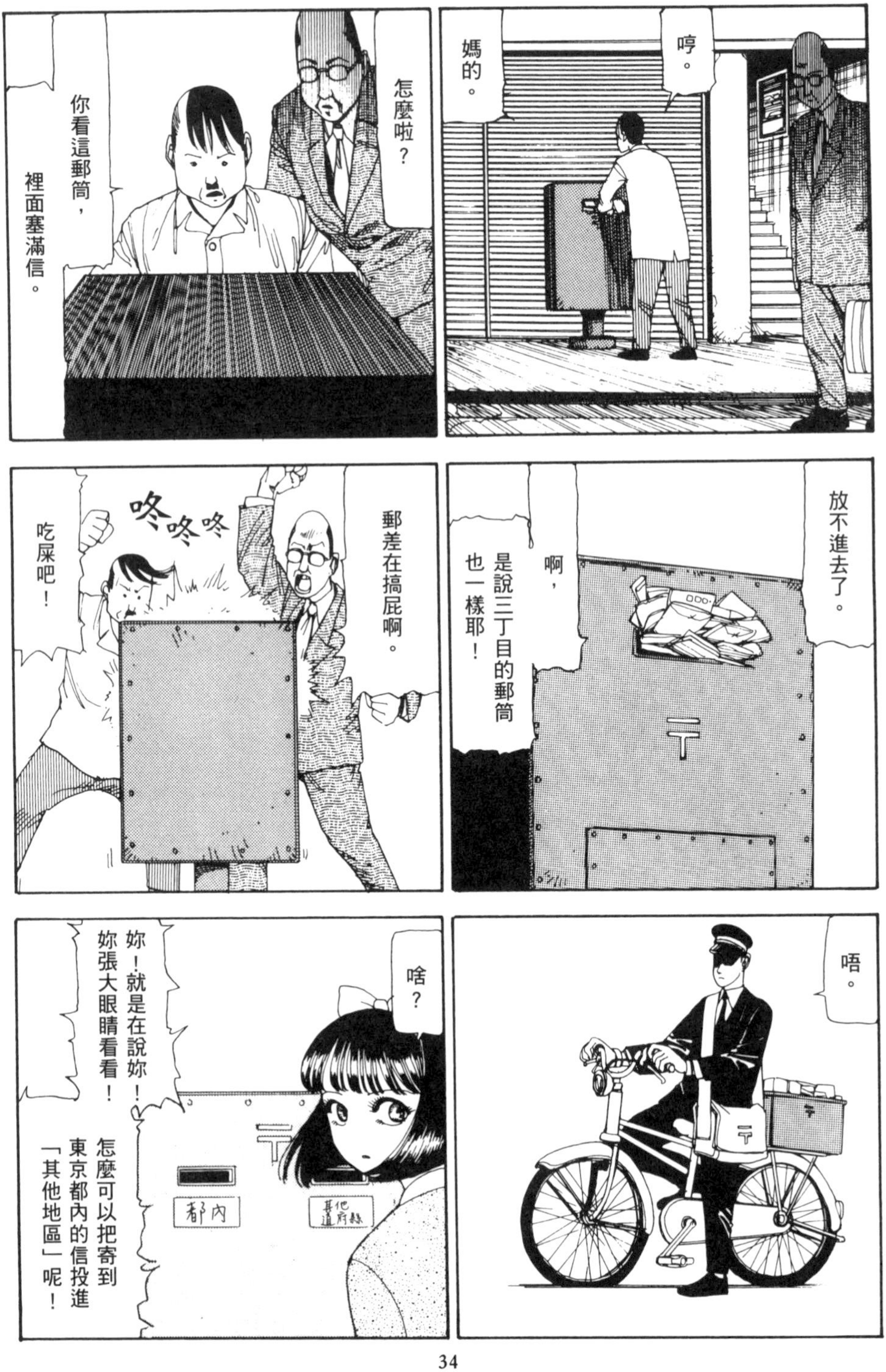
哼。
媽的。
怎麼啦？
你看這郵筒，
裡面塞滿信。
放不進去了。
啊，
是說三丁目的郵筒
也一樣耶！
郵差在搞屁啊。
咚咚咚
吃屎吧！
唔。
啥？
妳！就是在說妳！
妳張大眼睛看看！
怎麼可以把寄到
東京都內的信投進
「其他地區」呢！
都内
其他道府縣

跟我來。
等等，你想幹啥？住手！
頂我嘴啊 妳這混帳！
妳以為我是誰？我可是維護郵務秩序的
郵差大人啊！
臨時郵局
診療所
郵便貯金
哼，哼。
如何啊？
稍微反省一些了嗎？
如何啊 如何啊 如何啊 如何啊 如何啊 如何啊
如何啊 如何 如何啊 如何啊 如何啊
如何啊
如何啊 如何啊 如何啊
不好意思，我要寄這個包裹。

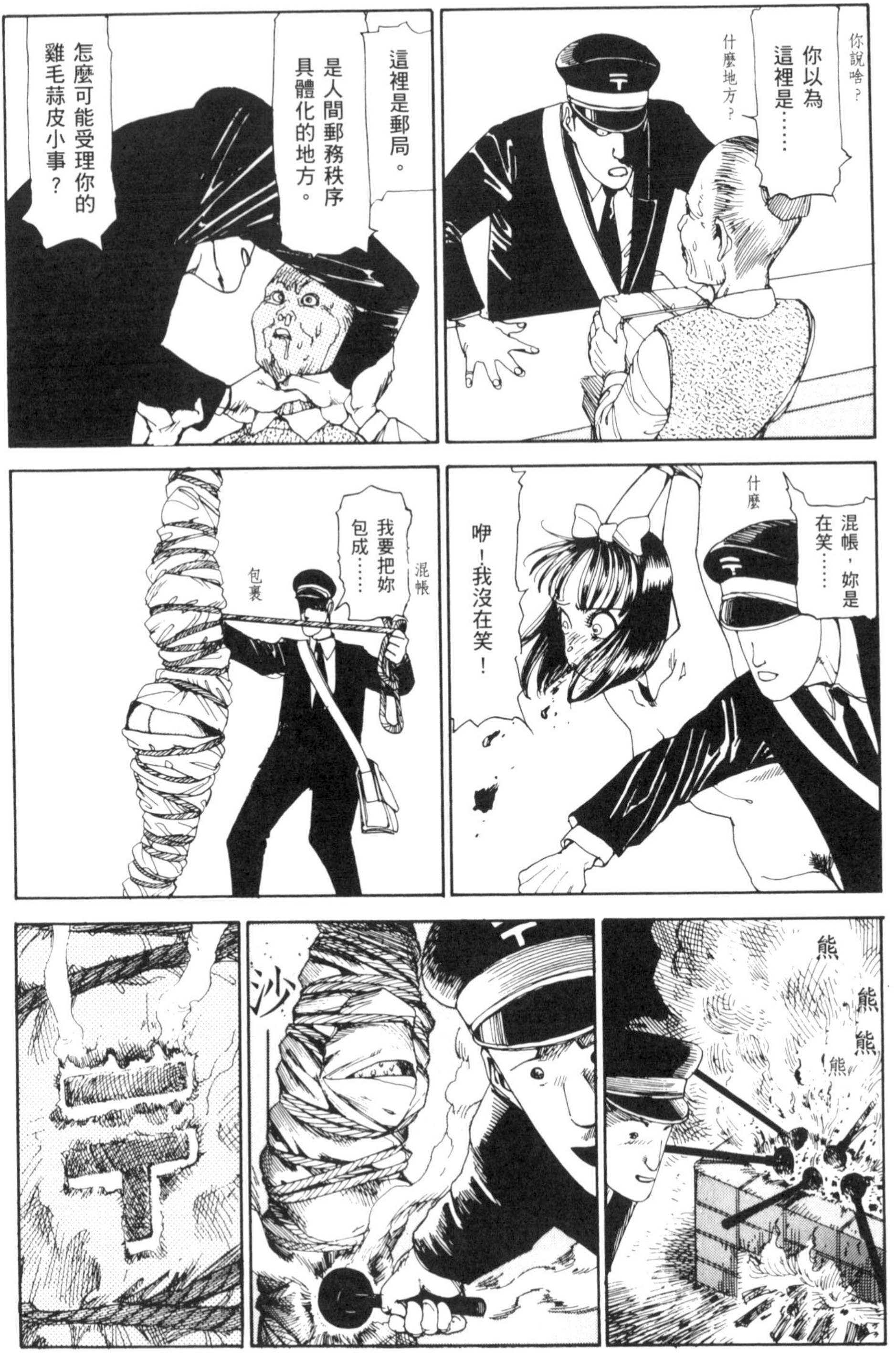
你說啥？
你以為這裡是……
什麼地方？
這裡是郵局。
是人間郵務秩序具體化的地方。
怎麼可能受理你的雞毛蒜皮小事？
混帳，妳是在笑……
什麼
咿！我沒在笑！
混帳
我要把妳包成……
包裹
沙
熊
熊
熊
熊

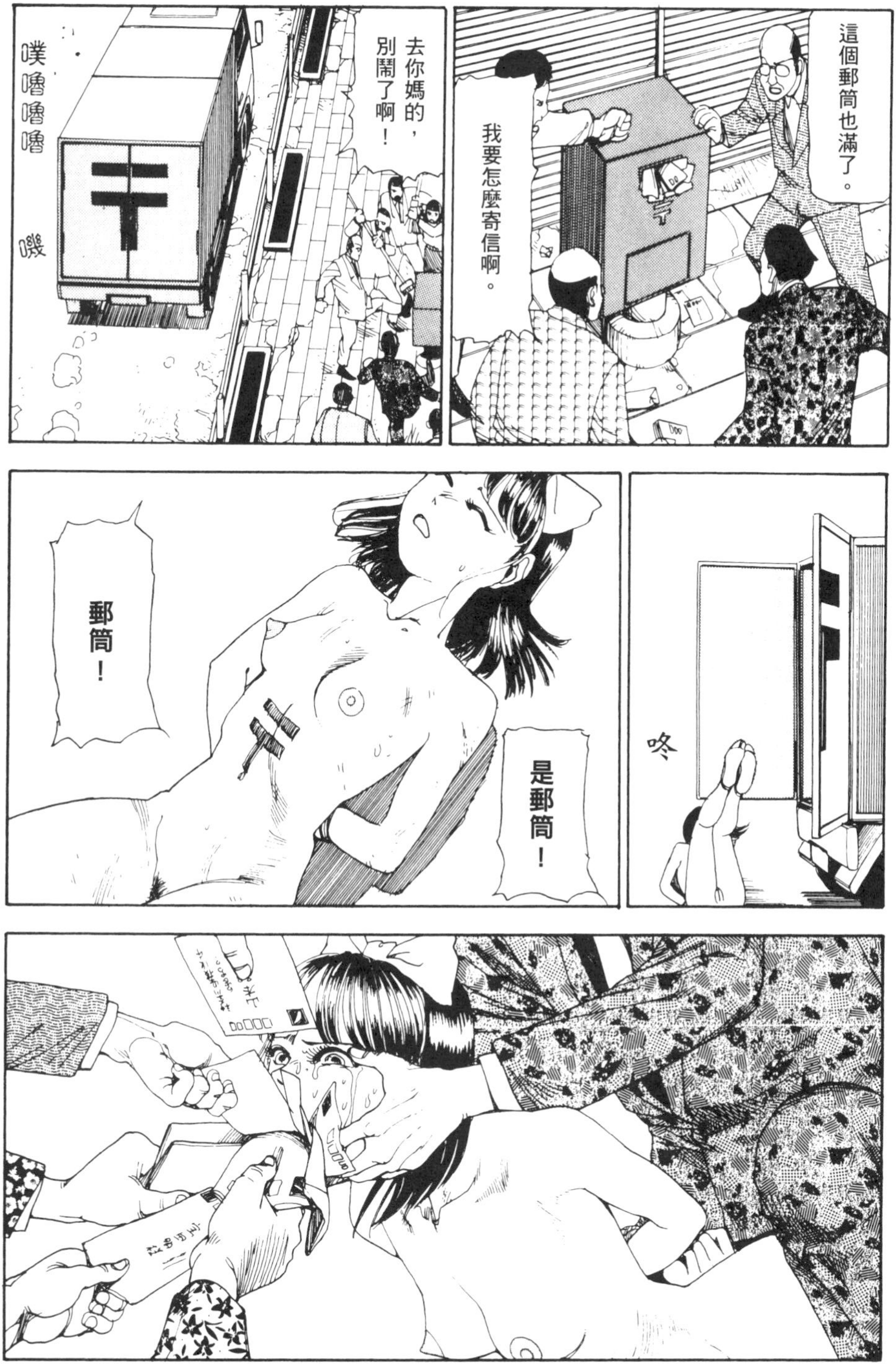
這個郵筒也滿了。
我要怎麼寄信啊。
去你媽的，別鬧了啊！
噗嚕嚕嚕
嘰
咚
是郵筒！
郵筒！

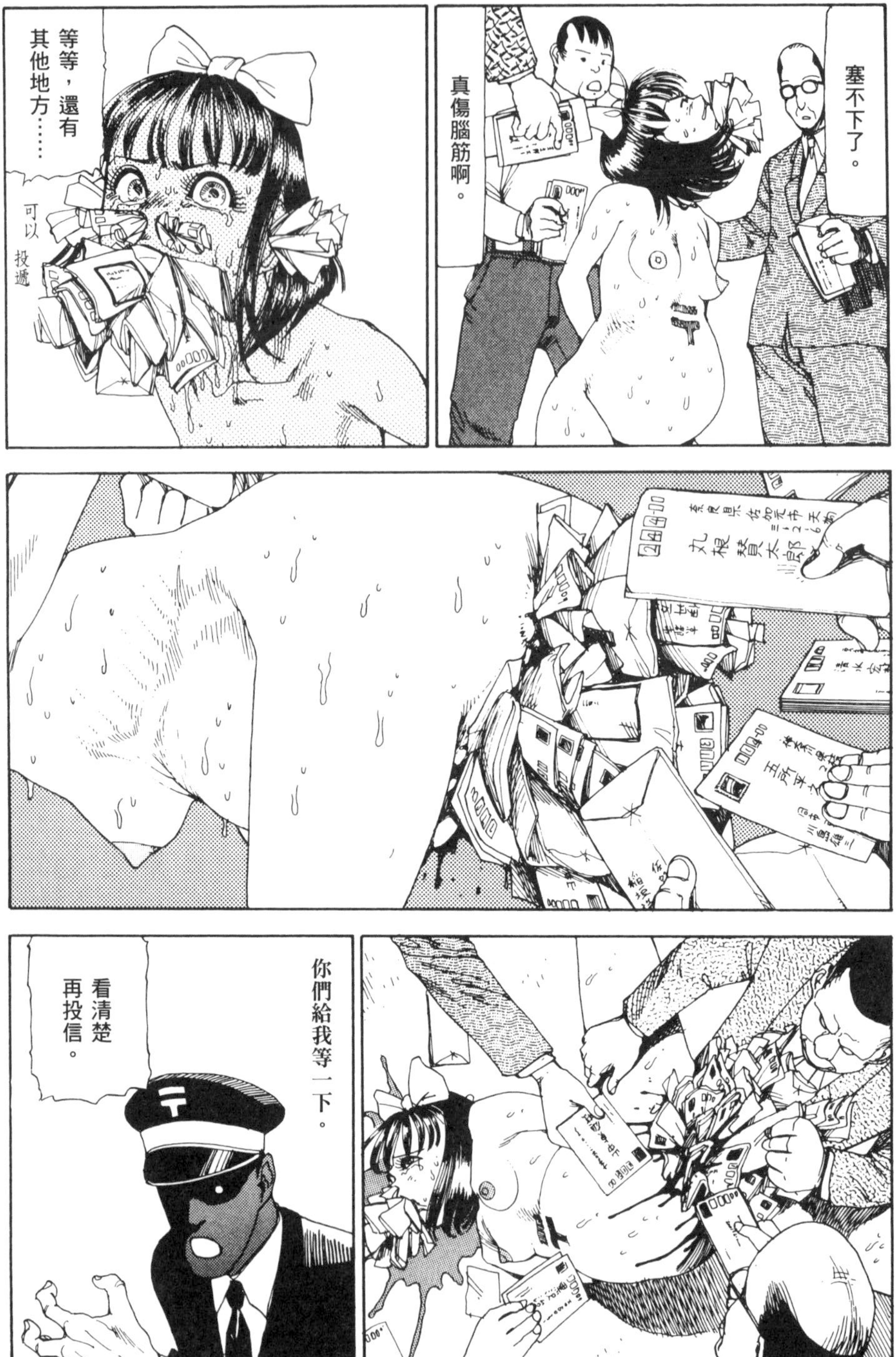
塞不下了。
真傷腦筋啊。
等等，還有其他地方……
可以投遞
你們給我等一下。
看清楚再投信。

要是有人把寄到其他地方的信投進「都內」，我可不管喔。
都内
其他道府縣
噗嚕噗噗噗噗
唔……
這是什麼？大分縣！岩手縣！
不是，不是我的投的！
不是我，相信我啊！
我……

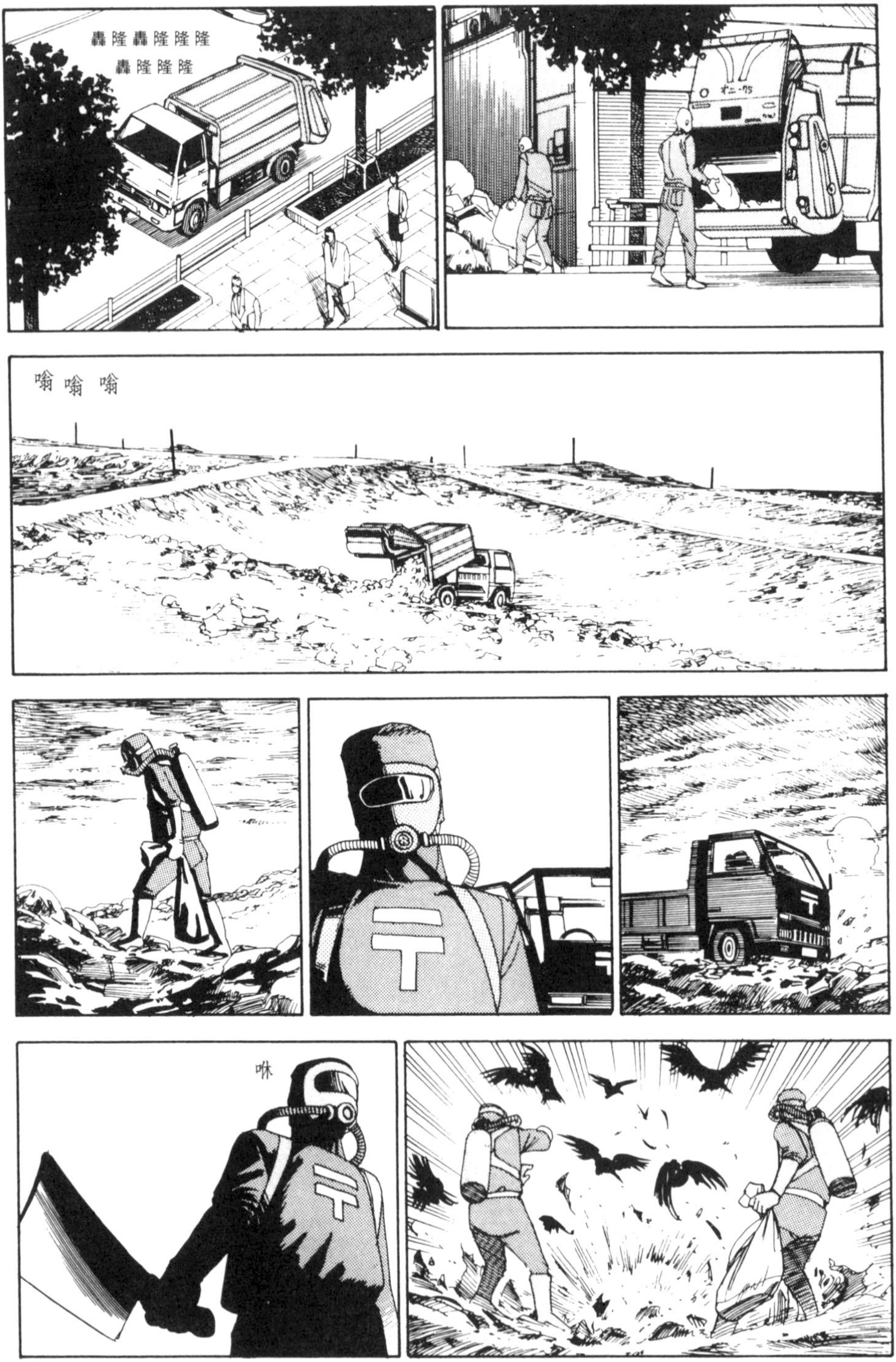
轟隆轟隆隆隆
轟隆隆隆
嗡嗡嗡
咻

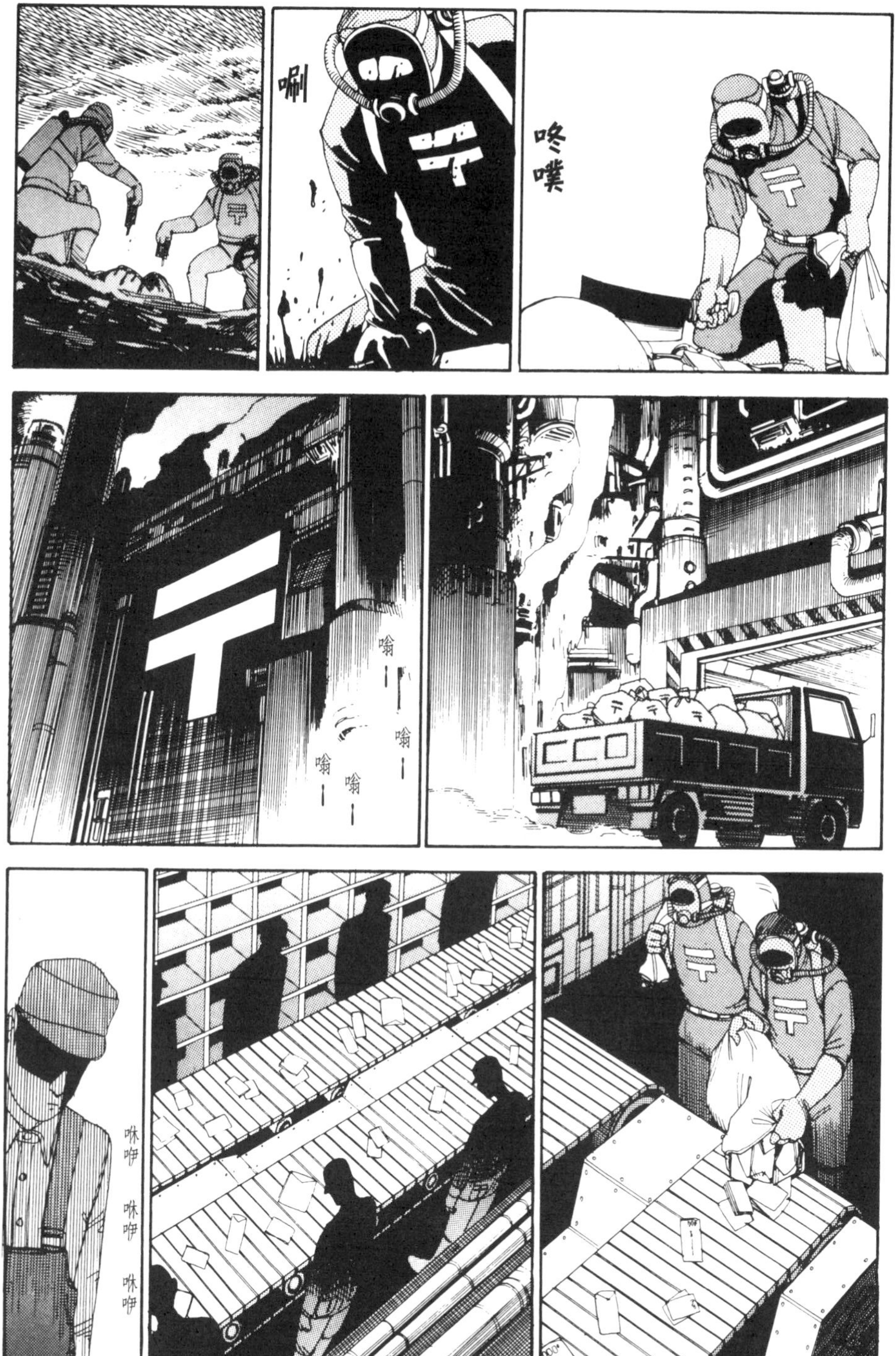
唰
咚噗
嗡
嗡
嗡
嗡
咻咿
咻咿
咻咿

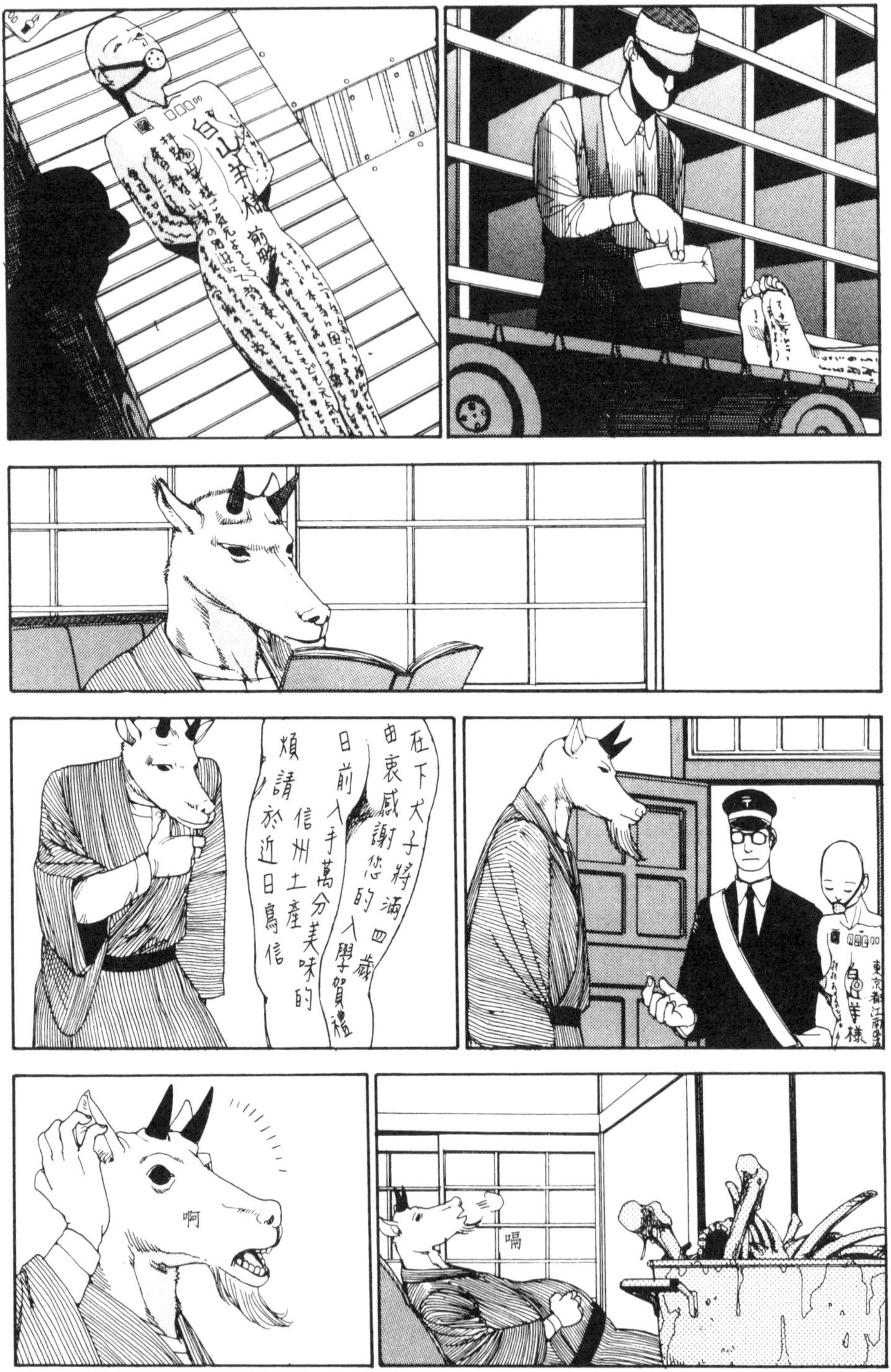
白山羊樣
前略
在下犬子將滿四歲
由衷感謝您的入學賀禮
日前入手萬分美味的
信州土產
煩請於近日烏信
白山羊樣
啊
嘔

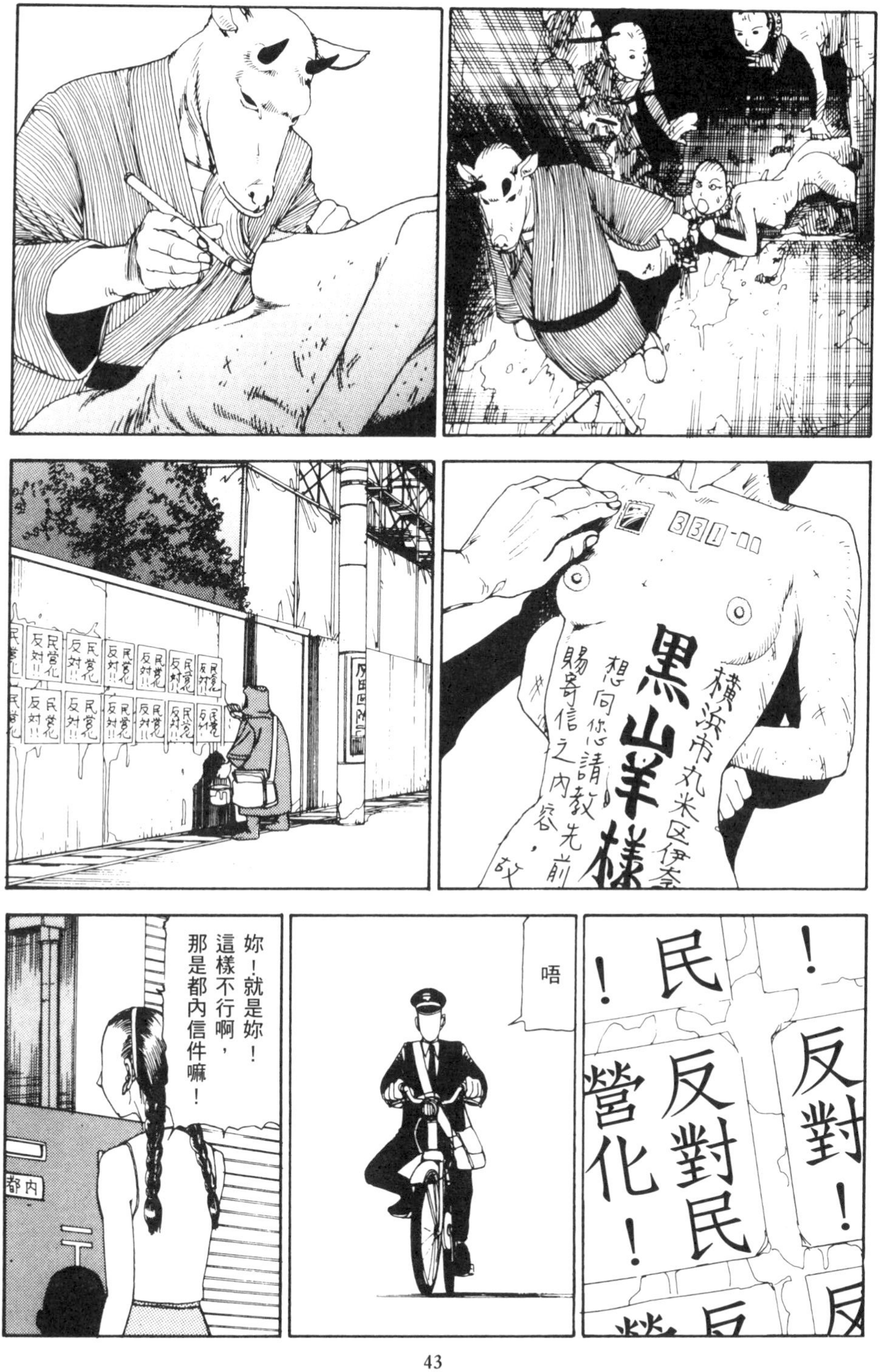
黒山羊様
横浜市丸米区伊奈
想向您請教先前
賜寄信之内容，
反對！
反對民營化！
唔
妳！就是妳！
這樣不行啊，
那是都內信件嘛！
都内

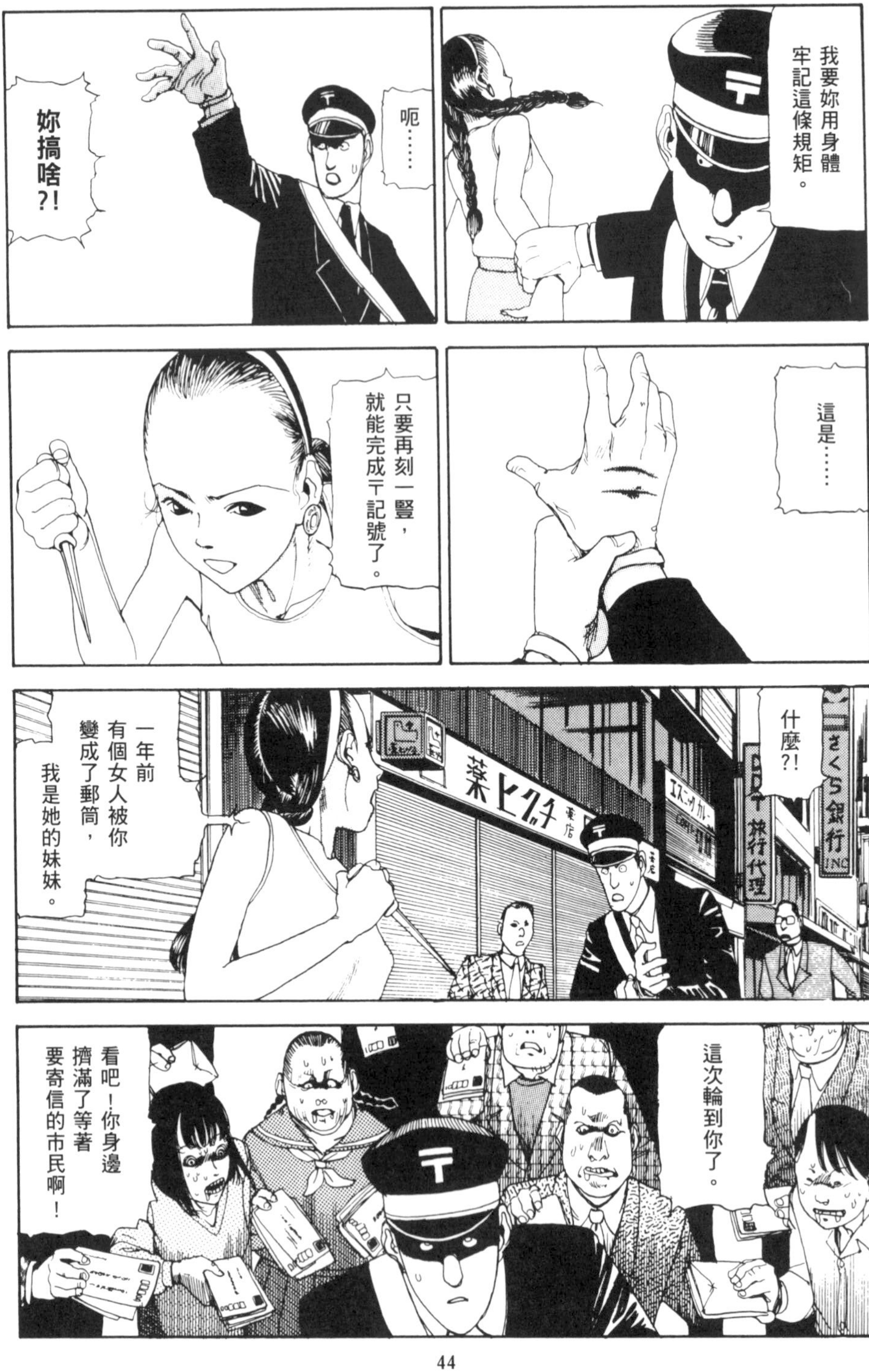
我要妳用身體牢記這條規矩。
呃……
妳搞啥?!
這是……
只要再刻一豎，就能完成〒記號了。
什麼?!
さくら銀行
旅行代理
一年前有個女人被你變成了郵筒，我是她的妹妹。
這次輪到你了。
看吧！你身邊擠滿了等著要寄信的市民啊！

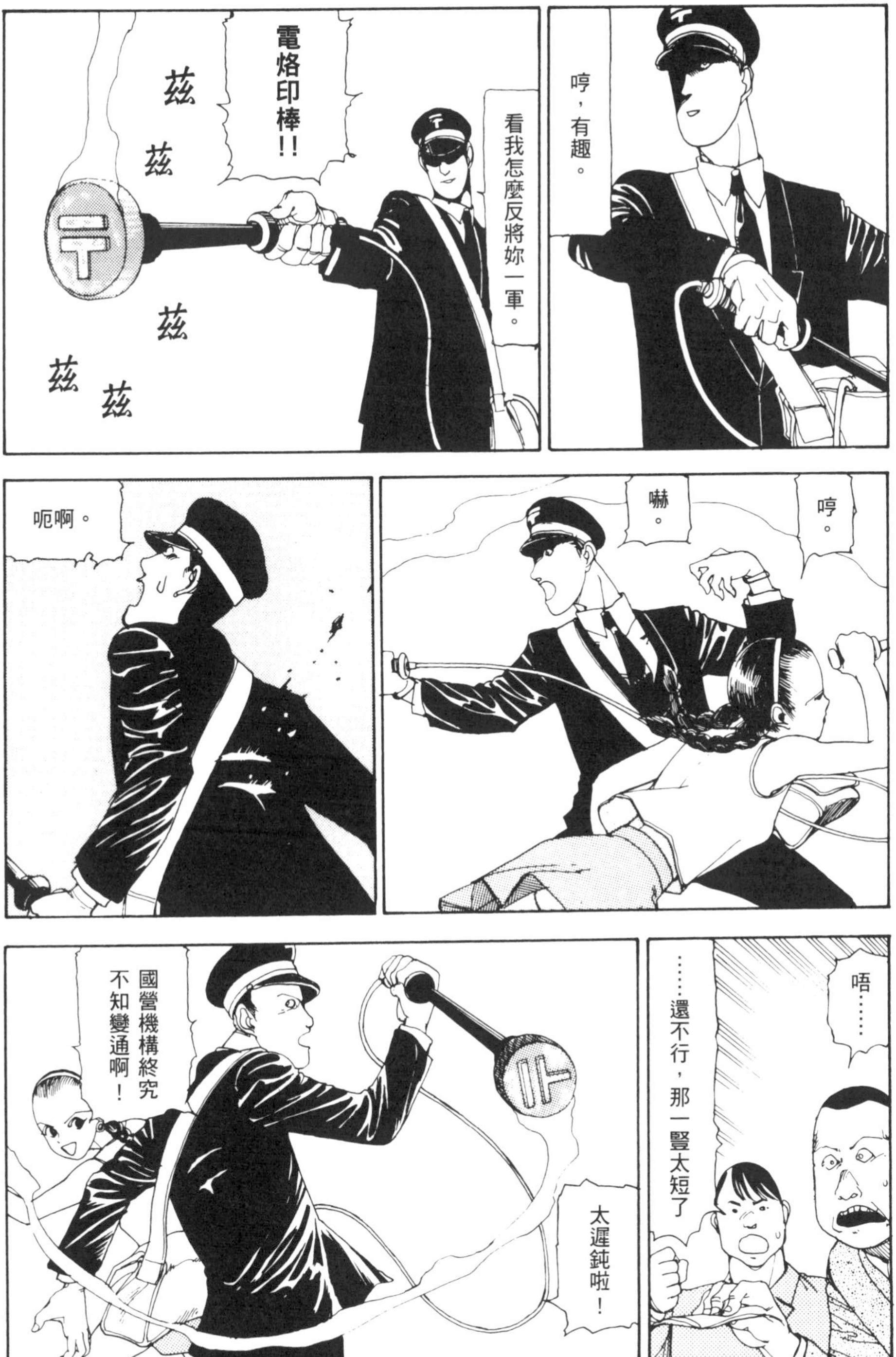
哼，有趣。
看我怎麼反將妳一軍。
電烙印棒!!
茲
茲
茲
茲
茲
哼。
嚇。
呃啊。
唔……
……還不行，那一豎太短了
太遲鈍啦！
國營機構終究不知變通啊！

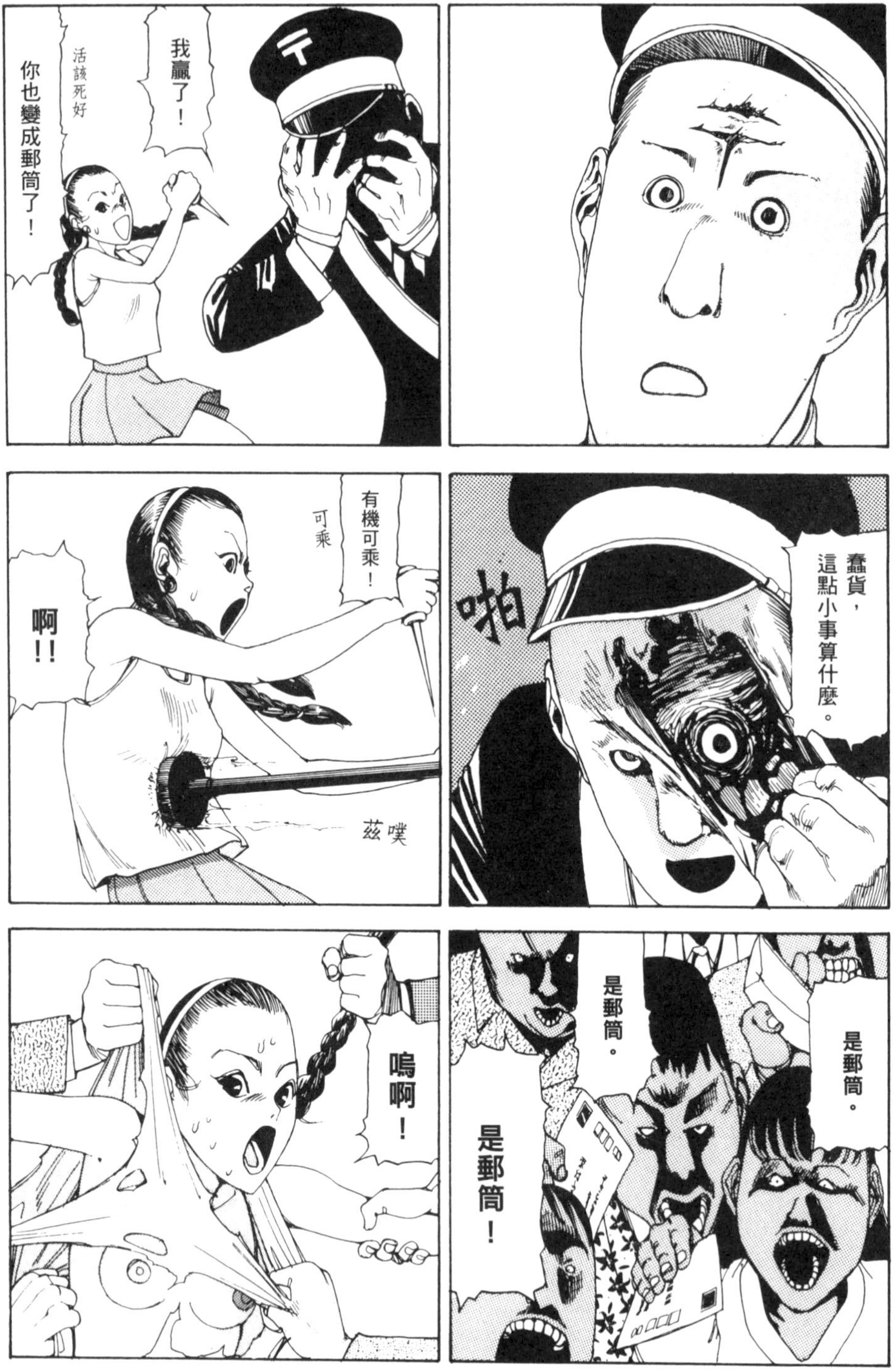
我贏了！
活該死好
你也變成郵筒了！
啪
蠢貨，這點小事算什麼。
有機可乘！
可乘
啊！！
茲噗
是郵筒。
是郵筒。
是郵筒！
嗚啊！

茲茲茲
麻煩妳了，麻煩妳了，這件包裏麻煩了。
嗚嗯
嗚嗚
請老老實實拿到郵局去寄。

不好意思，不好意思，我搞錯地址了，請妳退件。
咚 咚
啪
咚 咚
嘔

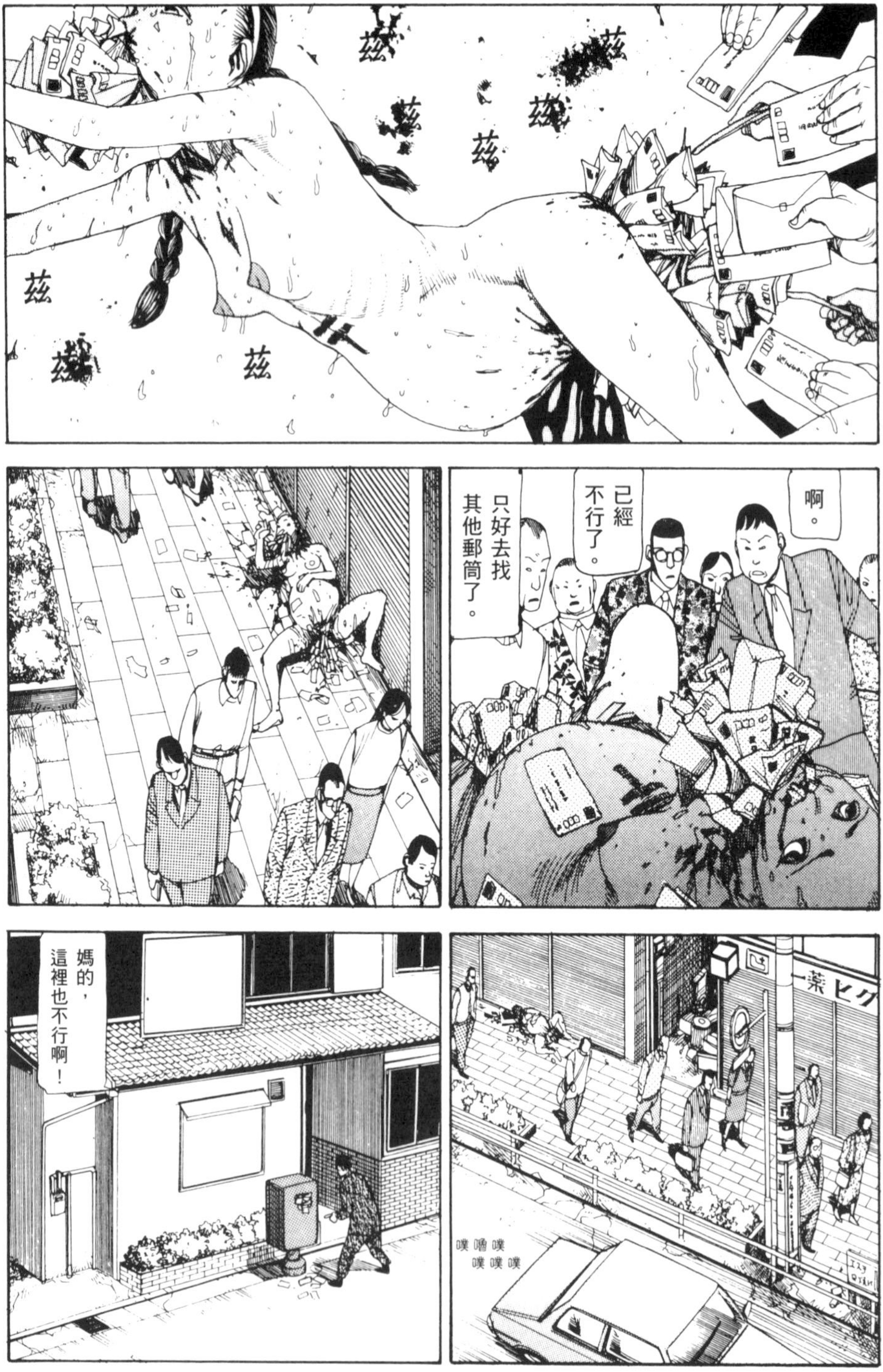
茲
茲
茲
茲
茲
茲
茲
茲
啊。
已經不行了。
只好去找其他郵筒了。
噗嚕噗
噗噗噗
媽的，這裡也不行啊！

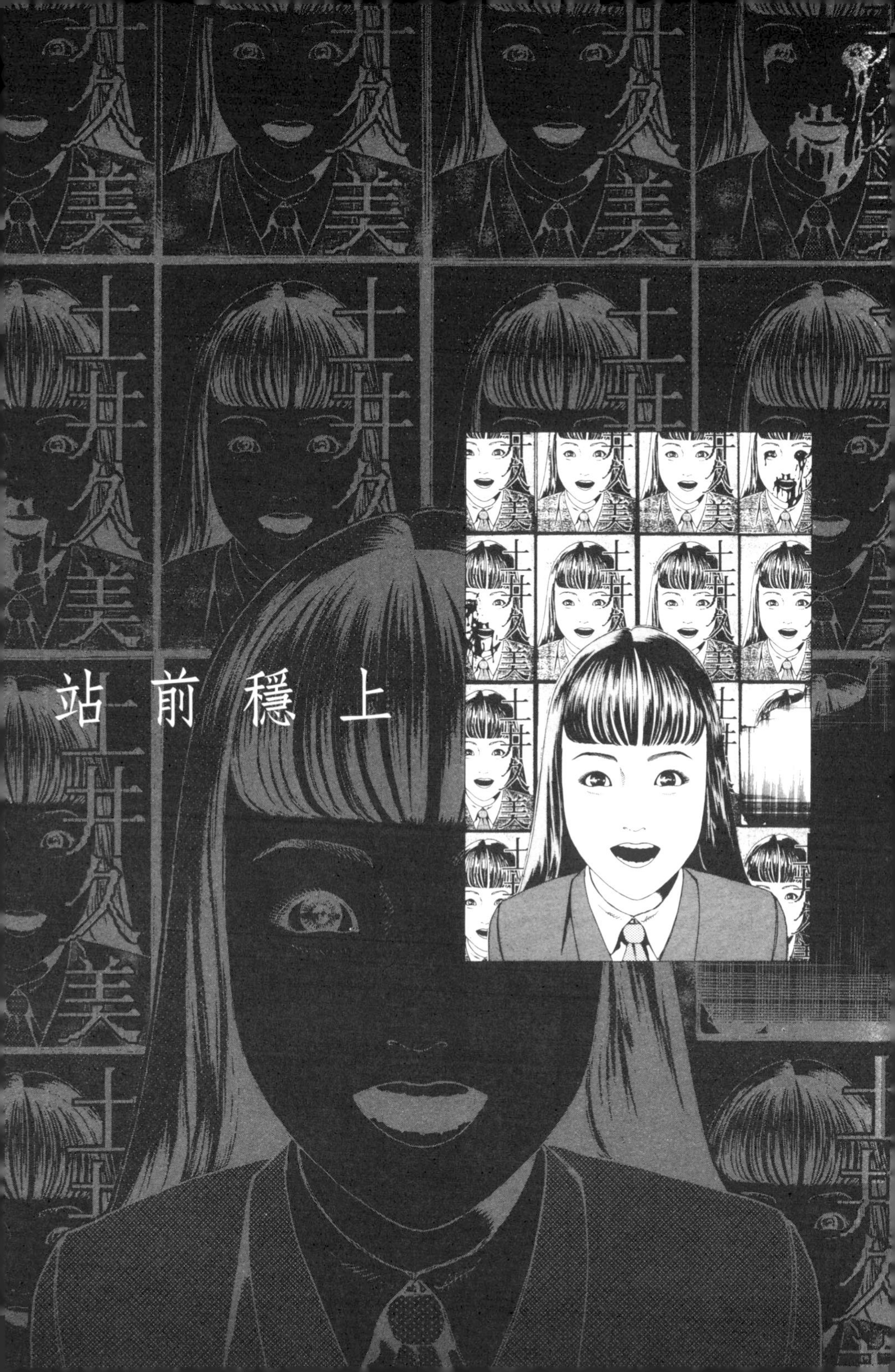
站前穩上
土井久美

啊，你看。
啊！
岡本舞子
是選舉海報！
也就是說……
也就是說，
這附近……
的某個地方
正在舉行選舉!!
有沒有什麼線索可循啊?!
總之我們先跟著海報往前走……
有了！
投票場
快點快點。
這條路也太窄了。

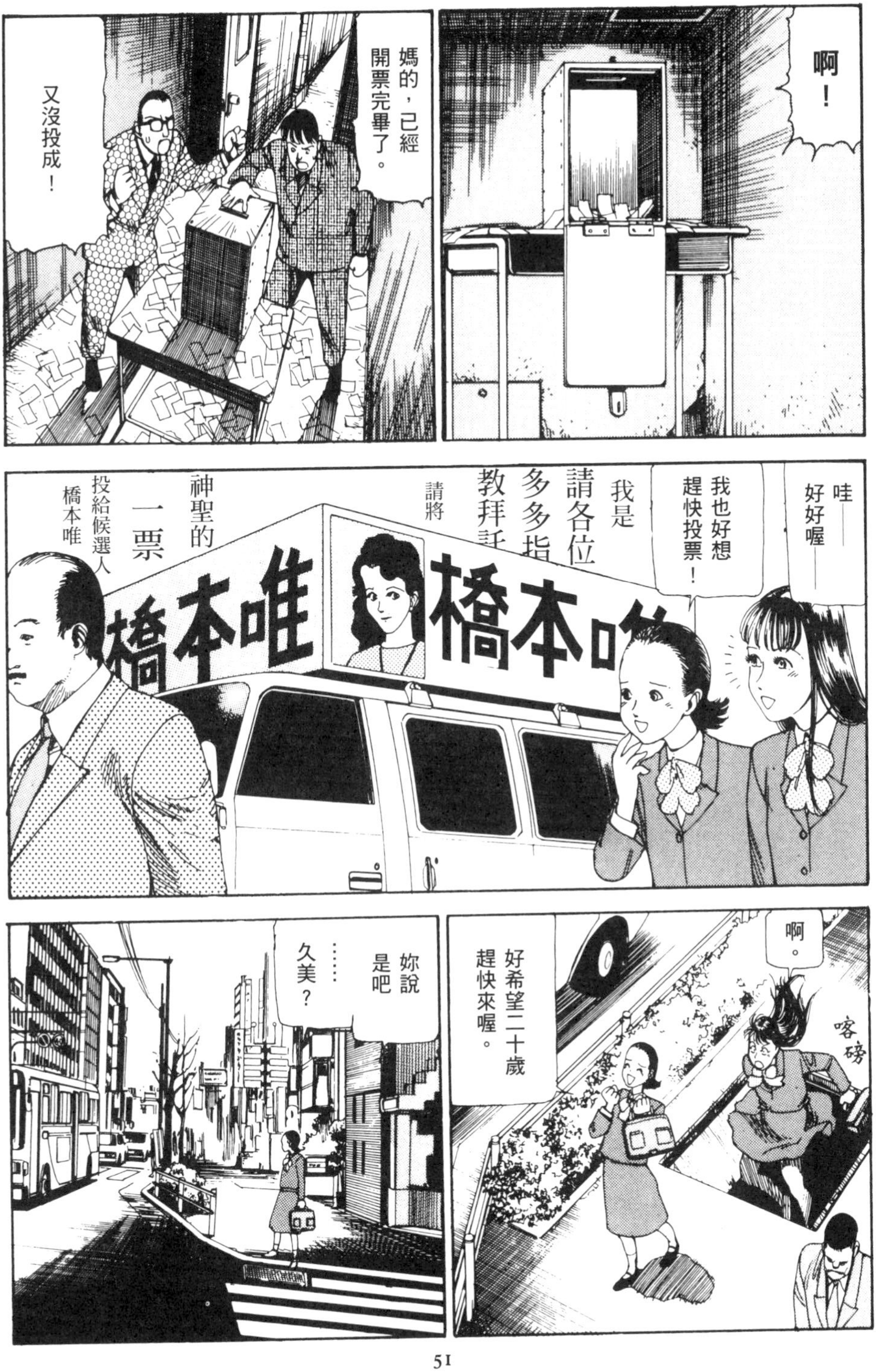
啊！
媽的，已經開票完畢了。
又沒投成！
哇——好好喔——
我也好想趕快投票！
我是
請各位多多指教拜託
請將
神聖的一票
投給候選人橋本唯
橋本唯
啊。
喀磅
好希望二十歲趕快來喔。
妳說是吧……久美？

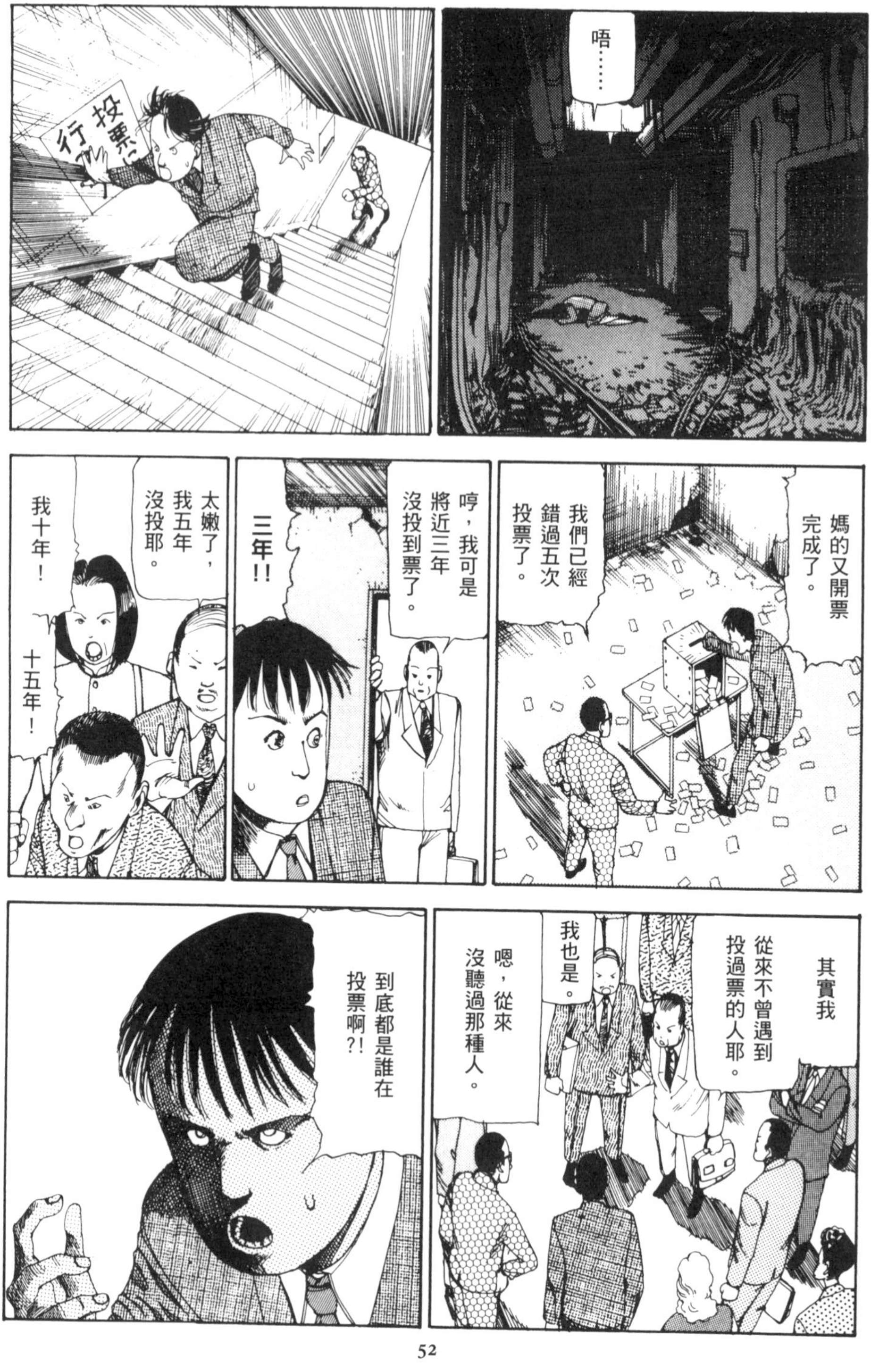
唔……
媽的又開票完成了。
我們已經錯過五次投票了。
哼，我可是將近三年沒投到票了。
三年!!
太嫩了，我五年沒投耶。
我十年！
十五年！
其實我
從來不曾遇到投過票的人耶。
嗯，從來沒聽過那種人。
我也是。
到底都是誰在投票啊?!

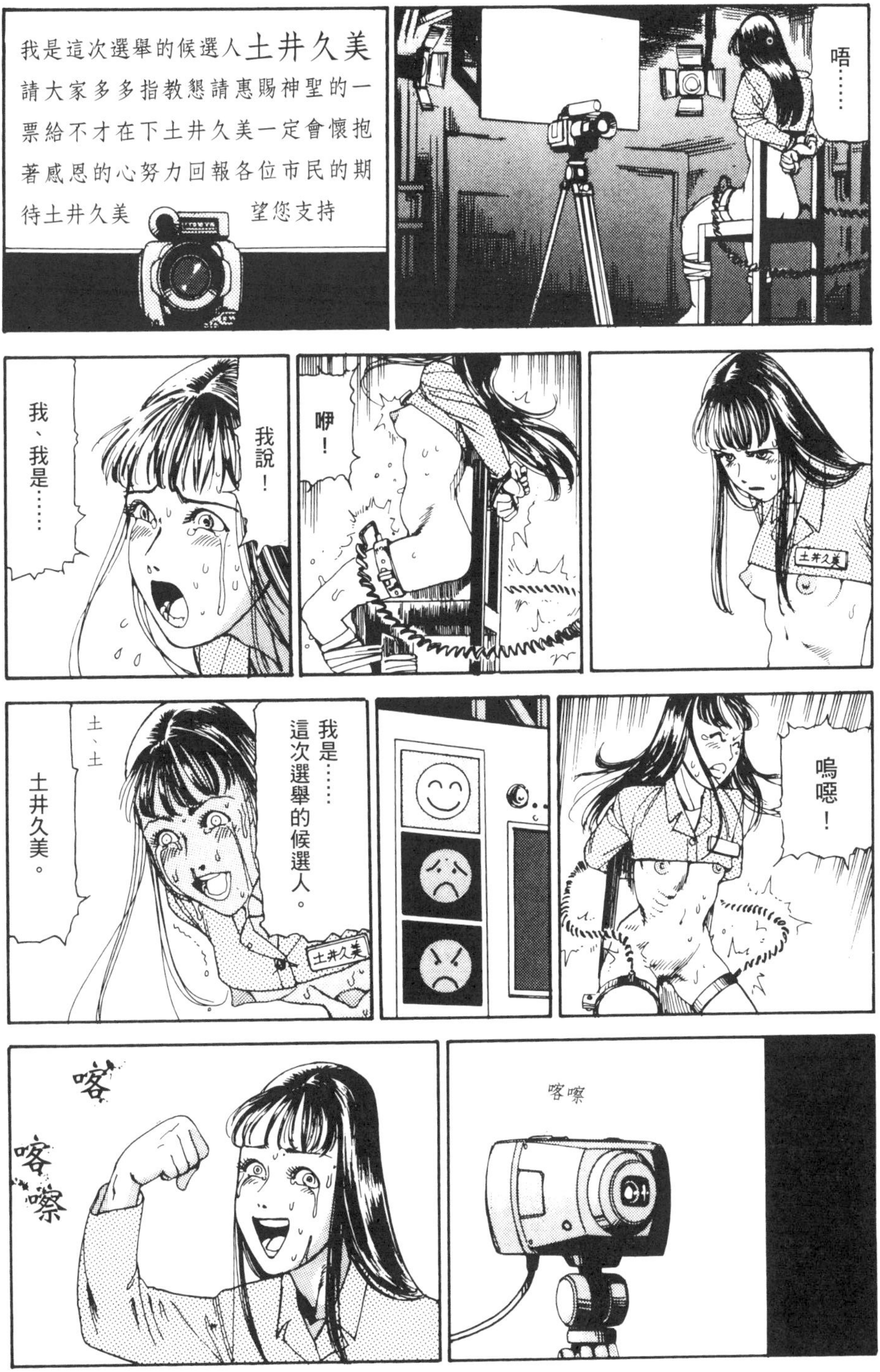
唔……
我是這次選舉的候選人土井久美
請大家多多指教懇請惠賜神聖的一
票給不才在下土井久美一定會懷抱
著感恩的心努力回報各位市民的期
待土井久美　望您支持
土井久美
咿！
我說！
我、我是……
嗚嗯！
我是……
這次選舉的候選人。
土、土
土井久美。
土井久美
喀嚓
喀
喀嚓

嘎沙—— 嘎沙——
土井久美
嗯？
這是啥？
304
203
204
演說錄影帶。
新候選人寄的嗎？
請……
請各位惠賜神聖的一票
呷！
喔——
土井久美
好，我要投票給這個候選人！
我一定要參加這次選舉！
小姐，試衣間在那邊。
啊，謝謝。
啪沙

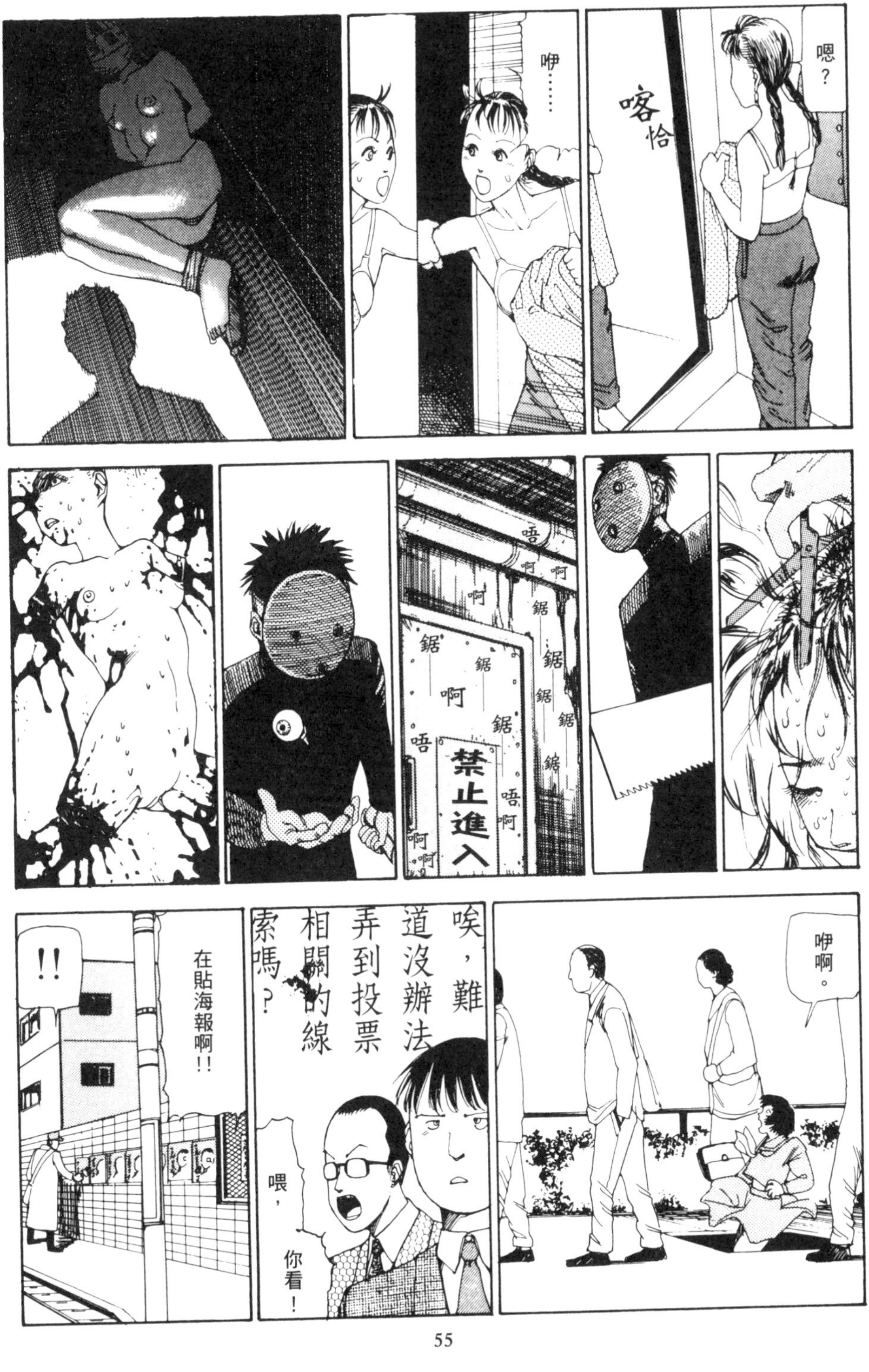
嗯？
喀恰
咿……
唔
啊
啊
鋸
鋸
鋸
鋸
鋸
啊
鋸
唔
唔
啊
啊
啊
禁止進入
咿啊。
唉，難道沒辦法弄到投票相關的線索嗎？
喂，你看！
在貼海報啊！！
!!

等等！
靠！
好啦，快招。
投票日是哪一天?!
投票所在哪？
唔，是女人啊。
妳這混帳
咚
對付女人就要來這套
滋恰
喂，你看，是這女人的臉啊。
什麼？
也就是說
貞本輝子
貞本
是癖好嗎？
她只是個貼海報癖好者嗎？
癖癖癖好……
社會的寄生蟲！

黏答答
黏黏癖癖
貼
喔
真緊
歐貞董小姐
嗚啊啊啊啊
嗚嘔嘔嘔
滴滴答答
是說，我們接下來該怎麼辦呢？
「騙你的啦」姿勢
對了！鎖定選舉車如何？
候選人辯論會
辯論
……

嗚噗。
………
笨蛋！
咿。
……去死！
吃屎吧。
仆街。
蠢貨。
垃圾。
臭屄。
呆子。
低等動物。
人渣。
消失吧。
和解

喂，就在那裡！跟著它走！
長官遵命。
喂！計程車!!
各位鄉親請投下您神聖的一票給後藤田
後藤田富美
糟了，追丟了。
對方似乎很慌忙，輾過好幾個人。
這樣啊，我們循著屍體追過去就行了!!
太好了，正中紅心!!
後藤田富美
不對，她不是候選人，只是一個宣傳愛好狂。
媽的，把我們當白痴耍，真正的候選人到底在哪？

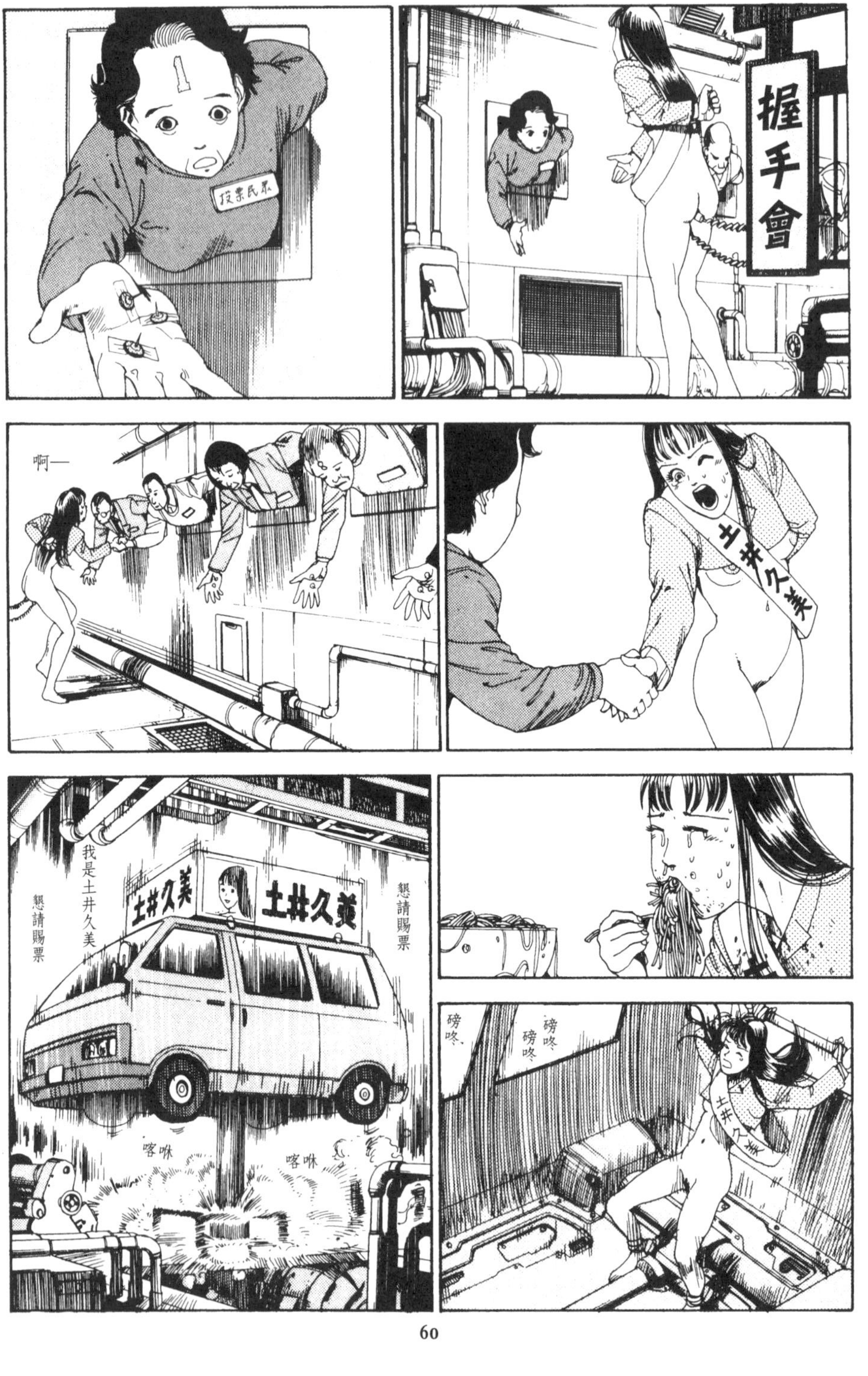
握手會
投票民眾
土井久美
啊—
磅咚、
磅咚、
磅咚
土井久美
懇請賜票
我是土井久美
懇請賜票
土井久美
土井久美
喀咻
喀咻
土井久美

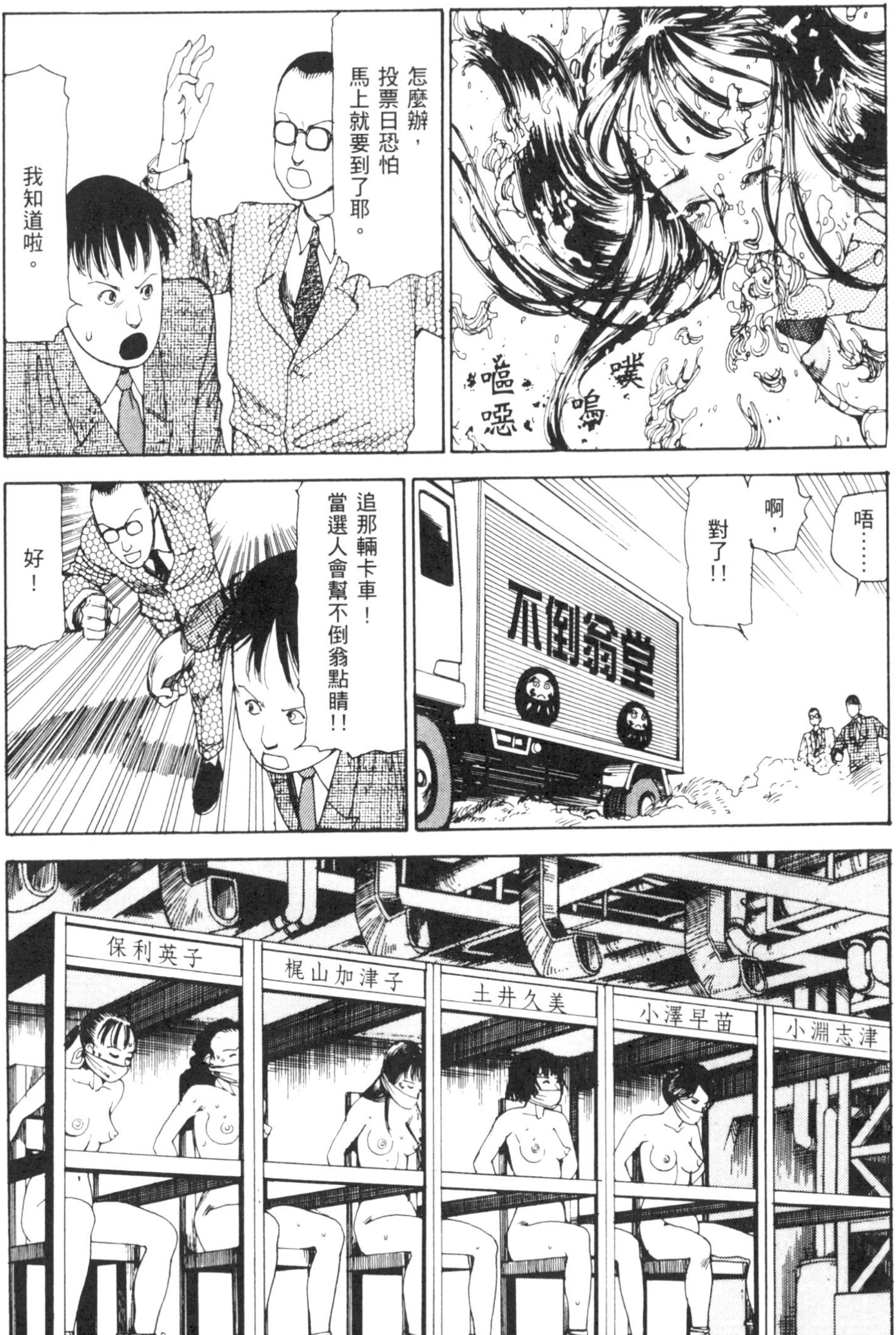

噗嗚
嗑噁
怎麼辦，投票日恐怕馬上就要到了耶。
我知道啦。
唔……
啊，對了!!
不倒翁堂
追那輛卡車！當選人會幫不倒翁點睛!!
好！
保利英子
梶山加津子
土井久美
小澤早苗
小淵志津

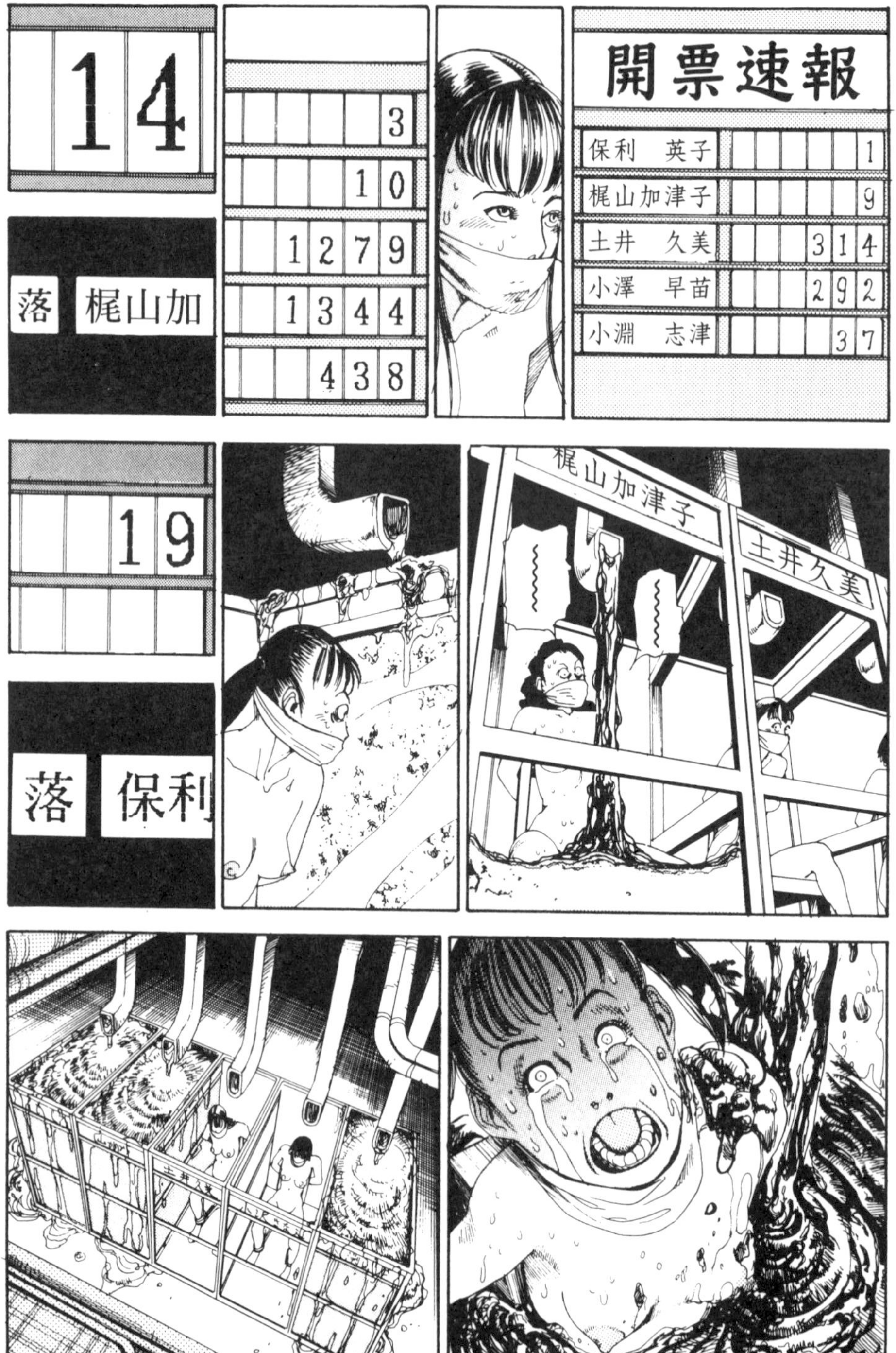

開票速報
保利　英子　1
梶山加津子　9
土井　久美　314
小澤　早苗　292
小淵　志津　37
3
10
1279
1344
438
14
落　梶山加
梶山加津子
土井久美
19
落　保利

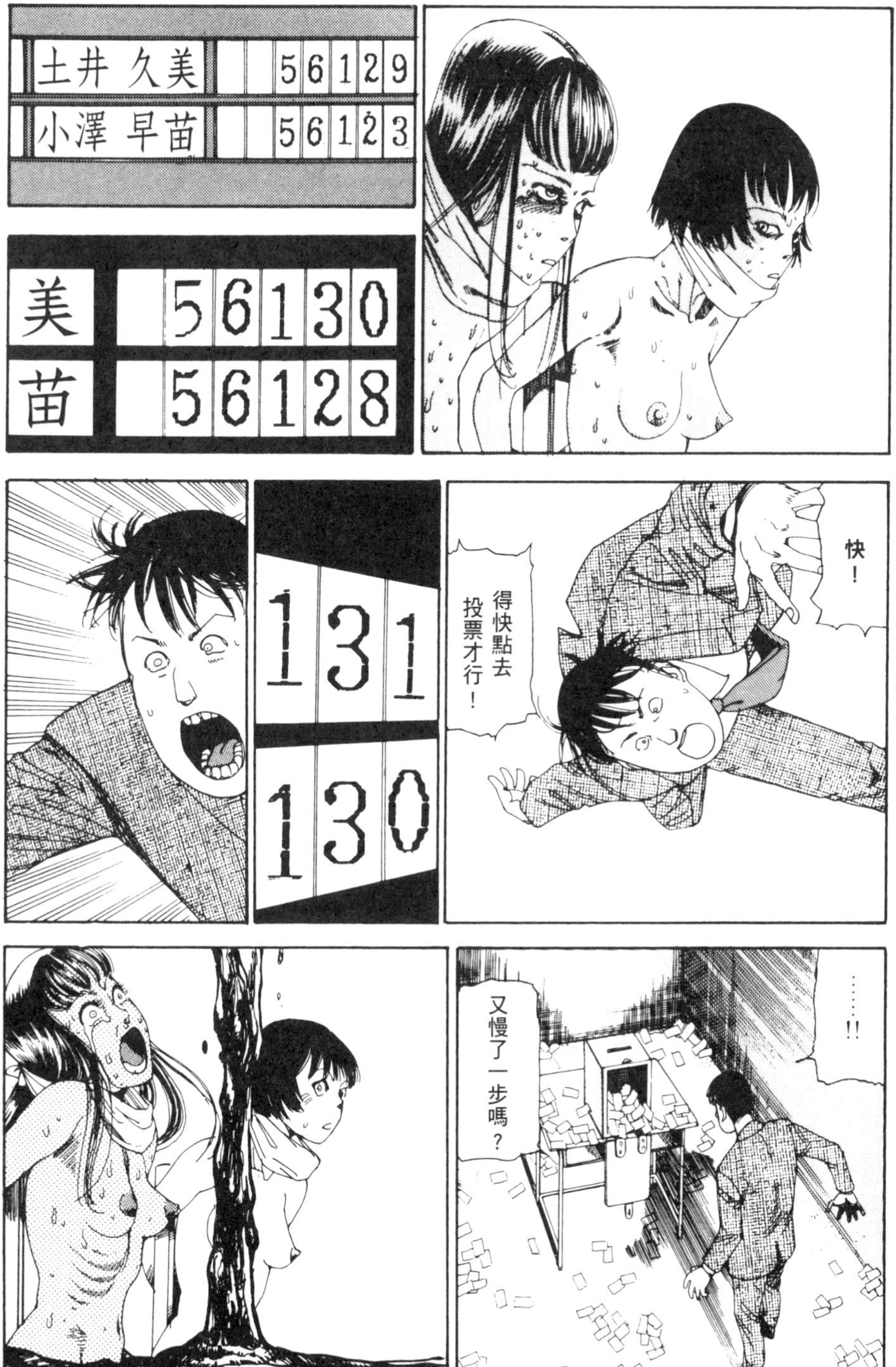
土井 久美 56129
小澤 早苗 56123
美 56130
苗 56128
快！
得快點去投票才行！
131
130
……!!
又慢了一步嗎？

*日語中，四肢皆被切斷的女人也叫「不倒翁」；
「目を入れる」有「點睛」以及「放入眼睛」兩種意思。

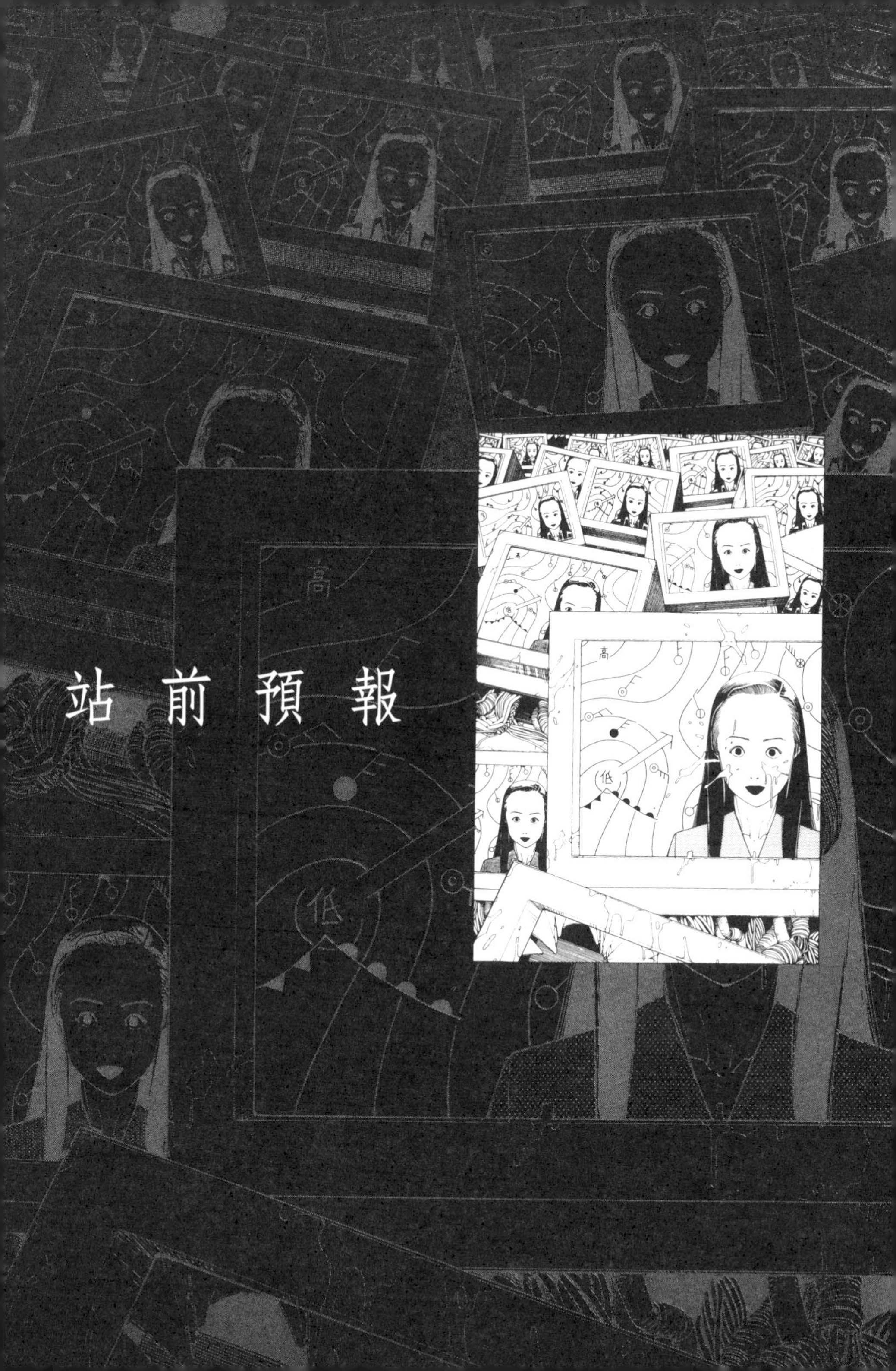
站前預報

前輩，妳怎麼啦？表情好陰沉。
妳看這個。
哎呀，是粉絲來信嗎？
是抗議信啦！
妳也知道我最近的預報一直失準吧?!
真理妹，一旦開始在意那種事可是會沒完沒了的喔。
五秒後開播。
四。
三、二——
七點天氣預報。
今日局部地區預報：於銀座晴見通通勤的聽眾請注意，該地區將會形成突發性低氣壓。
嗯。

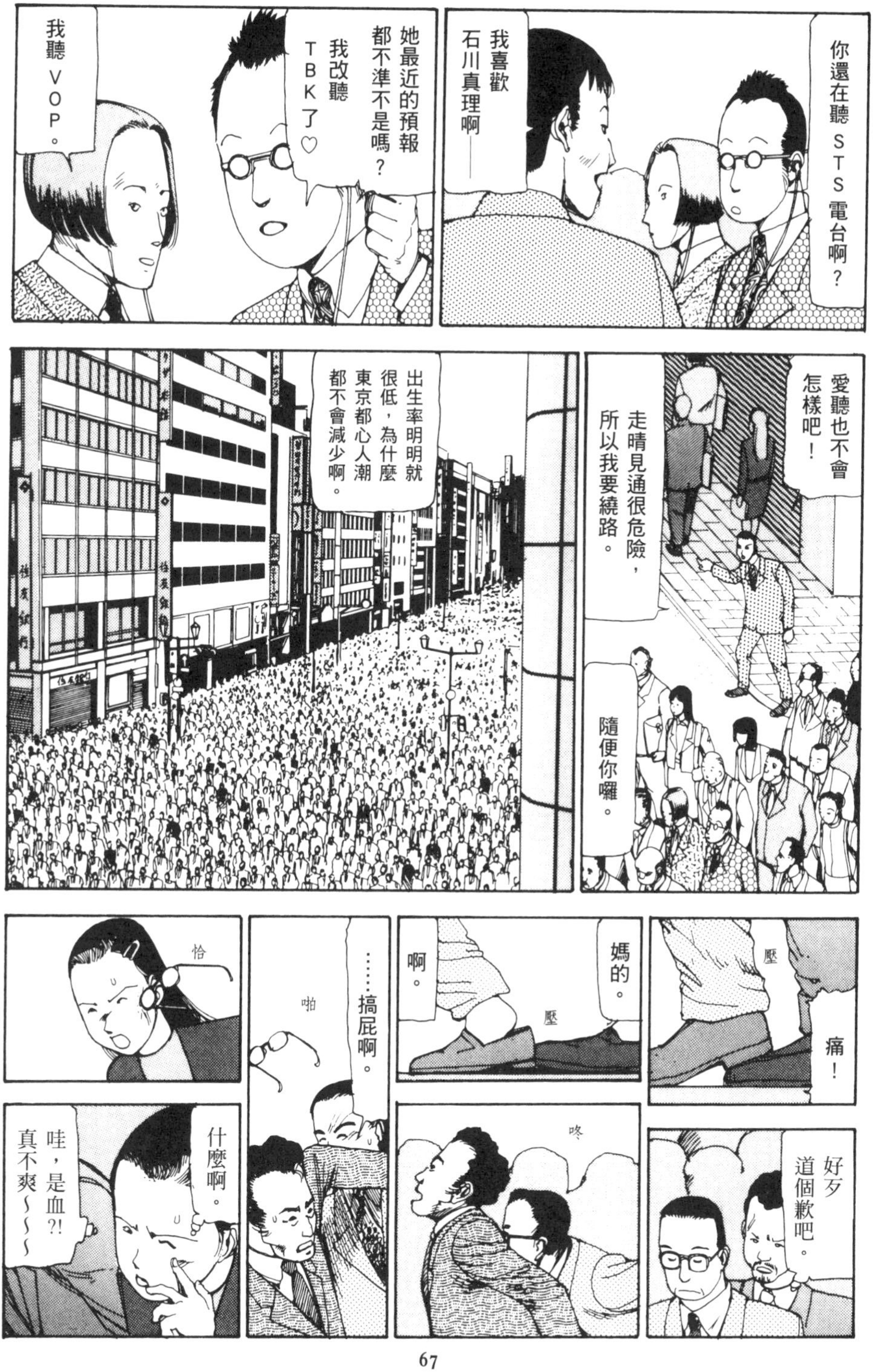
你還在聽STS電台啊？
我喜歡石川真理啊——
她最近的預報都不準不是嗎？
我改聽TBK了♡
我聽VOP。
愛聽也不會怎樣吧！
走晴見通很危險，所以我要繞路。
隨便你囉。
出生率明明就很低，為什麼東京都心人潮都不會減少啊。
壓
痛！
媽的。
壓
啊。
……搞屁啊。
啪
恰
好歹道個歉吧。
咚
什麼啊。
哇，是血?!真不爽~~~

去你媽的。
刺
唉唷！
好痛喔！
我什麼也沒做啊！
咦？
焦躁不已
混帳。
刺
喀喀喀
唔
妳在幹麻！
咻
啊！
你才該住手吧！
茲——
你別抽煙啦！
你腳好臭啊！
你嘴巴好臭！
咚
醜死了！
爛品味！
長太高！
呀
啊
唔
嗯？
怎麼啦？
不妙，低氣壓形成了！
咚　啊——　噗沙　嘰　咚
嘰嘰　嘔　咚　咚嘔　噗沙
原來石川真理的預報是正確的！
我們趕快退到路邊！
不行，人實在太多了！
哇，往這邊來了！
慘啦！
低
……嗯？！
低
低
低
……偏移了。

哈哈，那兩個笨蛋。
相信預報不就沒事了嗎？
……!?
不會吧，路徑改變了嗎?!
咚 咿 啪 渣 嘔 嘔 咿 咚 啪 渣 咿 咚 嘔
我就說石川真理的預報不準嘛！
改聽STS的小谷美幸吧，她很棒喔。
喂，真田！
不可原諒……石川真理害我的身體變成這樣……
我一定要讓她嘗嘗這種滋味！
嗯。
叮咚噹
今日裁員報告

咦？
!!
總務課
寶田明夫　石坂保
小林三郎　齋藤民夫
營業課
木下惠助　渋谷幸子
原敏人　井上梅次
清水則文　千葉泉
完了，該怎麼辦，我才剛申請貸款啊。
吉村忠雄　成瀨美紀子
靜兒　川崎雄二　牧野雅
耕二　鈴木清太郎
為什麼是我？
哇，也有我?!
呀——
惡意騷擾的假禮物越來越多了呢。
這是什麼啊，味道好怪……
不用拿來了，直接丟掉就是了。
不幹了?!
什麼蠢話，妳可是我們的招牌耶。
才失準四、五次而已別那麼沮喪嘛。
森田剛開始的時候也是……
我知道啦！
但我拿不出自信……
兩個小時後才播晚間預報。稍微休息一下吧。

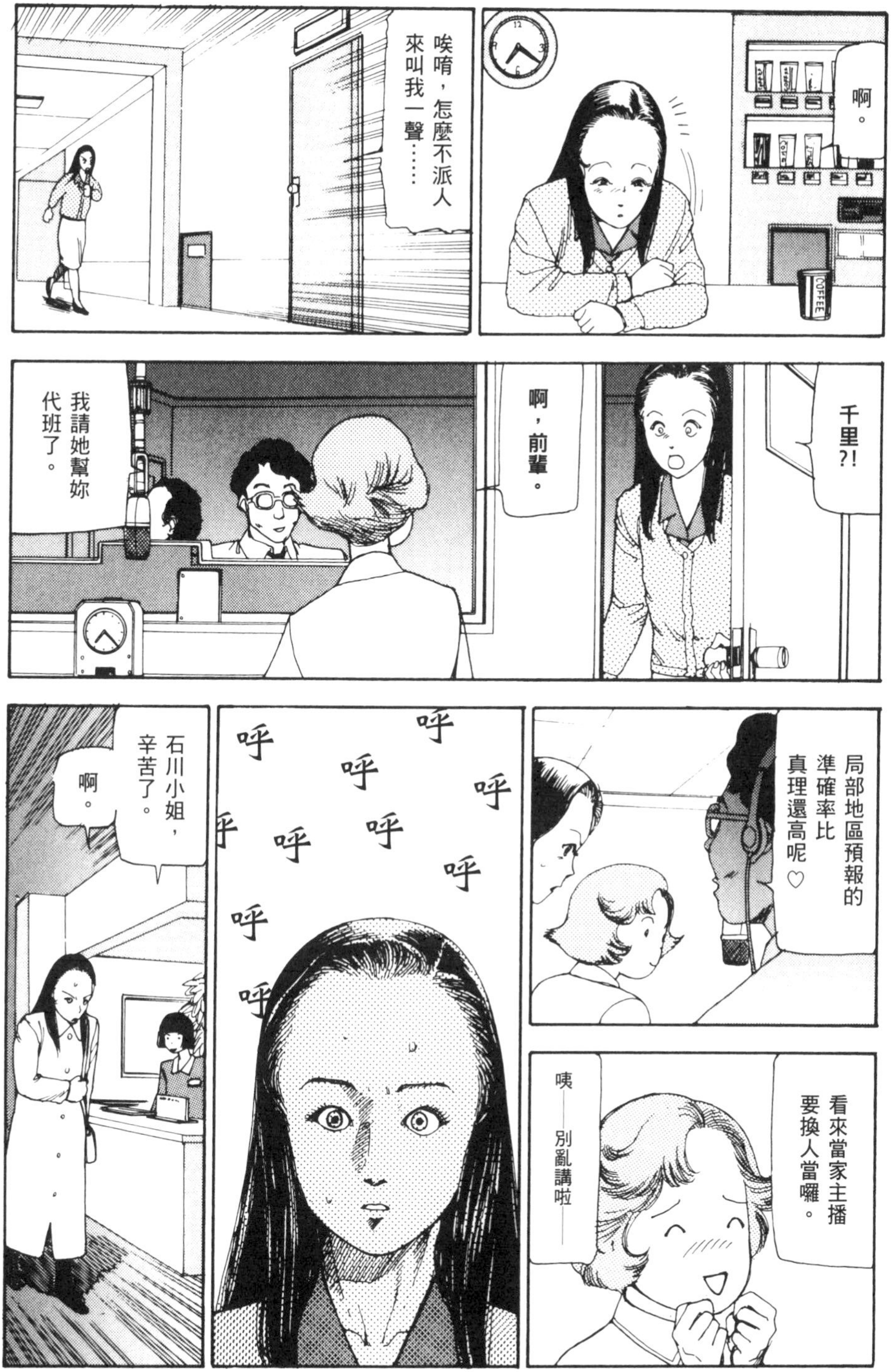
啊。
唉唷，怎麼不派人來叫我一聲……
千里?!
啊，前輩。
我請她幫妳代班了。
局部地區預報的準確率比真理還高呢♡
呼
呼
呼
呼
呼
呼
呼
呼
呼
呼
石川小姐，辛苦了。
啊。
看來當家主播要換人當囉。
咦——別亂講啦——

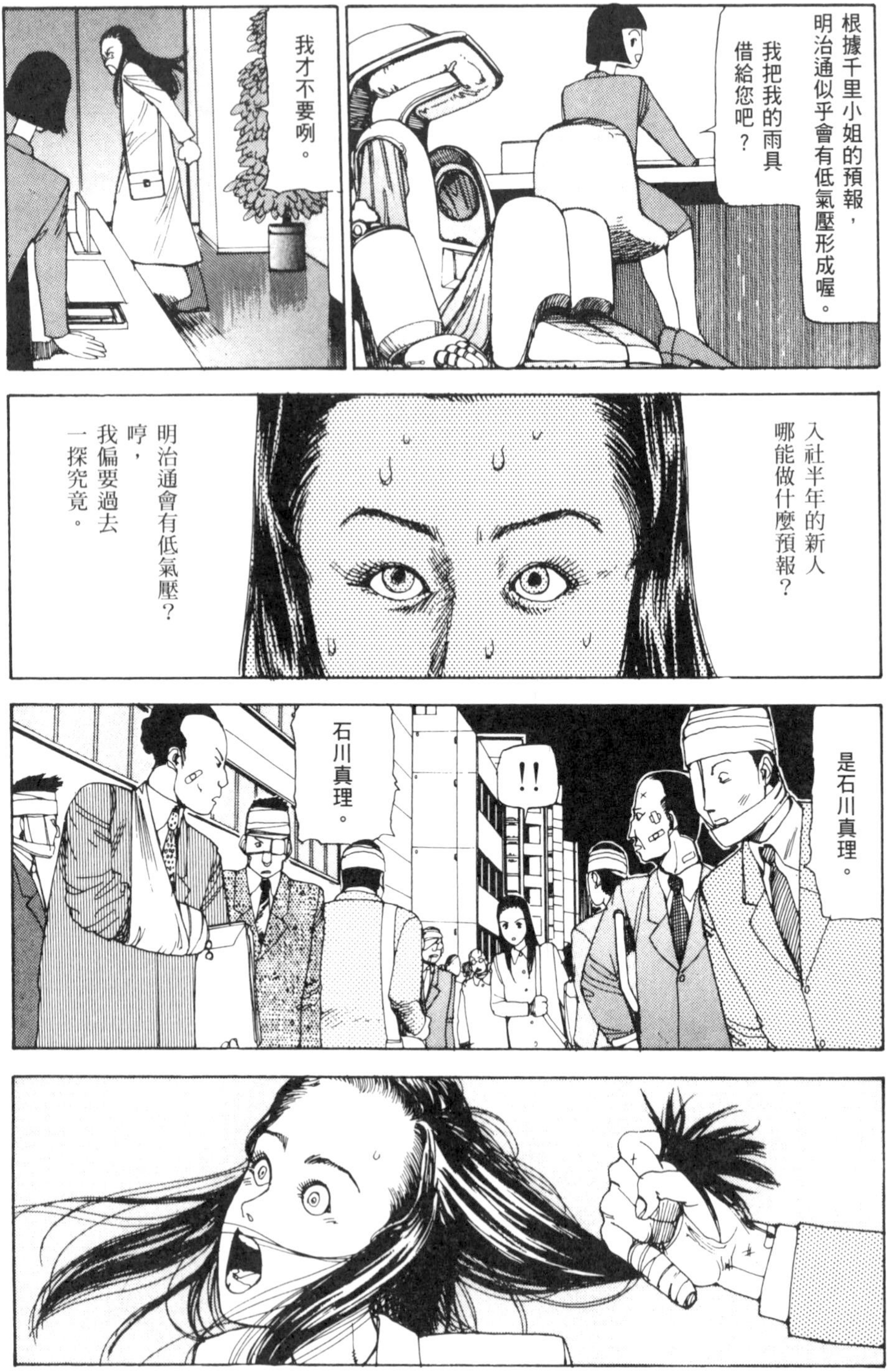
根據千里小姐的預報，明治通似乎會有低氣壓形成喔。
我把我的雨具借給您吧？
我才不要咧。
入社半年的新人哪能做什麼預報？
明治通會有低氣壓？哼，我偏要過去一探究竟。
是石川真理。
!!
石川真理。

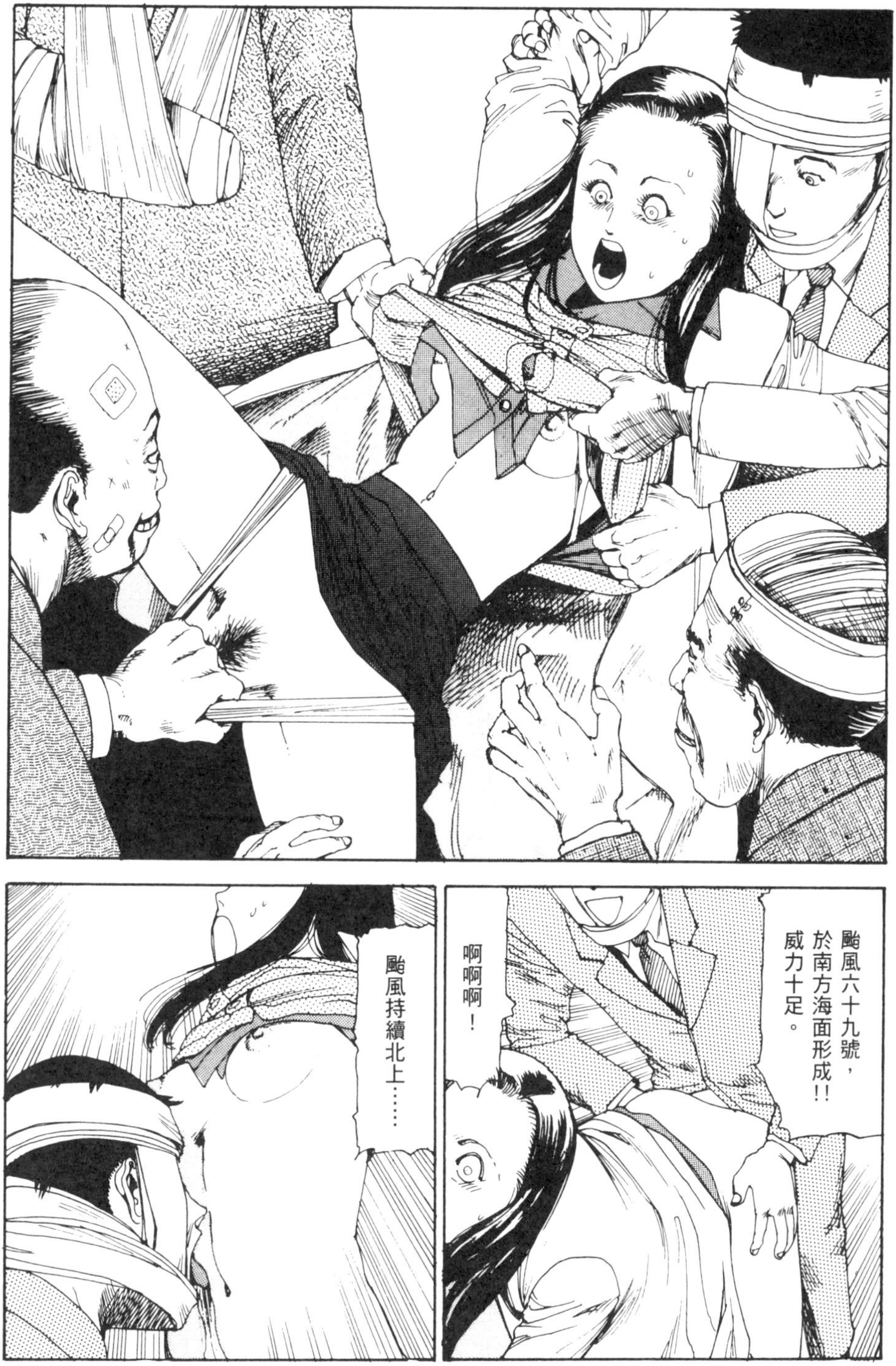
颱風六十九號，
於南方海面形成!!
威力十足。
啊啊啊！
颱風持續北上……

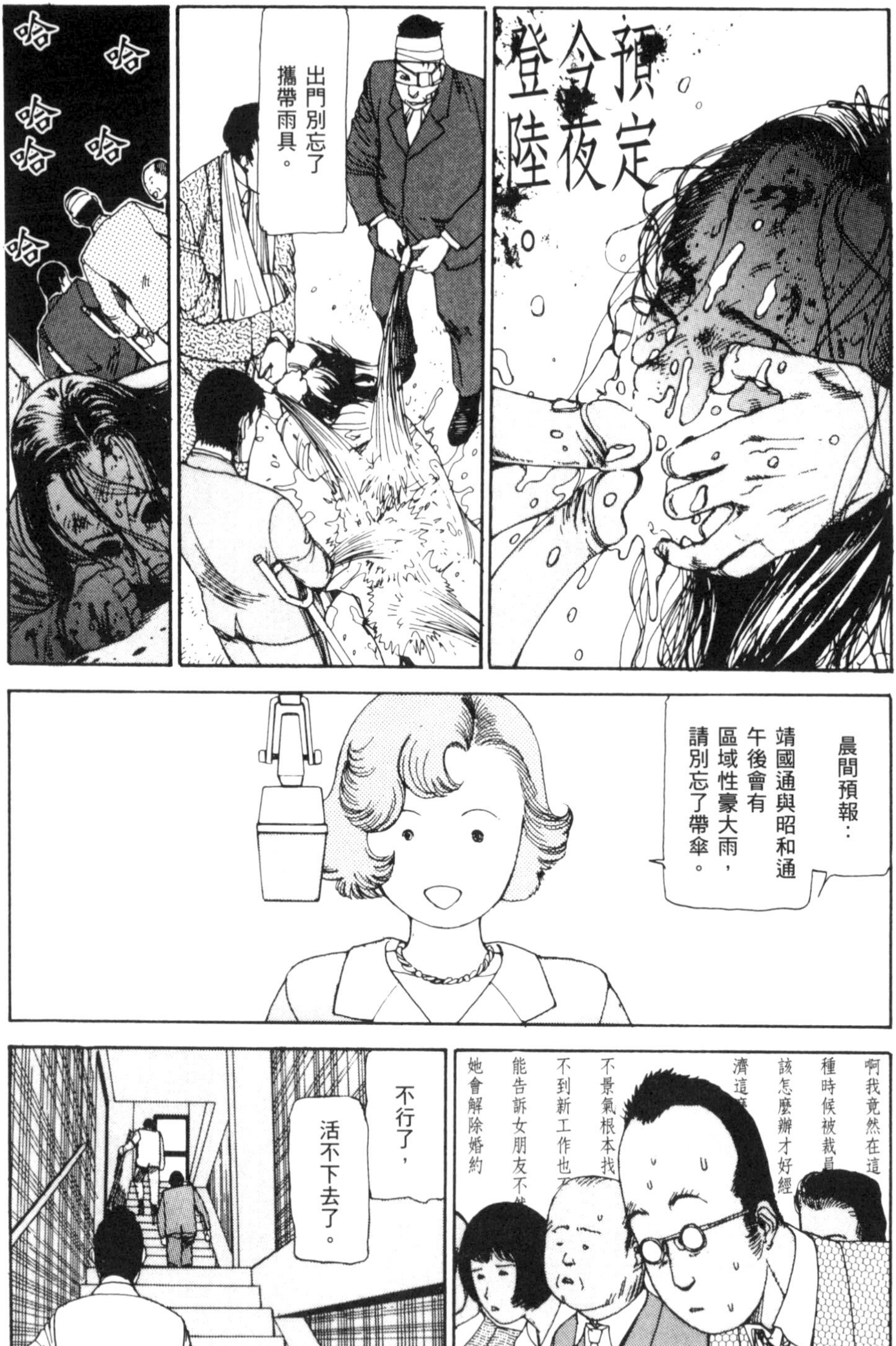
預定今夜登陸。
出門別忘了攜帶雨具。
哈哈哈哈哈哈
晨間預報：
靖國通與昭和通午後會有區域性豪大雨，請別忘了帶傘。
啊我竟然在這種時候被裁員
該怎麼辦才好經濟這
不景氣根本找不到新工作也
能告訴女朋友不
她會解除婚約
不行了，
活不下去了。

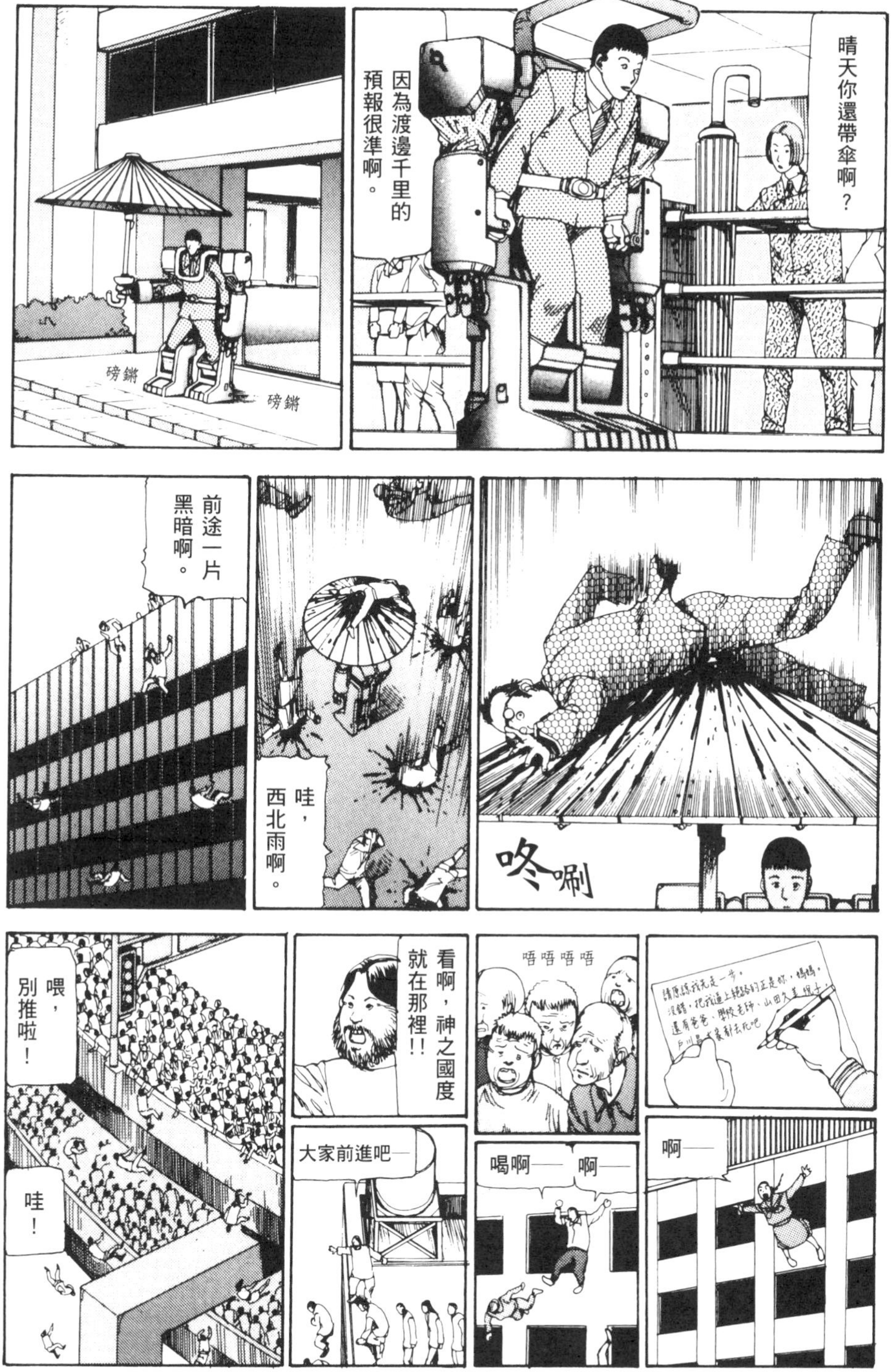
晴天你還帶傘啊？
因為渡邊千里的預報很準啊。
磅鏘
磅鏘
前途一片黑暗啊。
哇，西北雨啊。
咚唰
喂，別推啦！
哇！
看啊，神之國度就在那裡！！
唔唔唔唔
請原諒我先走一步。
沒錯，把我逼上絕路的正是妳，媽媽。
還有爸爸、學校老師、山田久美悅子，
戶川昌大家都去死吧
大家前進吧——
喝啊——
啊——
啊——

看來這大雨一時之間不會停了。
嗡隆隆隆隆隆
千里妹，辛苦啦！
您也辛苦了。
嗯？什麼啊，妳還在啊。
這是怎樣？

就算妳這麼說，我也沒輒啊——主播人選是大主管他們決定的。
你當導播當幾年啦！
要我每天服務你也可以喔。
唔——
喔——聖嬰現象!!
氣溫急遽上升~~~
午後預報。
你用這捲錄音帶蓋掉她的聲音。
有樂町地區會有豪大雨♡
各地區天氣晴朗。

今天天氣晴朗真是太好了。
7F
メガネ
對啊。
帶著傘實在太礙事……
咚喀
啪嘰
呀~~~信輝~~
咚唰
呀~~~
收到這麼多，真是辛苦妳了……哎呀這是什麼？滴答作響耶。
別管那麼多了，請幫我丟掉。
這拿去丟吧。
啊，這樣啊。
呀
砰
晚間預報交給我吧，妳回家好好休息。
真是不好意思……
我的手，我的手指啊~~~

順帶一提，我認為靖國通那附近的天色很陰。小心點啊。
導播說是失誤……但他一定是故意的。
一定是前輩叫他做的。
靖國通天色陰？哼，我偏要過去。
平安到家後再向她報告。
是渡邊千里！
渡邊千里!!

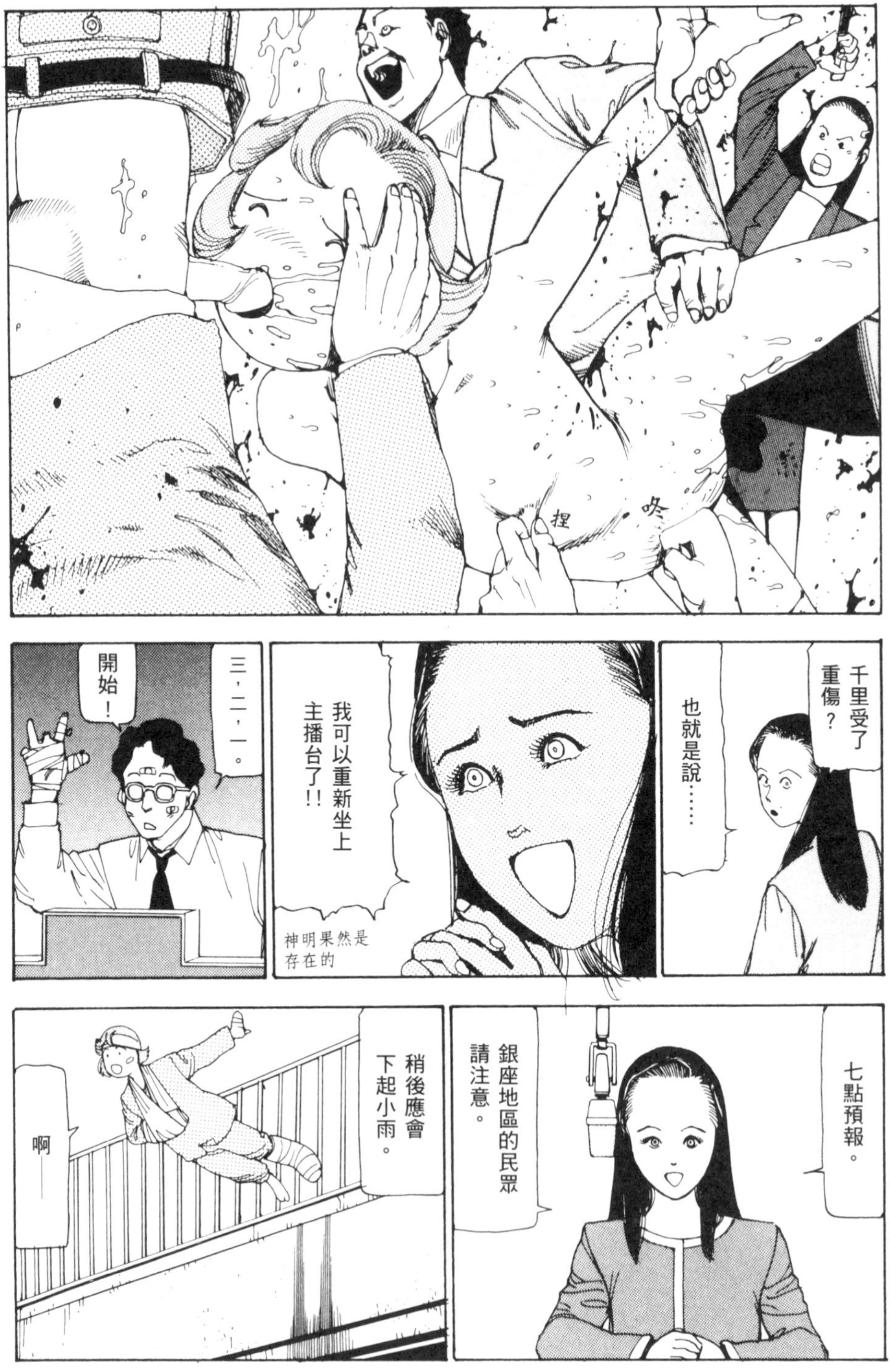
咚
捏
千里受了重傷？
也就是說……
我可以重新坐上主播台了!!
神明果然是存在的
三，二，一。
開始！
七點預報。
銀座地區的民眾請注意。
稍後應會下起小雨。
啊——

站前漫才

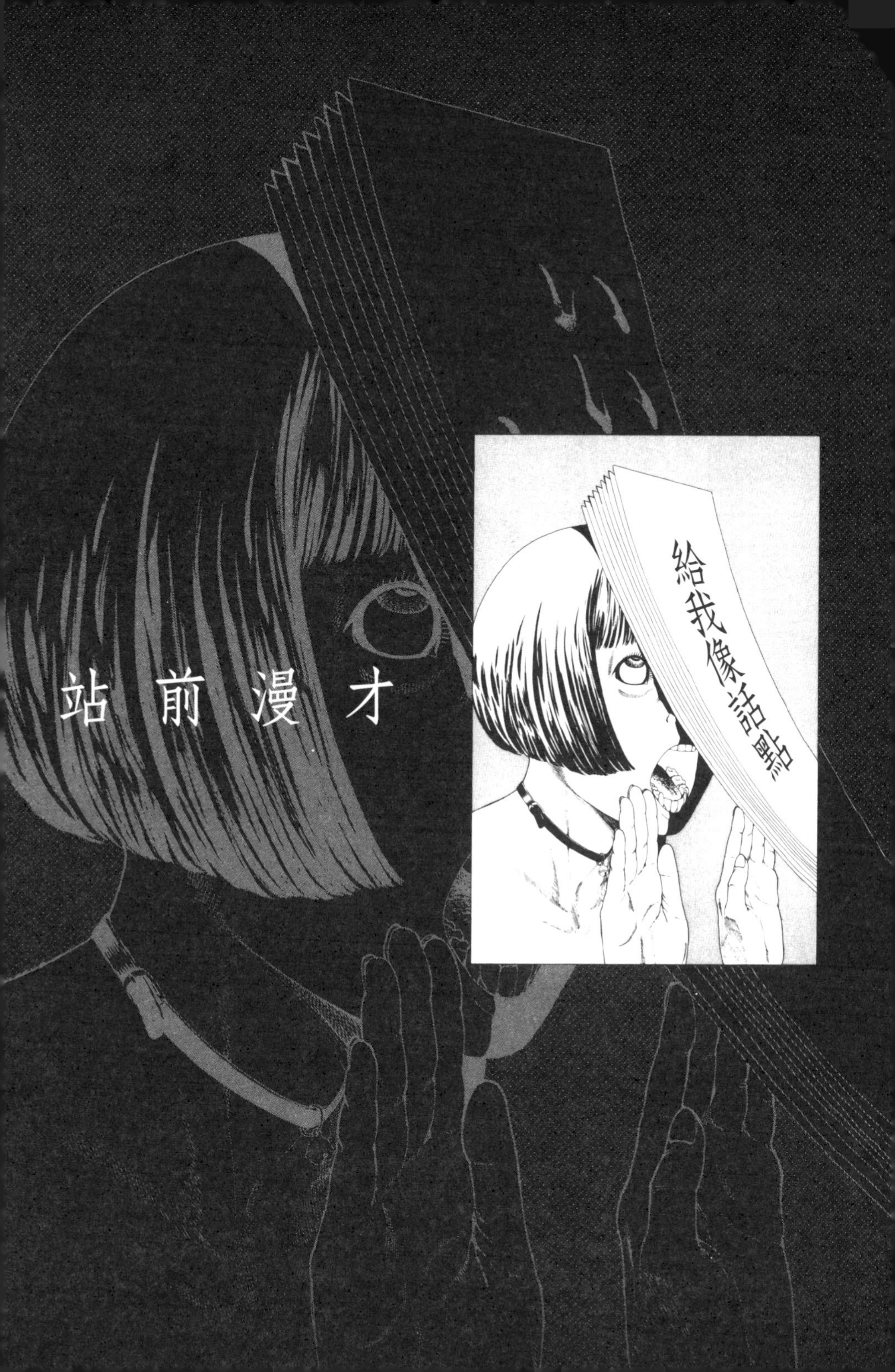

失蹤協尋
土井久美
失蹤協尋
妳認錯人了，別來糾纏我。
你在說什麼，我的眼睛又不是長好看的。
人人讚賞的漫才界新世代鬼才旗手竟然淪落至此啊。
你說是吧？寒空英京先生！
我叫牛田恒吉，不認識什麼姓寒空的。
等等啊！
你知道你失蹤後業界變成什麼樣子了嗎？
我一定要讓你復出！
我不會輕易放棄的！

*漫才：是一種日本的喜劇表演形式，類似中國的對口相聲。

啪噠
請，木久藏小姐。
呃，那個。
那個……
就是……
腦、腦筋急轉彎。
說到過馬路……
和剃光頭有個共通之處，
那就是，要注意安全。
啊啊。
嘰咿咿咿
咿咿咿
咿
拿掉坐墊。

*源自於日本經典綜藝節目「笑點」中的橋段，在「大喜利」單元裡，若主持人認為節目來賓所說的哽好笑，則會增加一個參加者的坐墊。反之則拿掉坐墊。

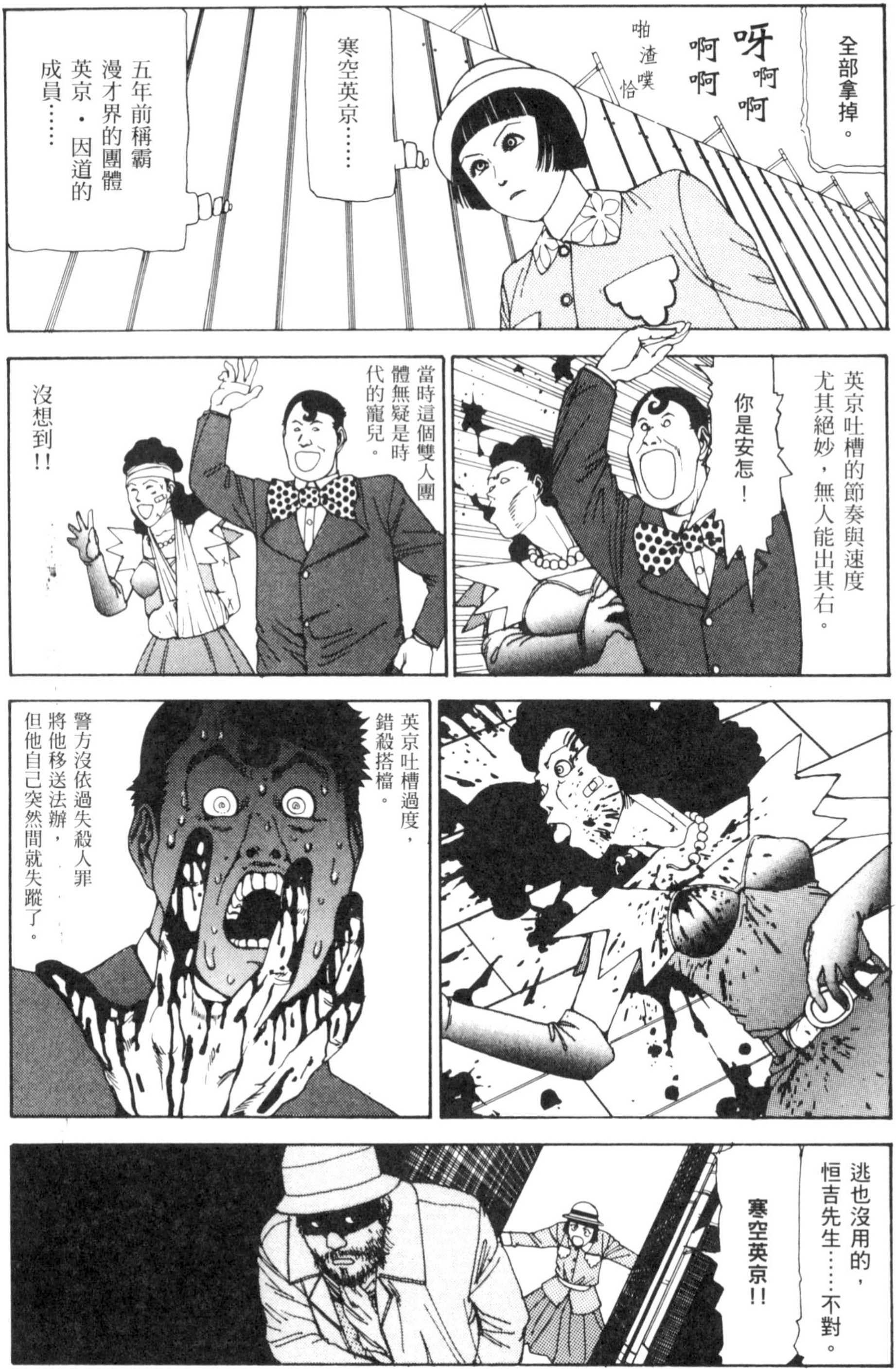
全部拿掉。
呀啊啊啊啊
啪渣噗恰
寒空英京……
五年前稱霸漫才界的團體英京・因道的成員……
英京吐槽的節奏與速度尤其絕妙，無人能出其右。
你是安怎！
當時這個雙人團體無疑是時代的寵兒。
沒想到!!
英京吐槽過度，錯殺搭檔。
警方沒依過失殺人罪將他移送法辦，但他自己突然間就失蹤了。
逃也沒用的，恒吉先生……不對。
寒空英京!!

妳要幹啥？
別管那麼多，你先看這個！
唉唷，政夫你這個色狼。
我會這麼色，就是因為小確性！
唉唷，政夫你這個色狼！
嗚阿！
咚沙
全家就是你家。
啪哩
你很煩耶！
我是李四端——
茲茲茲
看看現在的年輕人！他們吐槽不知輕重，害慘了多少人啊！
能夠調劑日常生活的幽默對話就這樣被他們毀了。

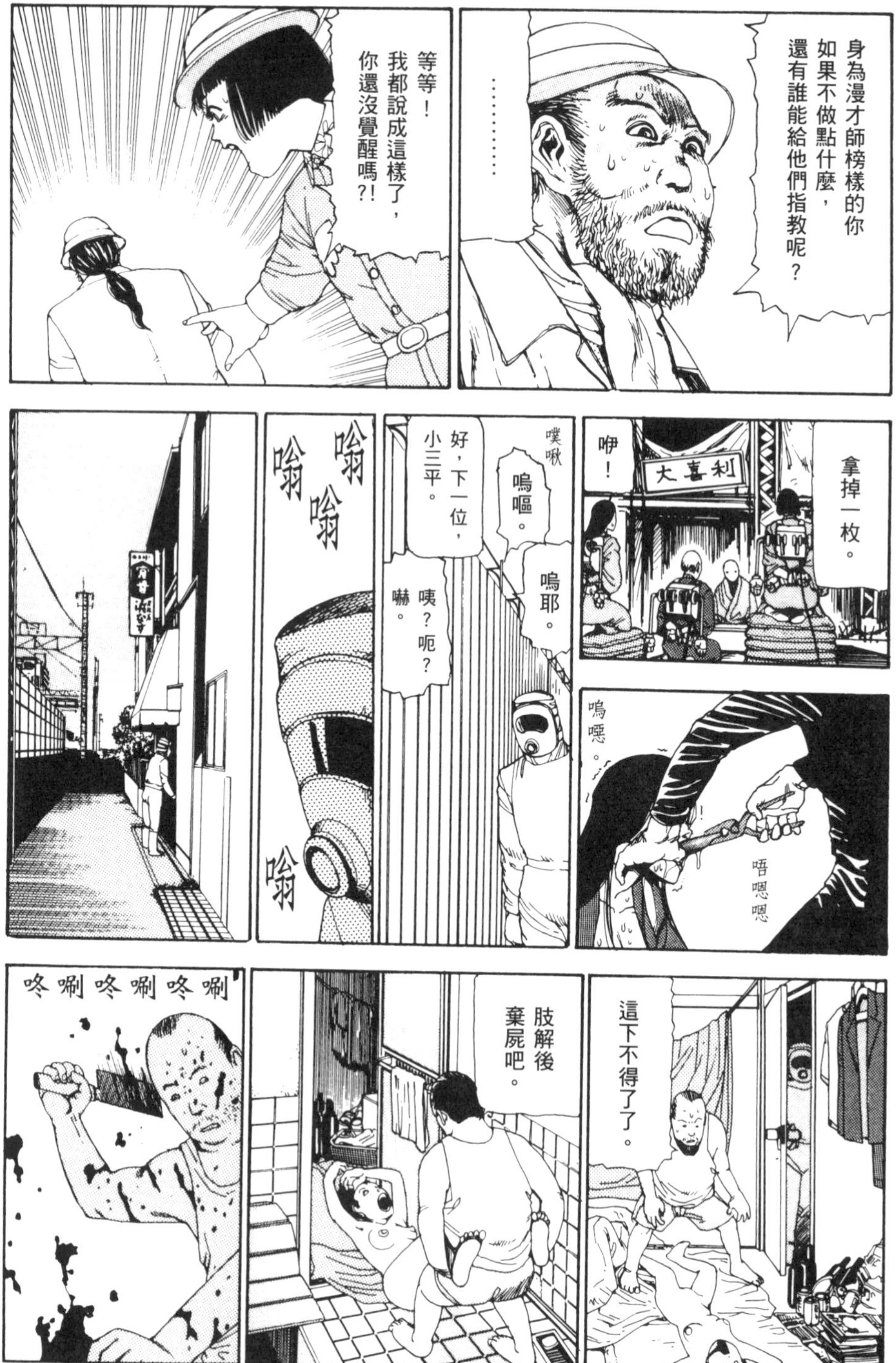
身為漫才師榜樣的你
如果不做點什麼，
還有誰能給他們指教呢？
……
等等！
我都說成這樣了，
你還沒覺醒嗎?!
拿掉一枚。
咿！
嗚嗯。
唔嗯嗯
噗啾
嗚嘔。
好，下一位，小三平。
嗚耶。
咦？呃？
嚇。
嗡
嗡
嗡
嗡
這下不得了了。
肢解後棄屍吧。
咚唰咚唰咚唰

*日文中，坐墊與舌頭的量詞都是「枚」。

咚唰咚唰咚唰
咚咚咚咚咚
肉切成邊長三、四公分的肉丁，撒上二分之一小匙的鹽和少許胡椒，放置三十分鐘左右。
炒洋蔥丁並加入紅酒、高湯和水燉煮。
然後放入馬鈴薯、胡蘿蔔、菜豆。
嗯？
您沒叫我來？
您沒叫我來對吧？
我真是失禮啦
哈拉呵囉嘻咧哈咧
哈拉呵囉嘻咧哈咧
英京，你不能一直這樣下去！逃避自己該扛起的責任是不對的！

*「您沒叫我來」和「哈拉呵囉嘻咧哈咧」都是昭和年代綜藝節目「肥皂泡 Holiday」的搞笑橋段。其中「哈拉呵囉嘻咧哈咧」用於表達不知所措的心情。

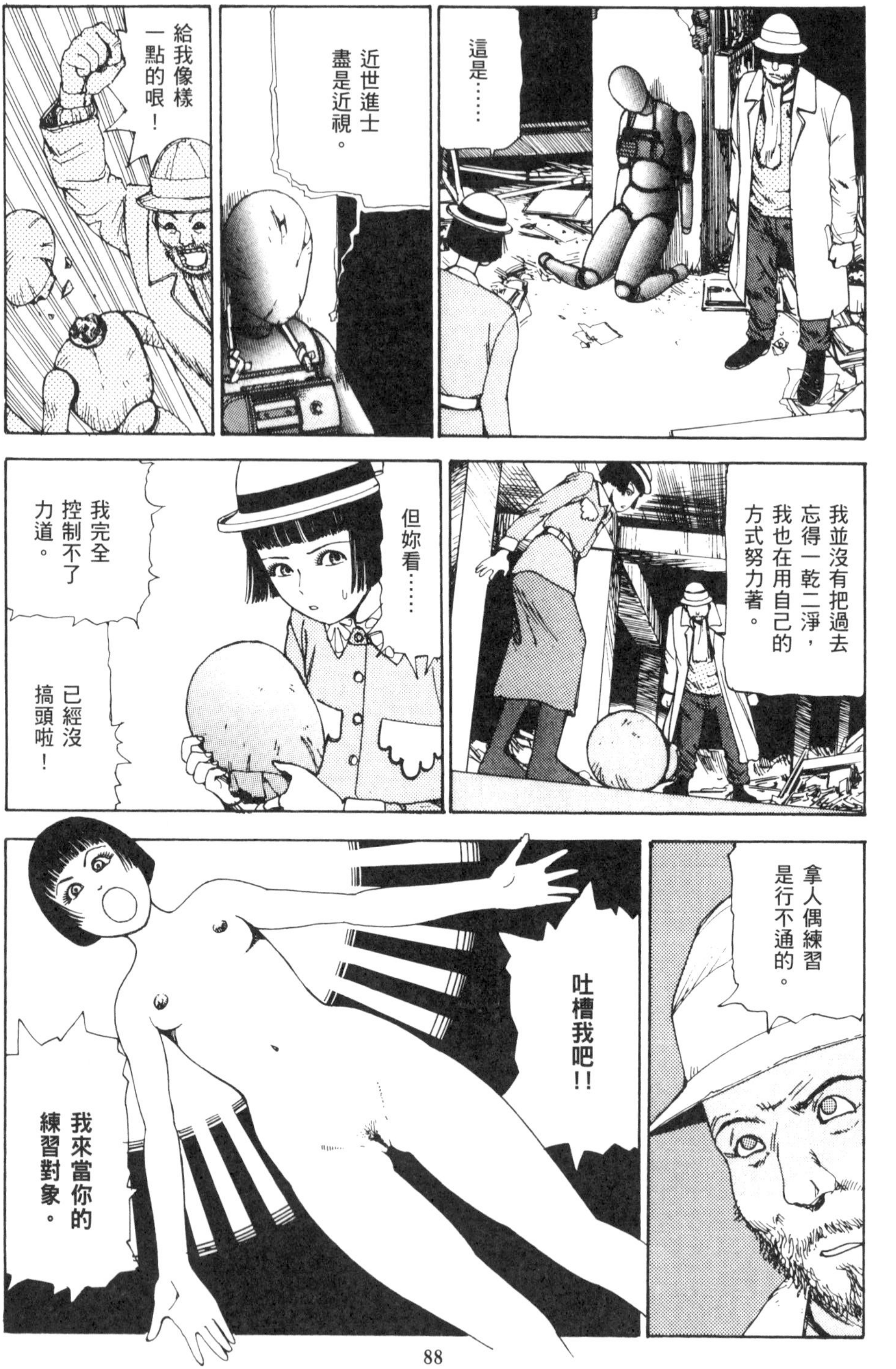

這是……
近世進士
盡是近視。
給我像樣
一點的哏！
我並沒有把過去
忘得一乾二淨，
我也在用自己的
方式努力著。
但妳看……
我完全
控制不了
力道。
已經沒
搞頭啦！
拿人偶練習
是行不通的。
吐槽我吧!!
我來當你的
練習對象。

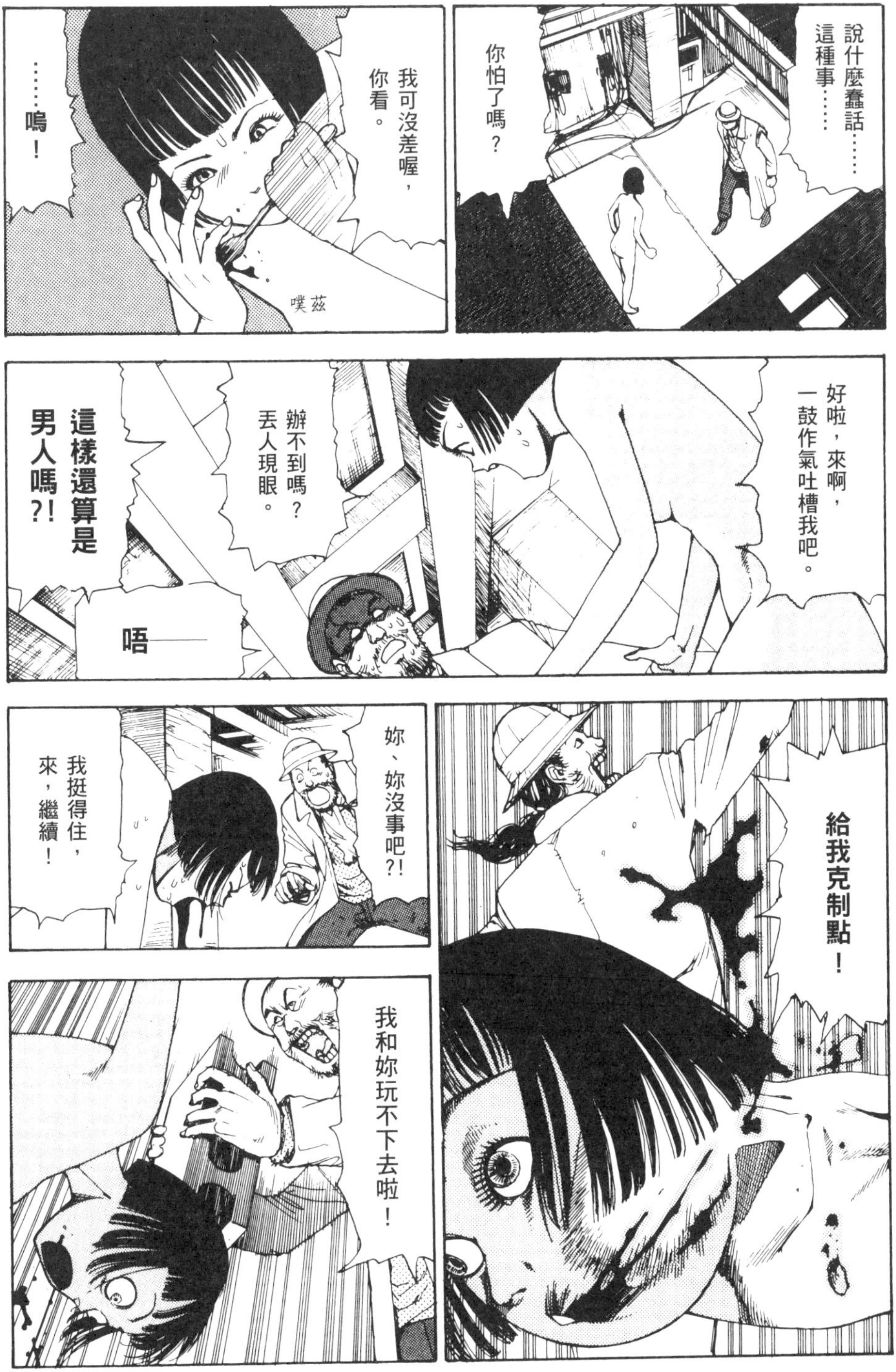
說什麼蠢話……
這種事……
你怕了嗎？
我可沒差喔，
你看。
……嗚！
噗茲
好啦，來啊，
一鼓作氣吐槽我吧。
辦不到嗎？
丟人現眼。
這樣還算是
男人嗎?!
唔——
給我克制點！
妳、妳沒事吧?!
我挺得住，
來，繼續！
我和妳玩不下去啦！

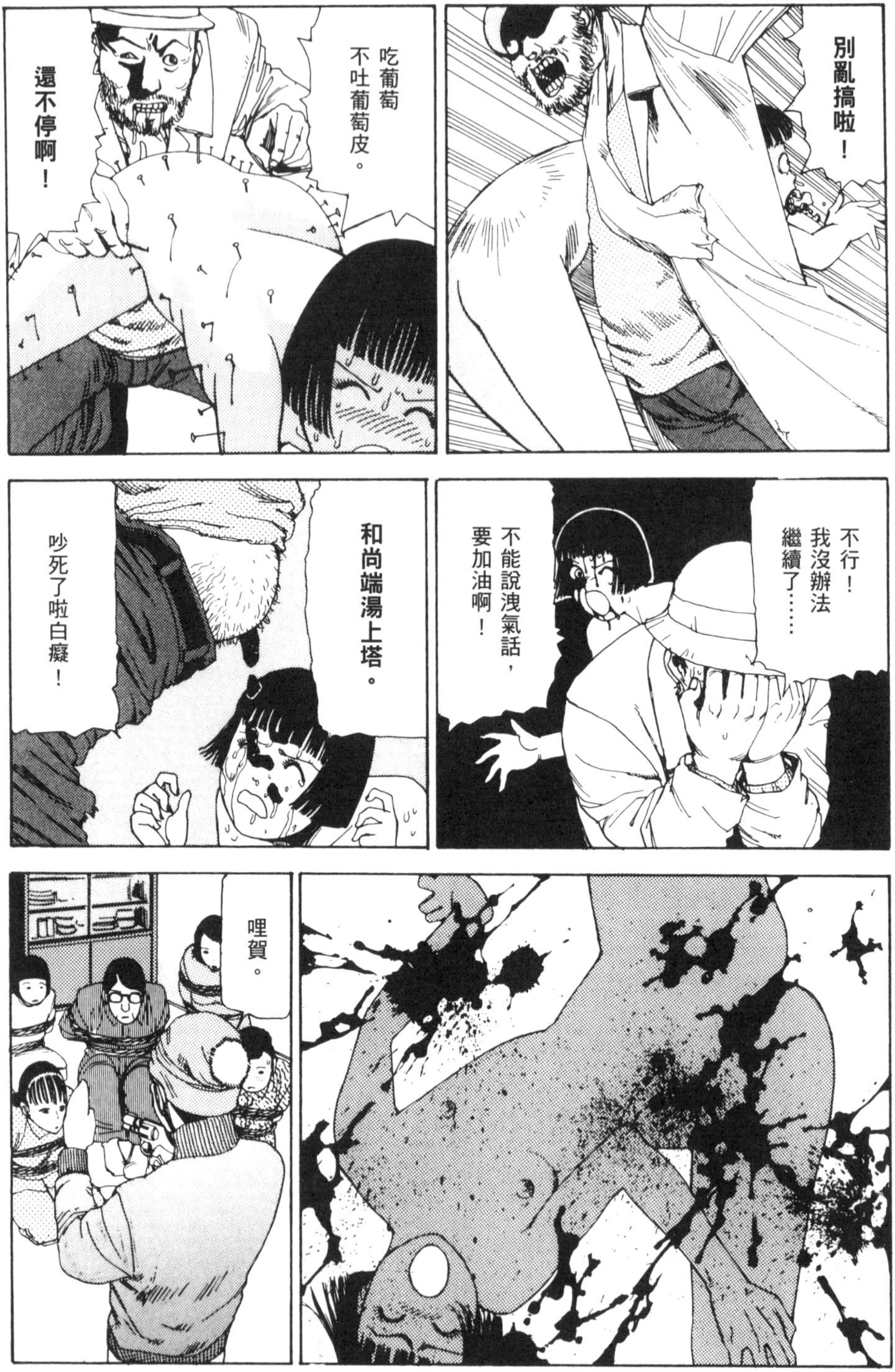
別亂搞啦！
吃葡萄不吐葡萄皮。
還不停啊！
不行！我沒辦法繼續了……
不能說洩氣話，要加油啊！
和尚端湯上塔。
吵死了啦白癡！
哩賀。

哩……哩賀……
聲音太小了，再一次！！
哩賀！！
不許出聲。
唔唔 唔唔 唔唔
哈哈哈 咻咻 咻咻
抖抖抖抖
咻咻咻
哈……
哈啾。
不對，要這樣子！
啊哈噗啾
唔唔 唔唔 啊啊啊 唔
啊啊
咻咻 咻咻
抖抖
只讓你看一下喔。
你也喜歡看吧？
台詞之間要再停頓兩、三拍！
重來！！

抱歉，沒想到會弄成這樣。
我不在乎啦。
倒是你應該要利用現在這個時機！
妳在說什麼……我現在要是吐槽妳，妳的身體……
就是要趁現在啊！
你要藉機練習控制力道，不要讓我的傷口裂開啊。
為什麼？
為什麼妳要做到這個地步？
是為了贖罪。
啊?!
你站上漫才界頂點的時期，我找不到好搭檔跟我合作，人氣毫無起色……
我總是在舞台的邊邊看著你。
唉……要是我的吐槽有那麼厲害就好了……

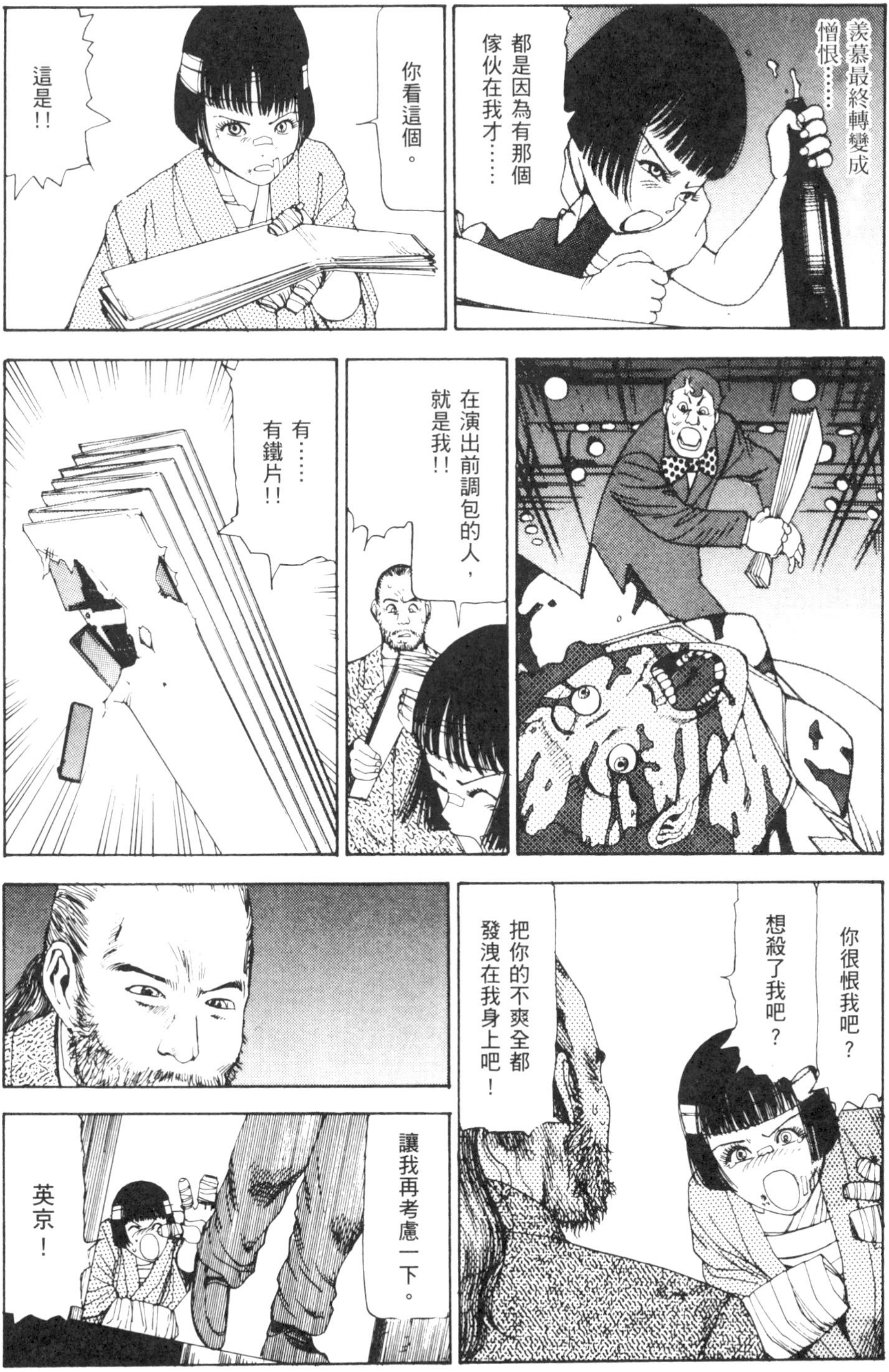
羨慕最終轉變成憎恨……
都是因為有那個傢伙在我才……
你看這個。
這是!!
在演出前調包的人，就是我!!
有……有鐵片!!
你很恨我吧？
想殺了我吧？
把你的不爽全都發洩在我身上吧！
讓我再考慮一下。
英京！

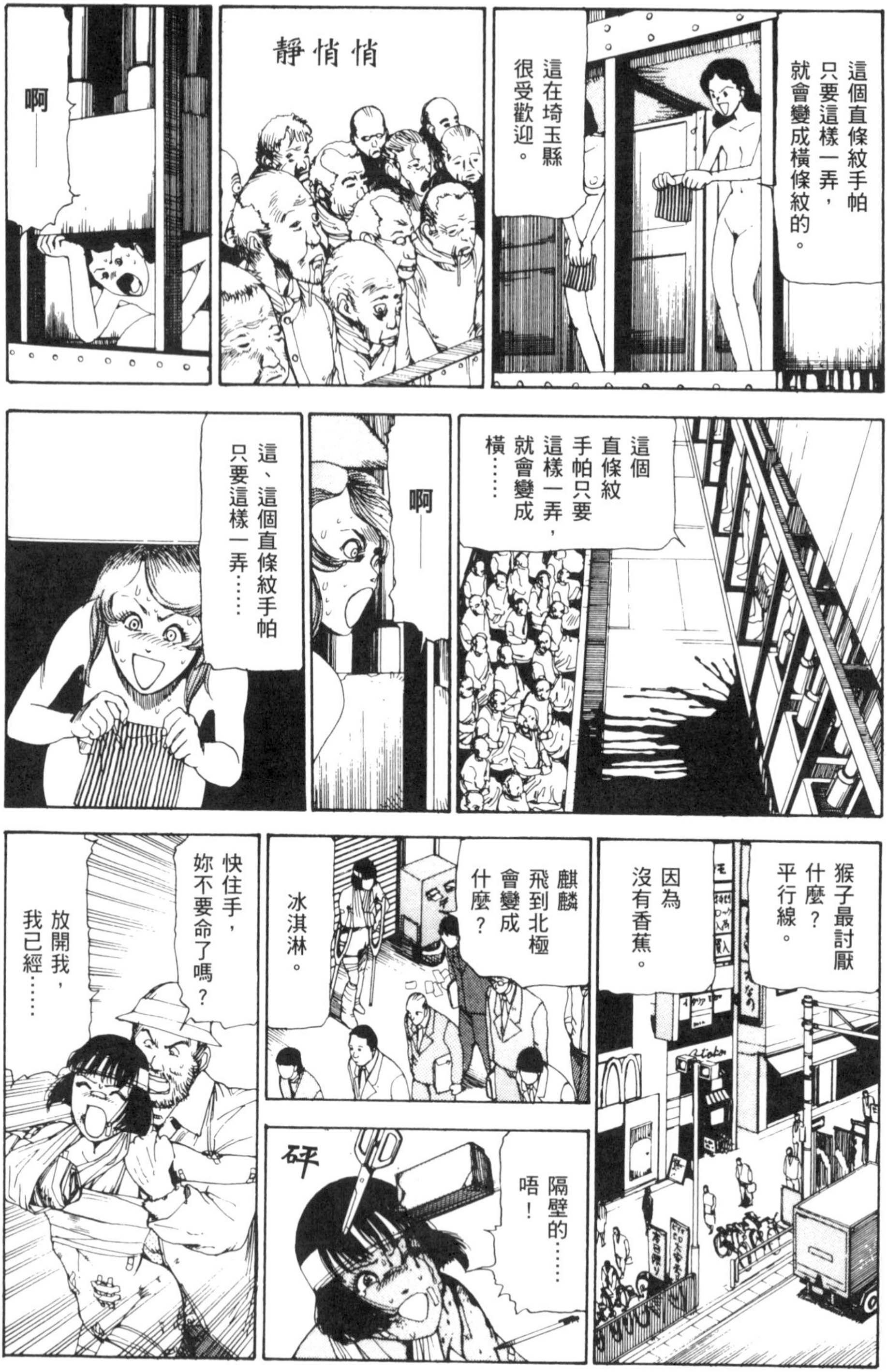
這個直條紋手帕
只要這樣一弄，
就會變成橫條紋的。
這在埼玉縣
很受歡迎。
靜悄悄
啊——
這個
直條紋
手帕只要
這樣一弄，
就會變成
橫……
啊——
這、這個直條紋手帕
只要這樣一弄……
猴子最討厭
什麼？
平行線。
因為
沒有香蕉。
麒麟
飛到北極
會變成
什麼？
冰淇淋。
快住手，
妳不要命了嗎？
放開我，
我已經……
隔壁的……
唔！
砰

你、你這是?!
啊啊啊！
原、原來如此，放血後力氣就會變小了。
我……我要再出招囉！
啊咿咿！

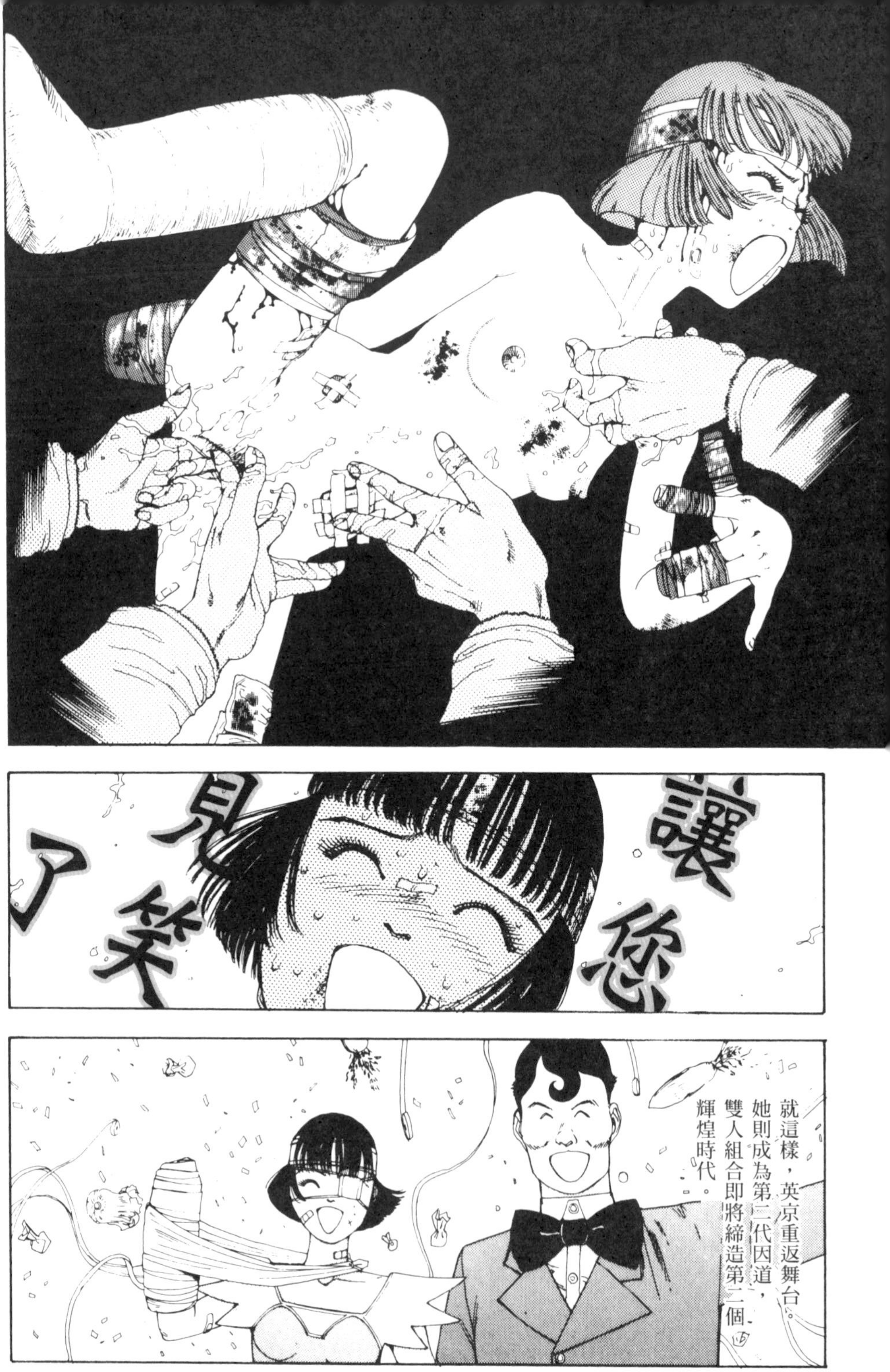
讓您見笑了
就這樣，英京重返舞台。
她則成為第二代因道，
雙人組合即將締造第二個
輝煌時代。

站前彈簧

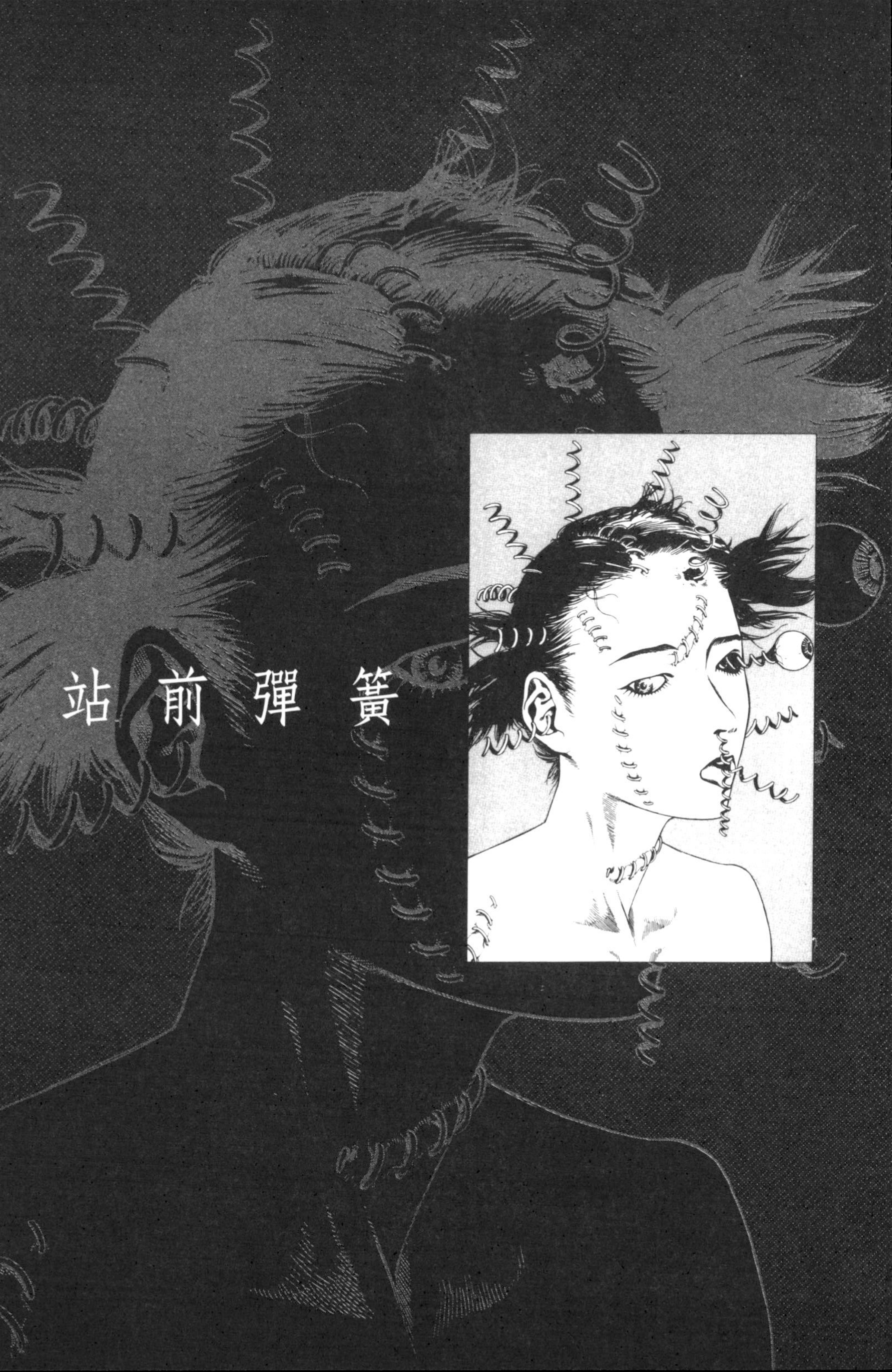

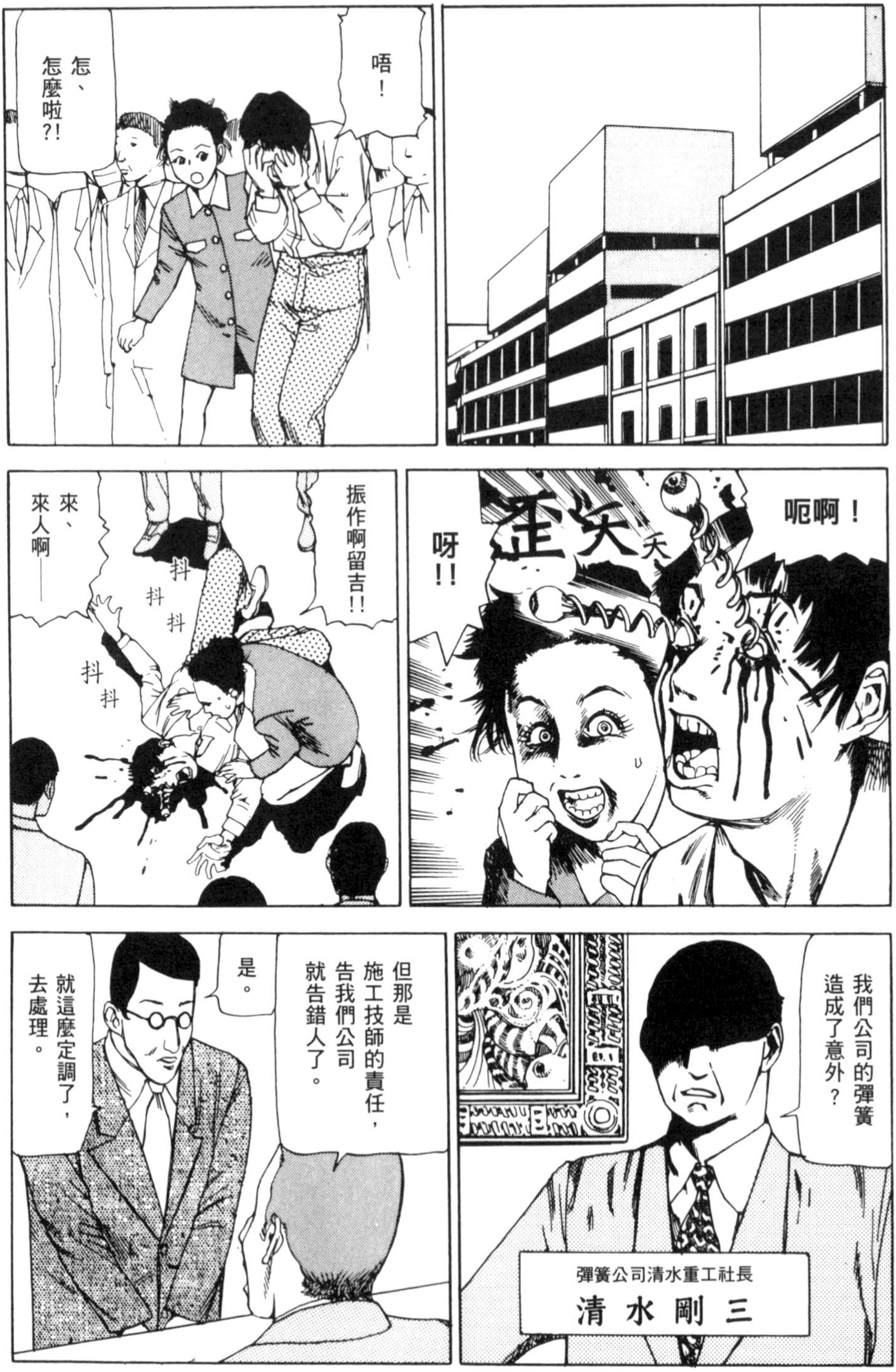
唔！
怎、怎麼啦?!
呃啊！
呀!!
振作啊留吉!!
抖抖抖
抖抖
來、來人啊——
我們公司的彈簧造成了意外？
彈簧公司清水重工社長
清水剛三
但那是施工技師的責任，告我們公司就告錯人了。
是。
就這麼定調了，去處理。

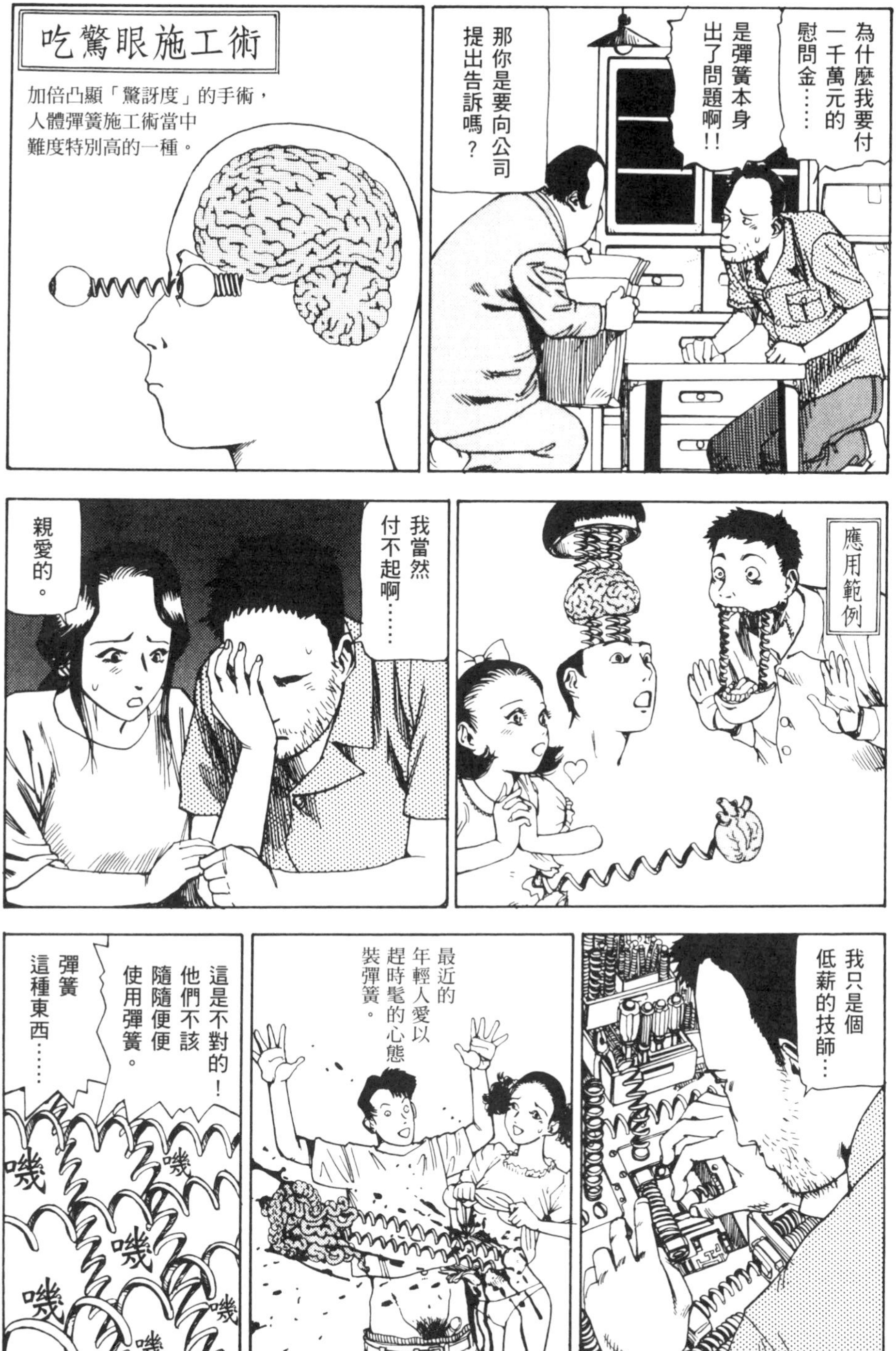
為什麼我要付一千萬元的慰問金……
是彈簧本身出了問題啊!!
那你是要向公司提出告訴嗎？
吃驚眼施工術
加倍凸顯「驚訝度」的手術，人體彈簧施工術當中難度特別高的一種。
應用範例
我當然付不起啊……
親愛的。
我只是個低薪的技師……
最近的年輕人愛以趕時髦的心態裝彈簧。
這是不對的！他們不該隨隨便便使用彈簧。
彈簧這種東西……
嘰
嘰
嘰
嘰
嘰
嘰

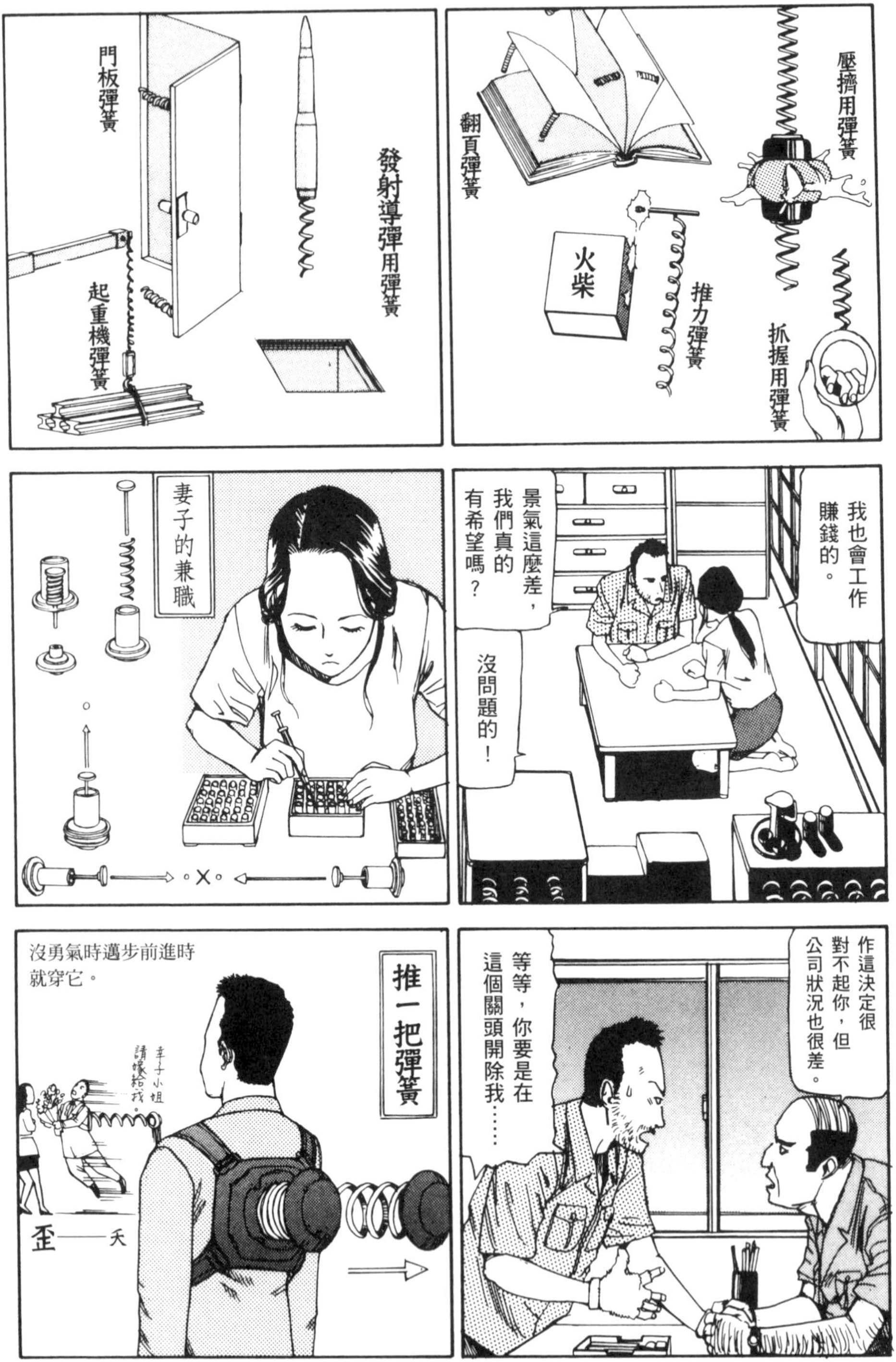

壓擠用彈簧
翻頁彈簧
火柴
推力彈簧
抓握用彈簧
門板彈簧
發射導彈用彈簧
起重機彈簧
我也會工作賺錢的。
景氣這麼差，我們真的有希望嗎？
沒問題的！
妻子的兼職
作這決定很對不起你，但公司狀況也很差。
等等，你要是在這個關頭開除我……
推一把彈簧
沒勇氣時邁步前進時就穿它。
幸子小姐請嫁給我。
歪——夭

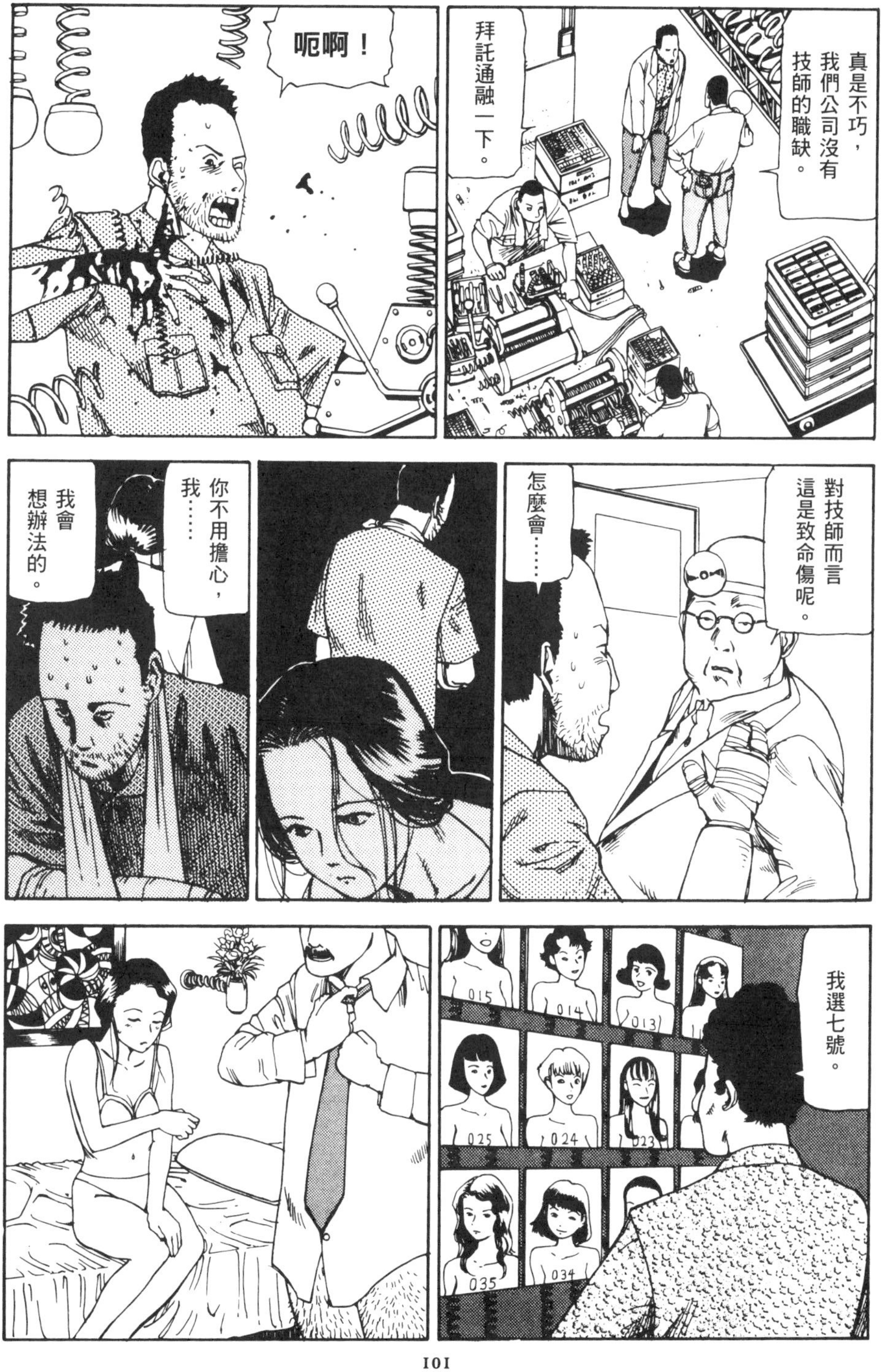
真是不巧，我們公司沒有技師的職缺。
拜託通融一下。
呃啊！
對技師而言這是致命傷呢。
怎麼會……
你不用擔心，我……
我會想辦法的。
我選七號。

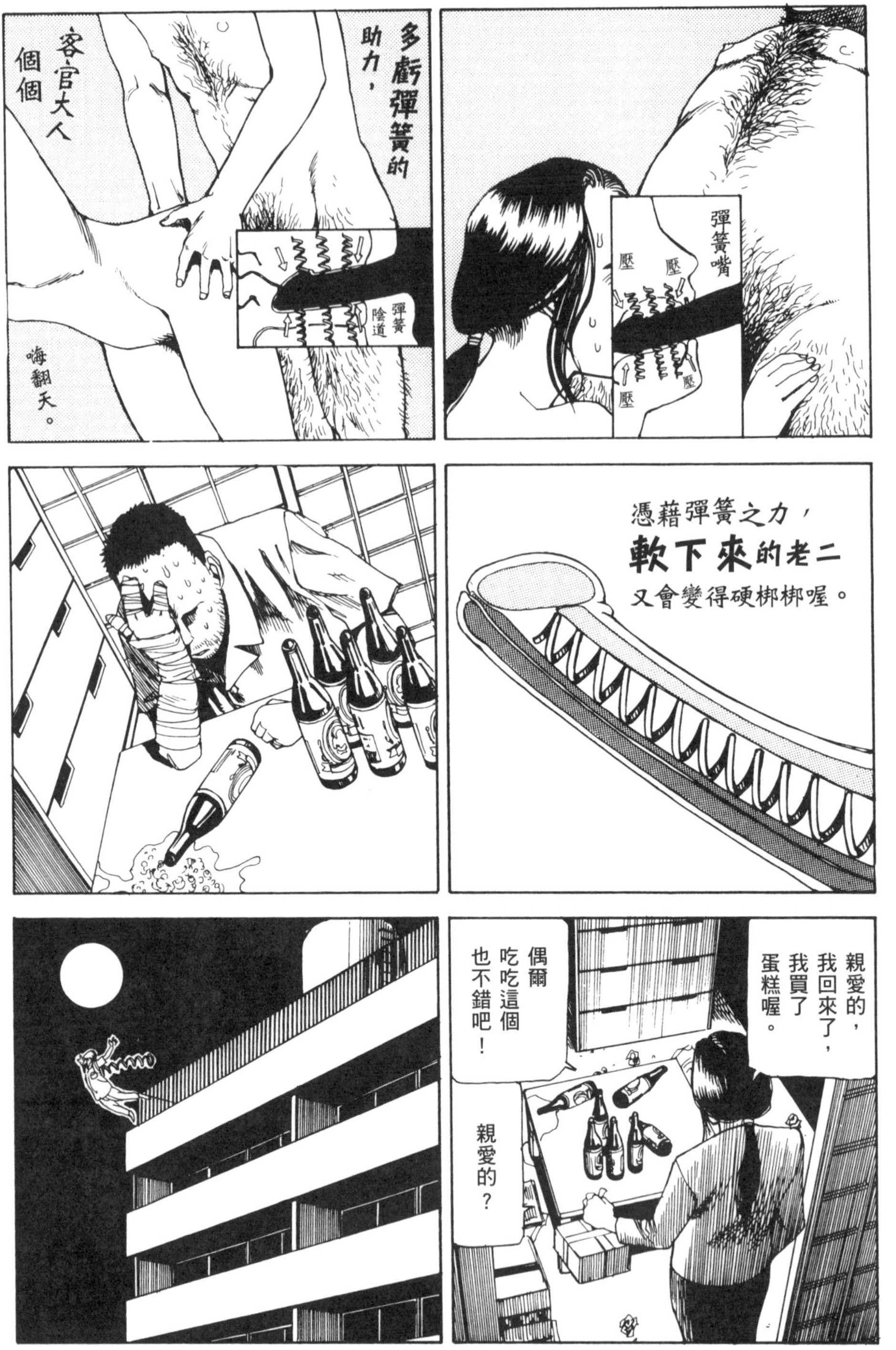
彈簧嘴
壓
壓
壓
壓
多虧彈簧的助力，
客官大人個個
嗨翻天。
彈簧
陰道
憑藉彈簧之力，
軟下來的老二
又會變得硬梆梆喔。
親愛的，
我回來了，
我買了
蛋糕喔。
偶爾
吃吃這個
也不錯吧！
親愛的？

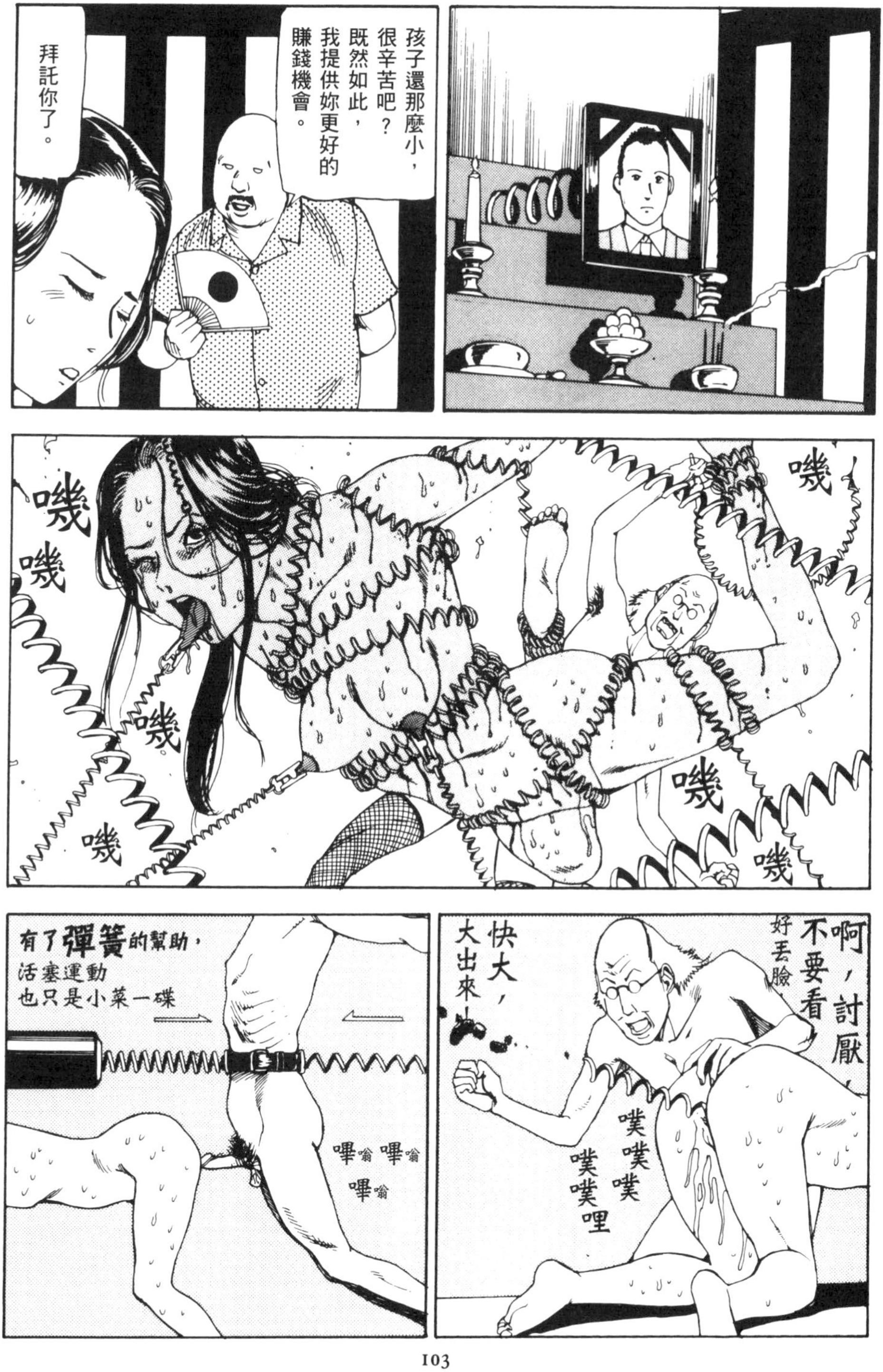
孩子還那麼小，很辛苦吧？既然如此，我提供妳更好的賺錢機會。
拜託你了。
嘰
嘰
嘰
嘰
嘰
嘰
嘰
啊，討厭，不要看
好丟臉
快大，大出來！
噗噗
噗噗哩
有了彈簧的幫助，活塞運動也只是小菜一碟
嗶嗡 嗶嗡
嗶嗡

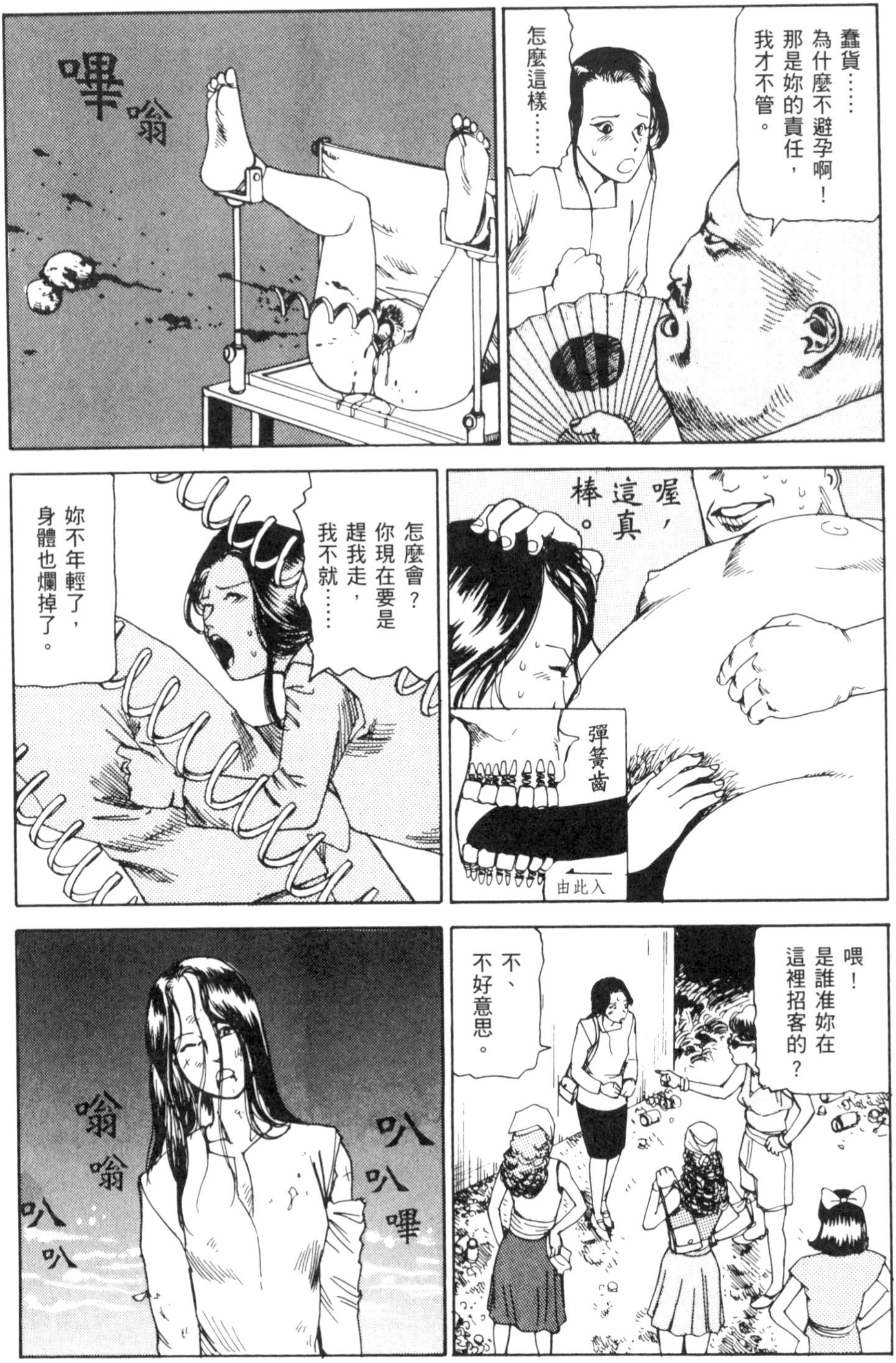
蠢貨……為什麼不避孕啊！那是妳的責任，我才不管。
怎麼這樣……
嗶 嗡
喔，這真棒。
彈簧齒
由此入
怎麼會？你現在要是趕我走，我不就……
妳不年輕了，身體也爛掉了。
喂！是誰准妳在這裡招客的？
不、不好意思。
叭 叭 嗶
嗡 嗡嗡
叭 叭

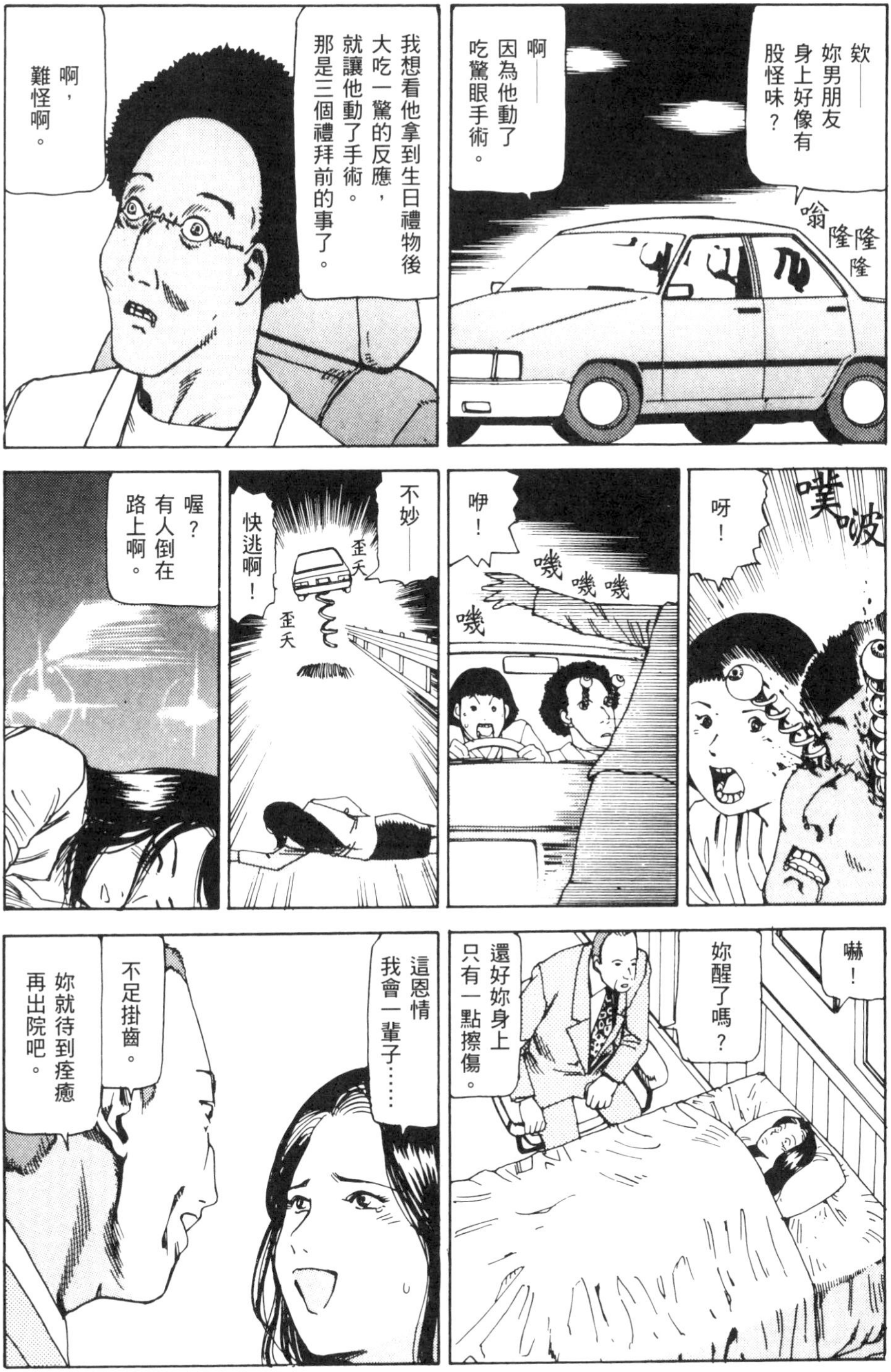
欸——
妳男朋友身上好像有股怪味？
啊——
因為他動了吃驚眼手術。
嗡隆隆隆
我想看他拿到生日禮物後大吃一驚的反應，就讓他動了手術。那是三個禮拜前的事了。
啊，難怪啊。
噗啵
呀！
咿！
嘰嘰嘰嘰
不妙——
快逃啊！
歪天
歪天
喔？有人倒在路上啊。
嚇！
妳醒了嗎？
還好妳身上只有一點擦傷。
這恩情我會一輩子……
不足掛齒。
妳就待到痊癒再出院吧。

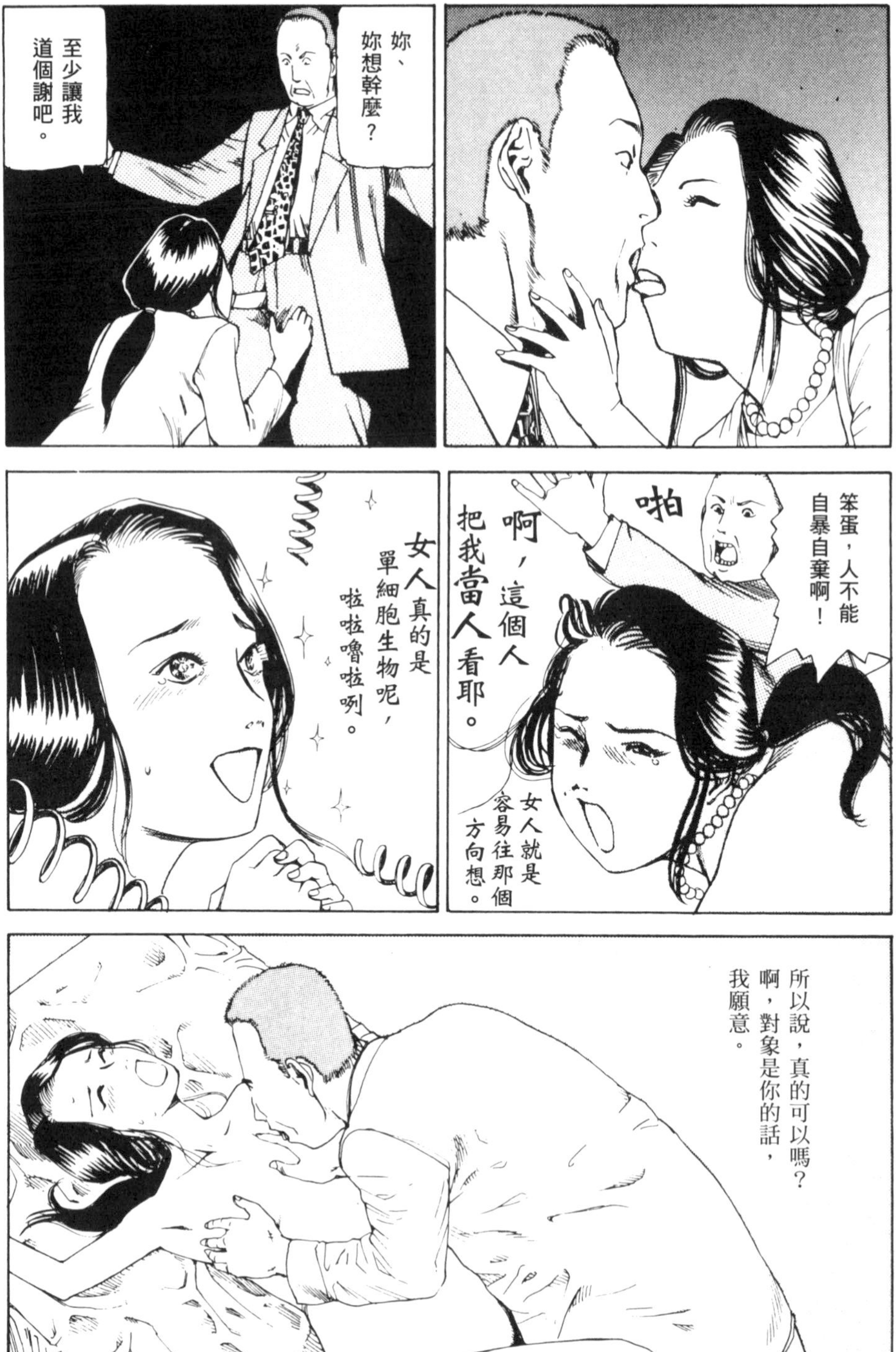
妳、妳想幹麼？
至少讓我道個謝吧。
笨蛋，人不能自暴自棄啊！
啪
啊，這個人把我當人看耶。
女人就是容易往那個方向想。
女人真的是單細胞生物呢，
啦啦嚕啦咧。
所以說，真的可以嗎？
啊，對象是你的話，我願意。

請問您在哪裡高就？
呃哈哈哈……我經營一間不成氣候的彈簧公司。
彈簧公司?!
呃，請問公司的名字是？
清水重工。
清水重工!!

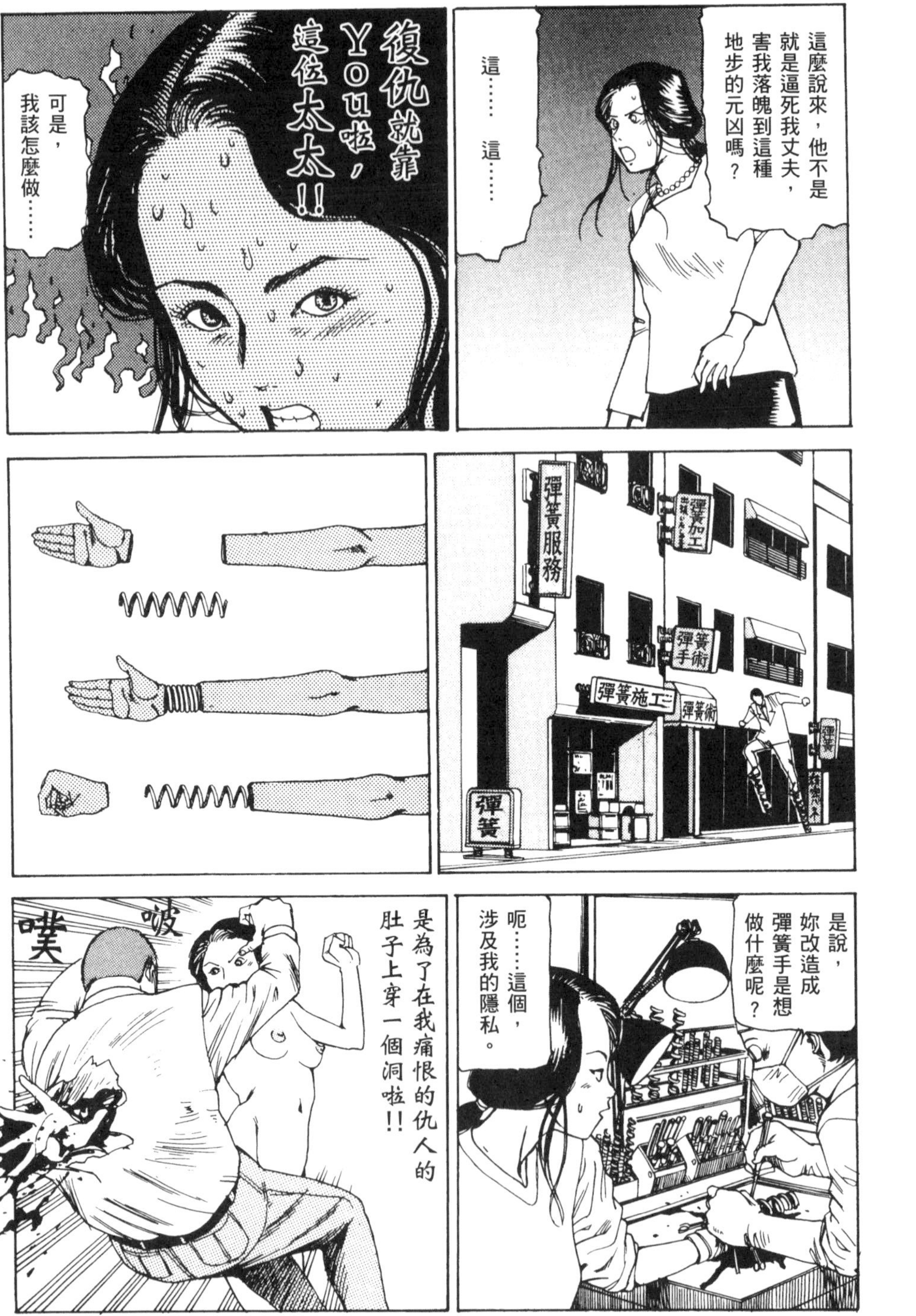
這麼說來，他不是就是逼死我丈夫，害我落魄到這種地步的元凶嗎？
這……這……
復仇就靠YOu啦，這位太太!!
可是，我該怎麼做……
彈簧服務
彈簧加工
彈簧手術
彈簧施工
彈簧術
彈簧
是說，妳改造成彈簧手是想做什麼呢？
呃……這個，涉及我的隱私。
是為了在我痛恨的仇人的肚子上穿一個洞啦!!
噗
啵

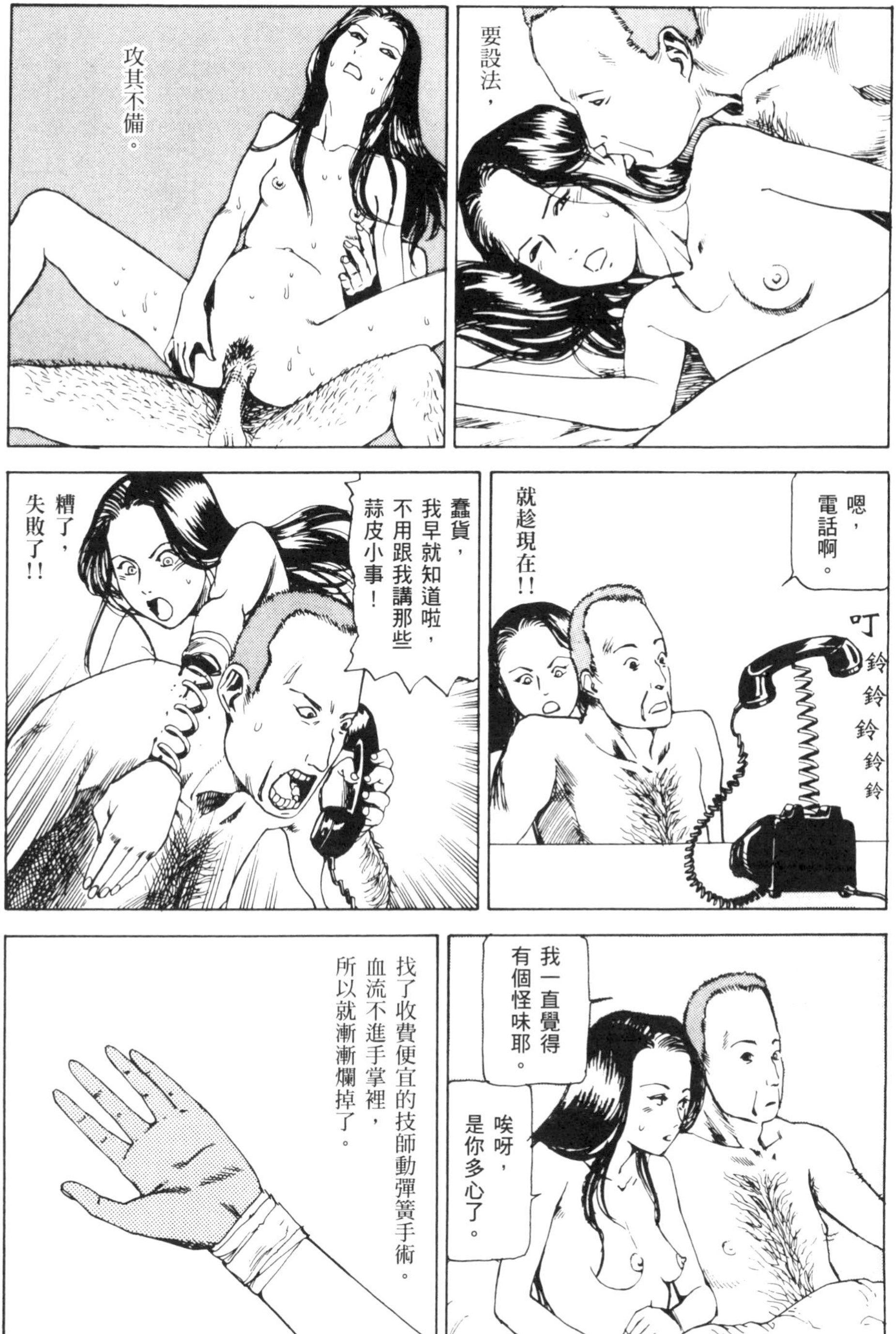
要設法，
攻其不備。
嗯，電話啊。
叮鈴鈴鈴鈴鈴
就趁現在!!
蠢貨，我早就知道啦，不用跟我講那些蒜皮小事！
糟了，失敗了!!
我一直覺得有個怪味耶。
唉呀，是你多心了。
找了收費便宜的技師動彈簧手術。
血流不進手掌裡，所以就漸漸爛掉了。

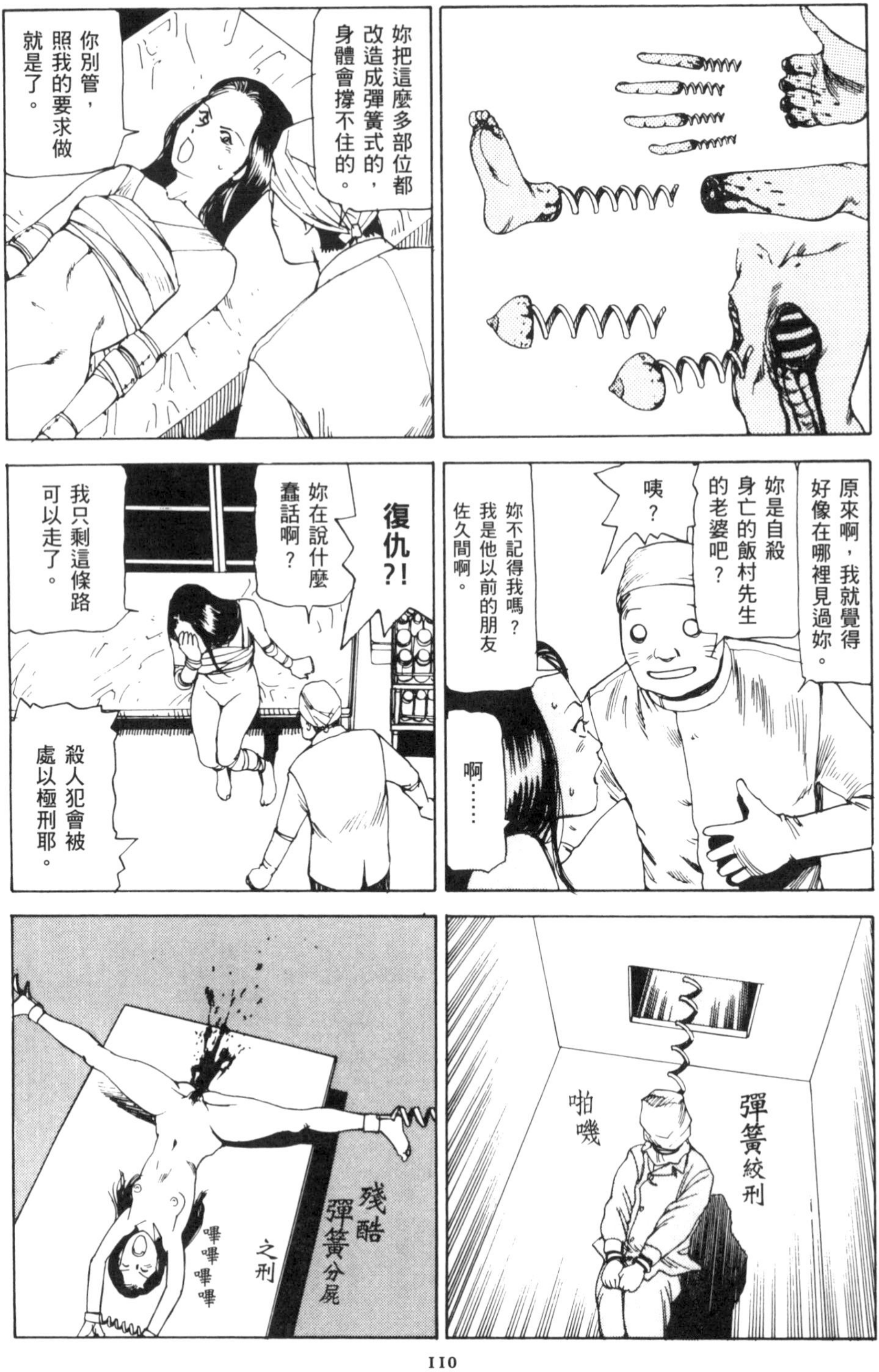
妳把這麼多部位都改造成彈簧式的，身體會撐不住的。
你別管，照我的要求做就是了。
原來啊，我就覺得好像在哪裡見過妳。
妳是自殺身亡的飯村先生的老婆吧？
咦？
妳不記得我嗎？我是他以前的朋友佐久間啊。
啊……
復仇?!
妳在說什麼蠢話啊？
我只剩這條路可以走了。
殺人犯會被處以極刑耶。
彈簧絞刑
啪嘰
殘酷彈簧分屍之刑
嗶嗶嗶嗶

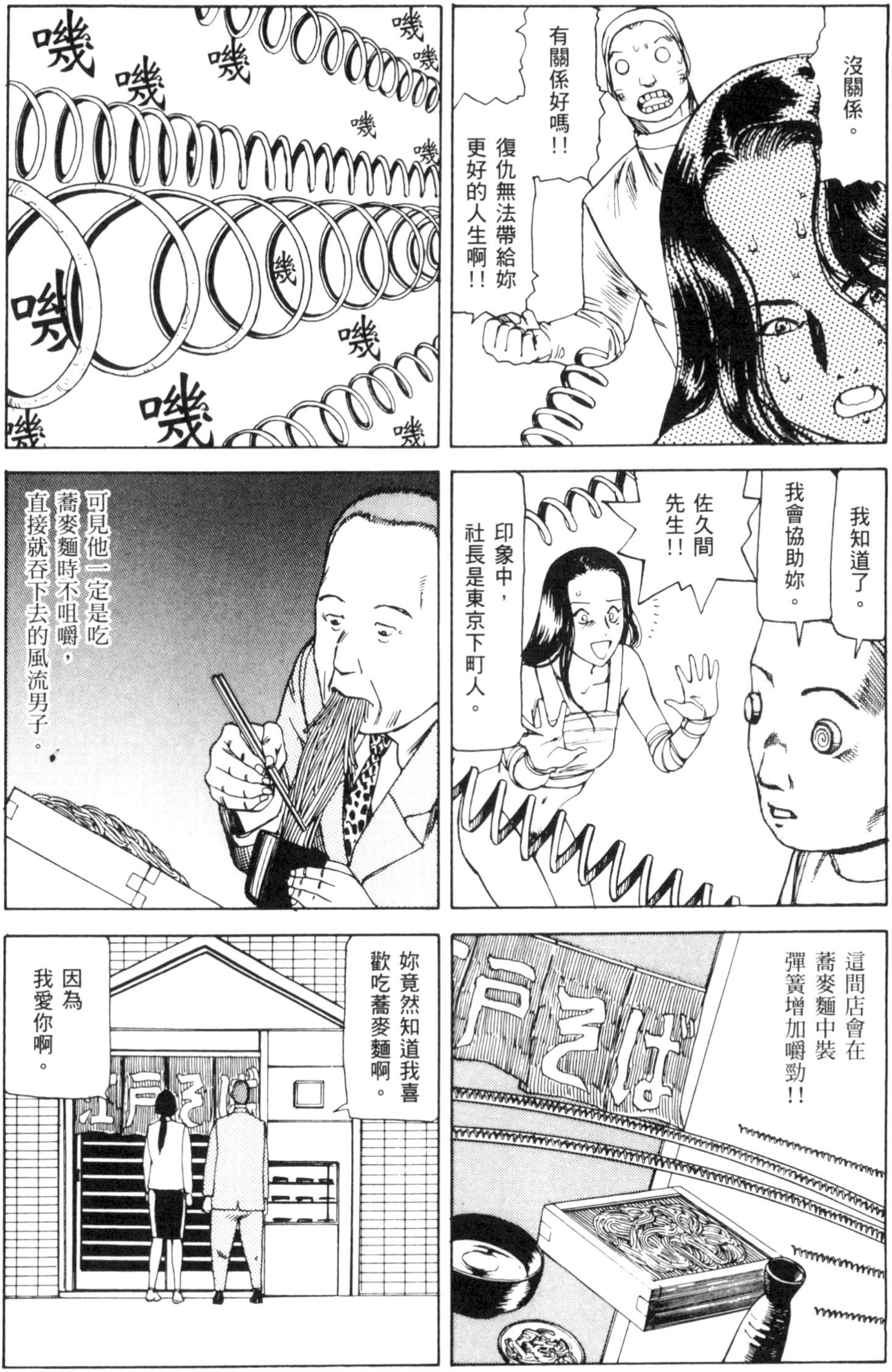
沒關係。
有關係好嗎!!
復仇無法帶給妳更好的人生啊!!
嘰 嘰 嘰 嘰 嘰 嘰 嘰 嘰 嘰 嘰 嘰 嘰 嘰 嘰
我知道了。
我會協助妳。
佐久間先生!!
印象中，社長是東京下町人。
可見他一定是吃蕎麥麵時不咀嚼，直接就吞下去的風流男子。
這間店會在蕎麥麵中裝彈簧增加嚼勁!!
戸そば
妳竟然知道我喜歡吃蕎麥麵啊。
因為我愛你啊。

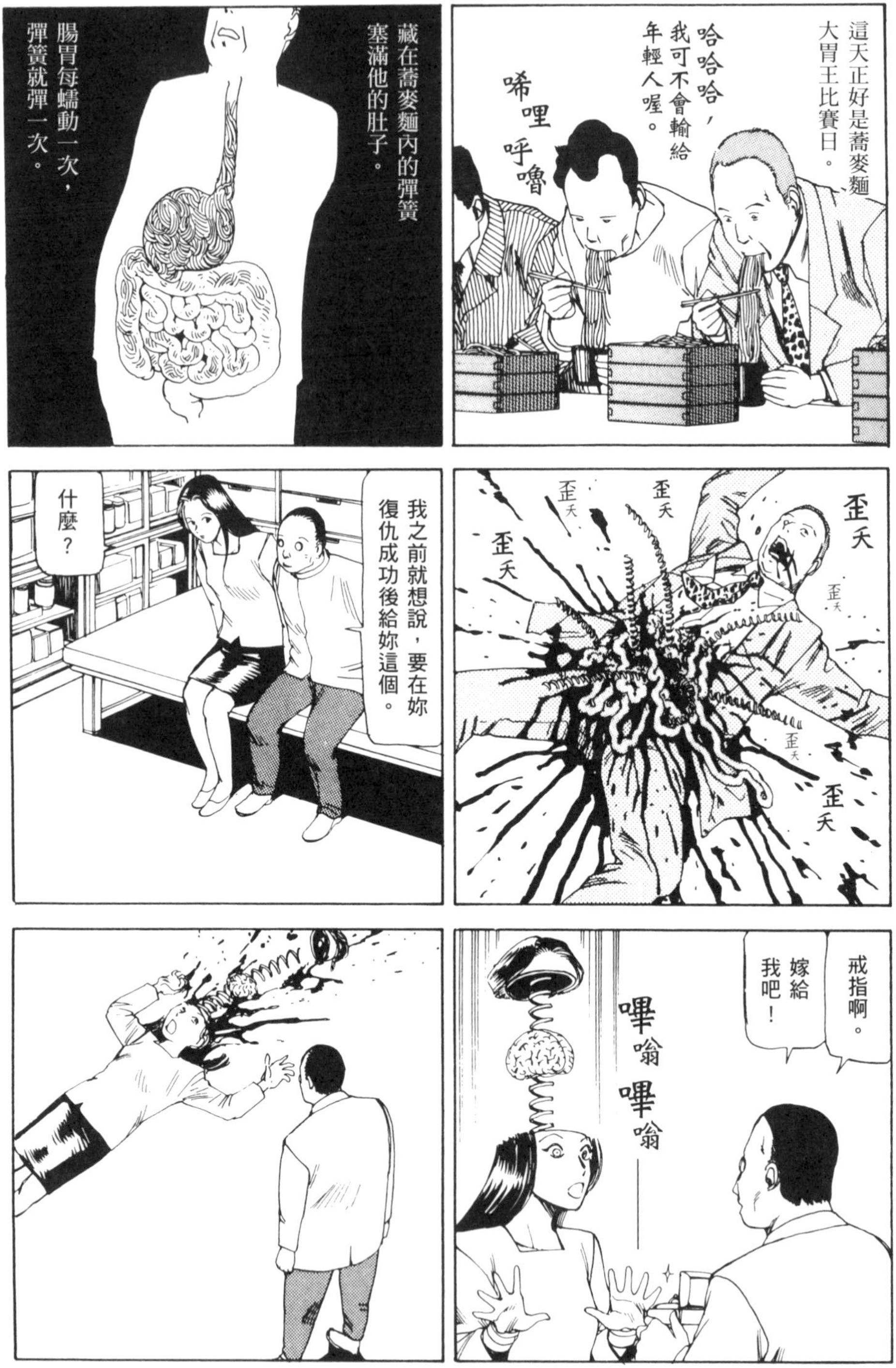
這天正好是蕎麥麵大胃王比賽日。
哈哈哈，我可不會輸給年輕人喔。
唏哩呼嚕
藏在蕎麥麵內的彈簧塞滿他的肚子。
腸胃每蠕動一次，彈簧就彈一次。
歪夭
歪夭
歪夭
歪夭
歪夭
歪夭
歪夭
我之前就想說，要在妳復仇成功後給妳這個。
什麼？
戒指啊。
嫁給我吧！
嗶嗡嗶嗡——

站前打包

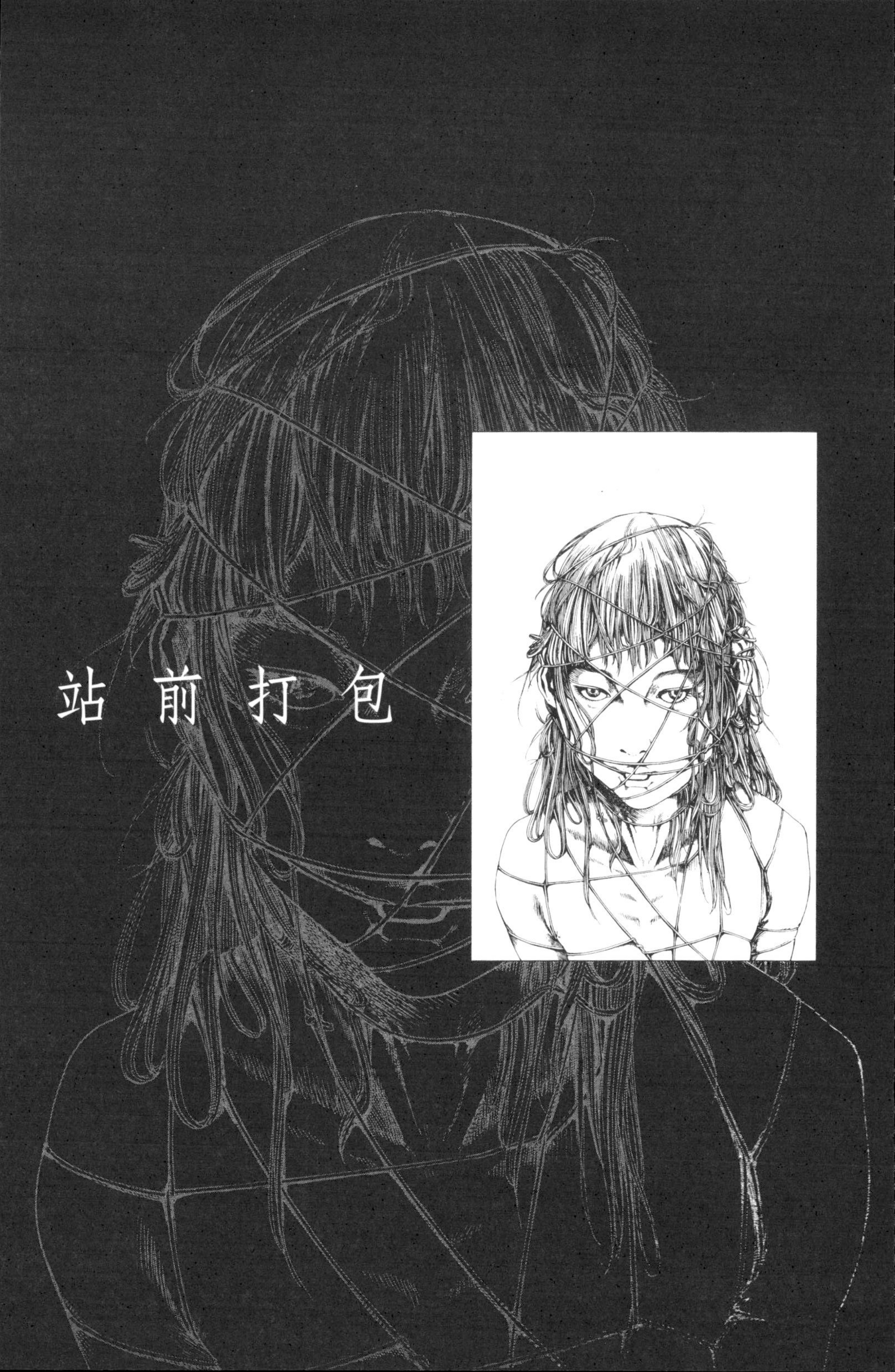

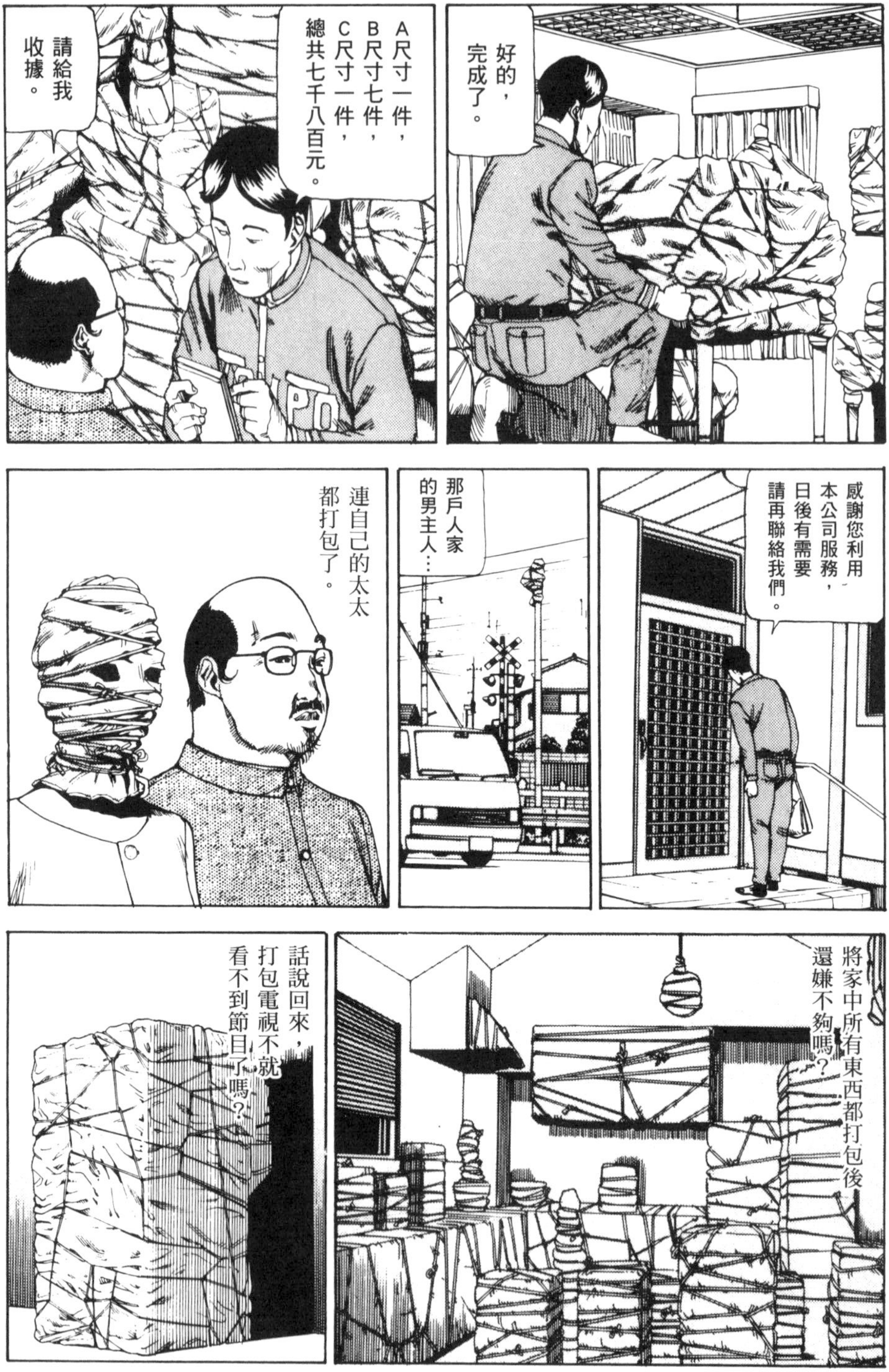
好的，完成了。
A尺寸一件，B尺寸七件，C尺寸一件，總共七千八百元。
請給我收據。
感謝您利用本公司服務，日後有需要請再聯絡我們。
那戶人家的男主人…
連自己的太太都打包了。
將家中所有東西都打包後還嫌不夠嗎？
話說回來，打包電視不就看不到節目了嗎？

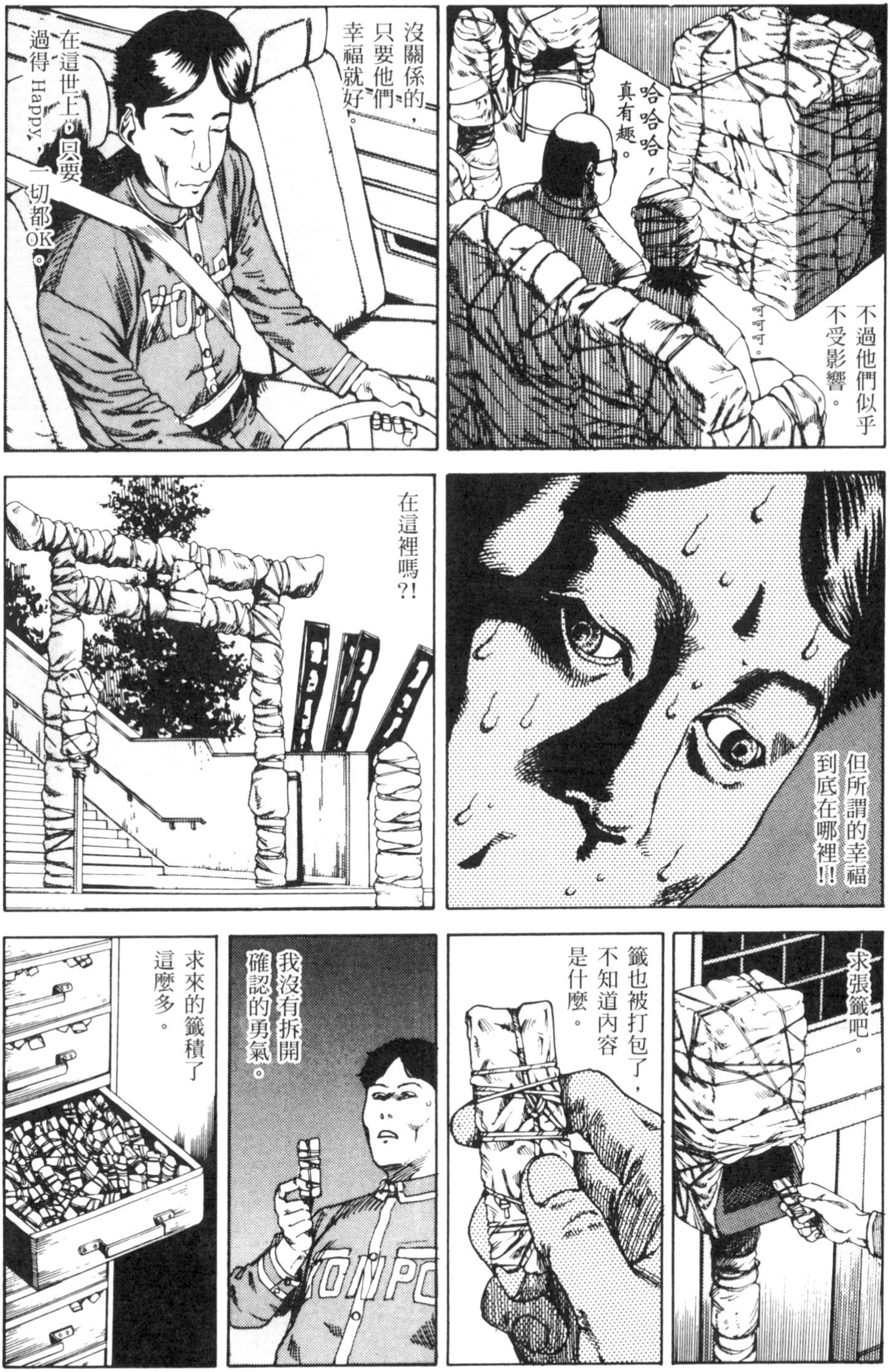
不過他們似乎不受影響。
呵呵呵。
哈哈哈，真有趣。
沒關係的，只要他們幸福就好。
在這世上，只要過得 Happy，一切都OK。
但所謂的幸福到底在哪裡!!
在這裡嗎?!
求張籤吧。
籤也被打包了，不知道內容是什麼。
我沒有拆開確認的勇氣。
求來的籤積了這麼多。

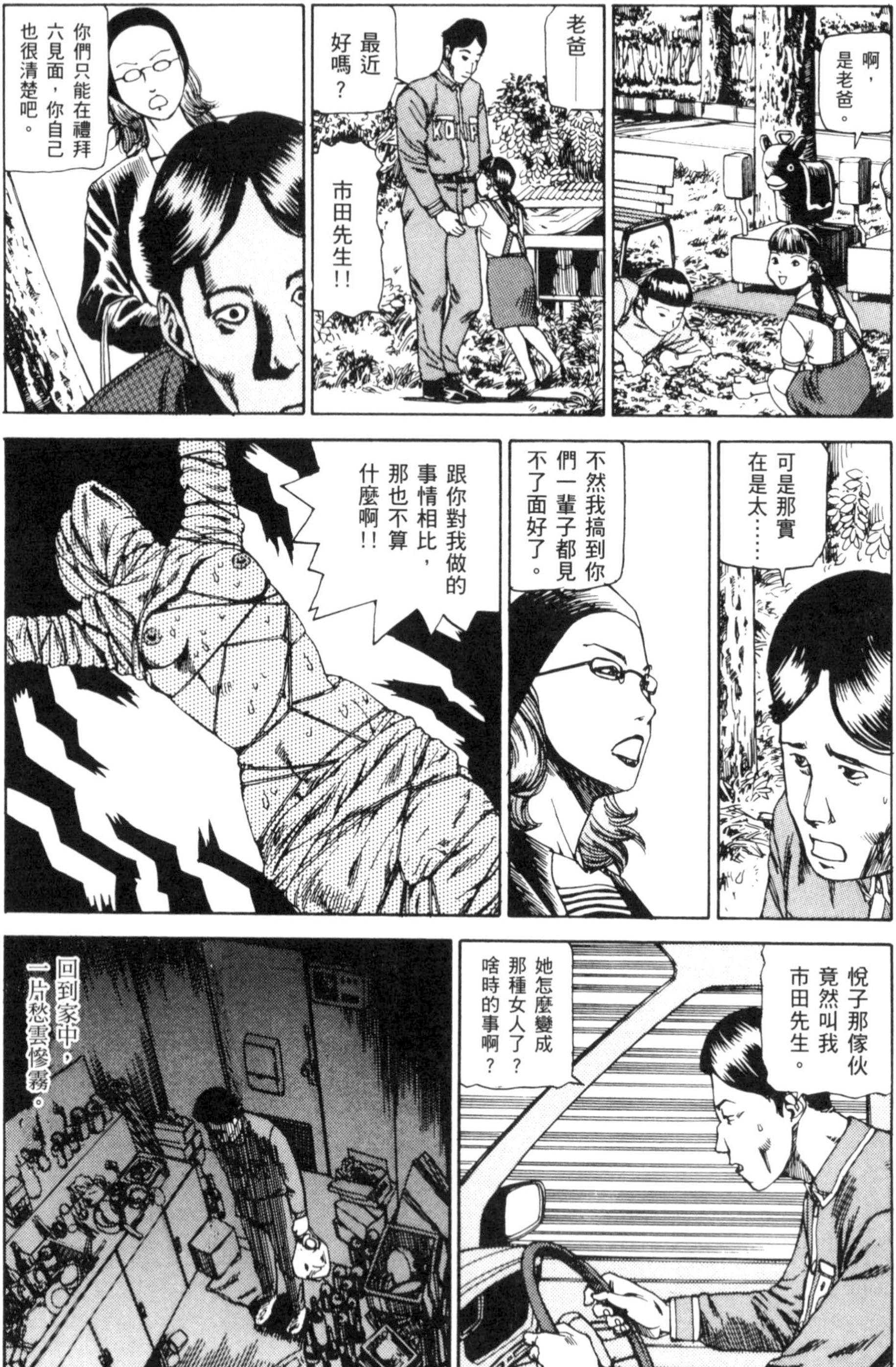
啊，是老爸。
老爸——
最近好嗎？
市田先生!!
你們只能在禮拜六見面，你自己也很清楚吧。
可是那實在是太……
不然我搞到你們一輩子都見不了面好了。
跟你對我做的事情相比，那也不算什麼啊!!
悅子那傢伙竟然叫我市田先生。
她怎麼變成那種女人了？啥時的事啊？
回到家中，一片愁雲慘霧。

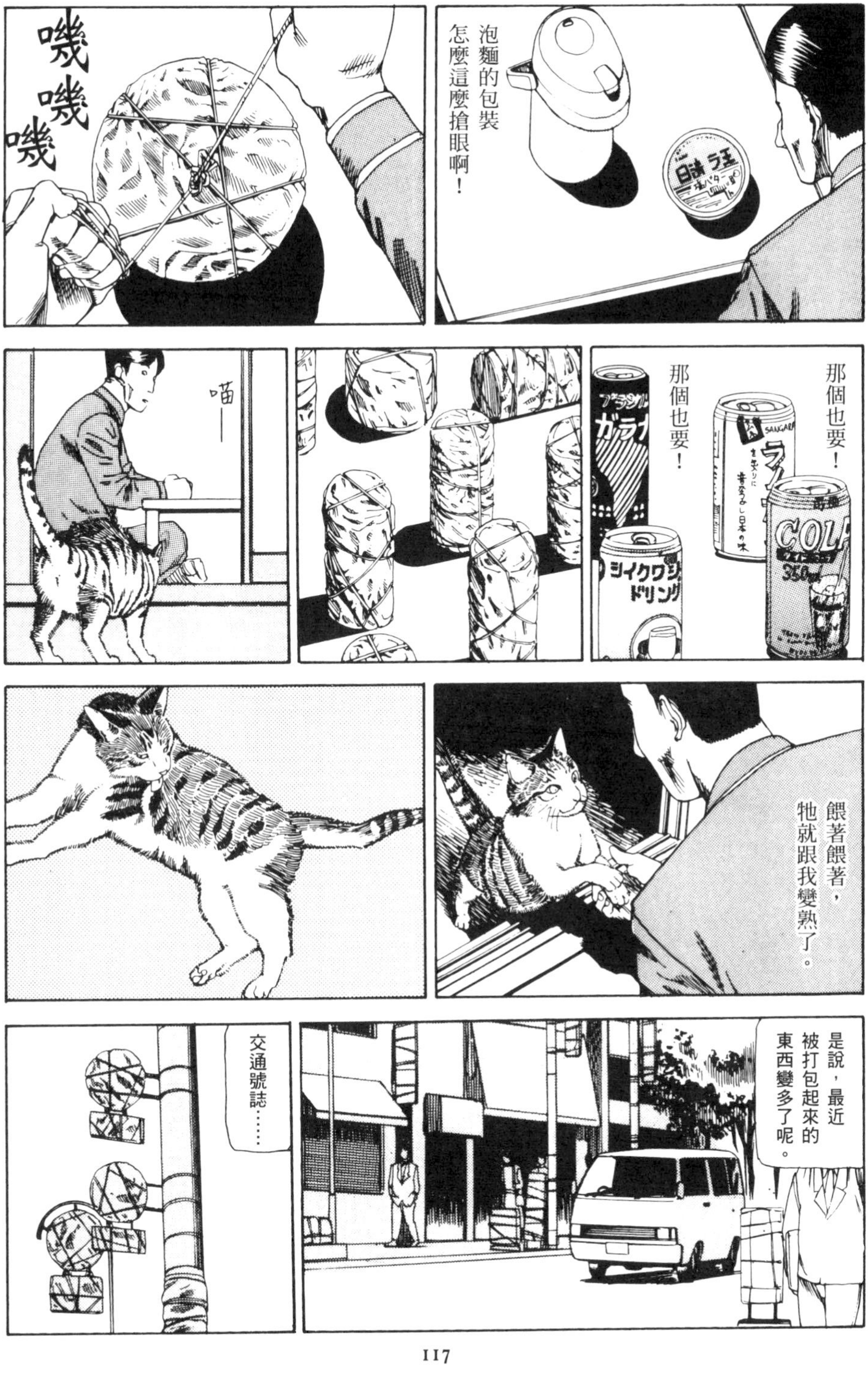
泡麵的包裝怎麼這麼搶眼啊！
嘰嘰嘰
那個也要！
那個也要！
喵——
餵著餵著，牠就跟我變熟了。
是說，最近被打包起來的東西變多了呢。
交通號誌……

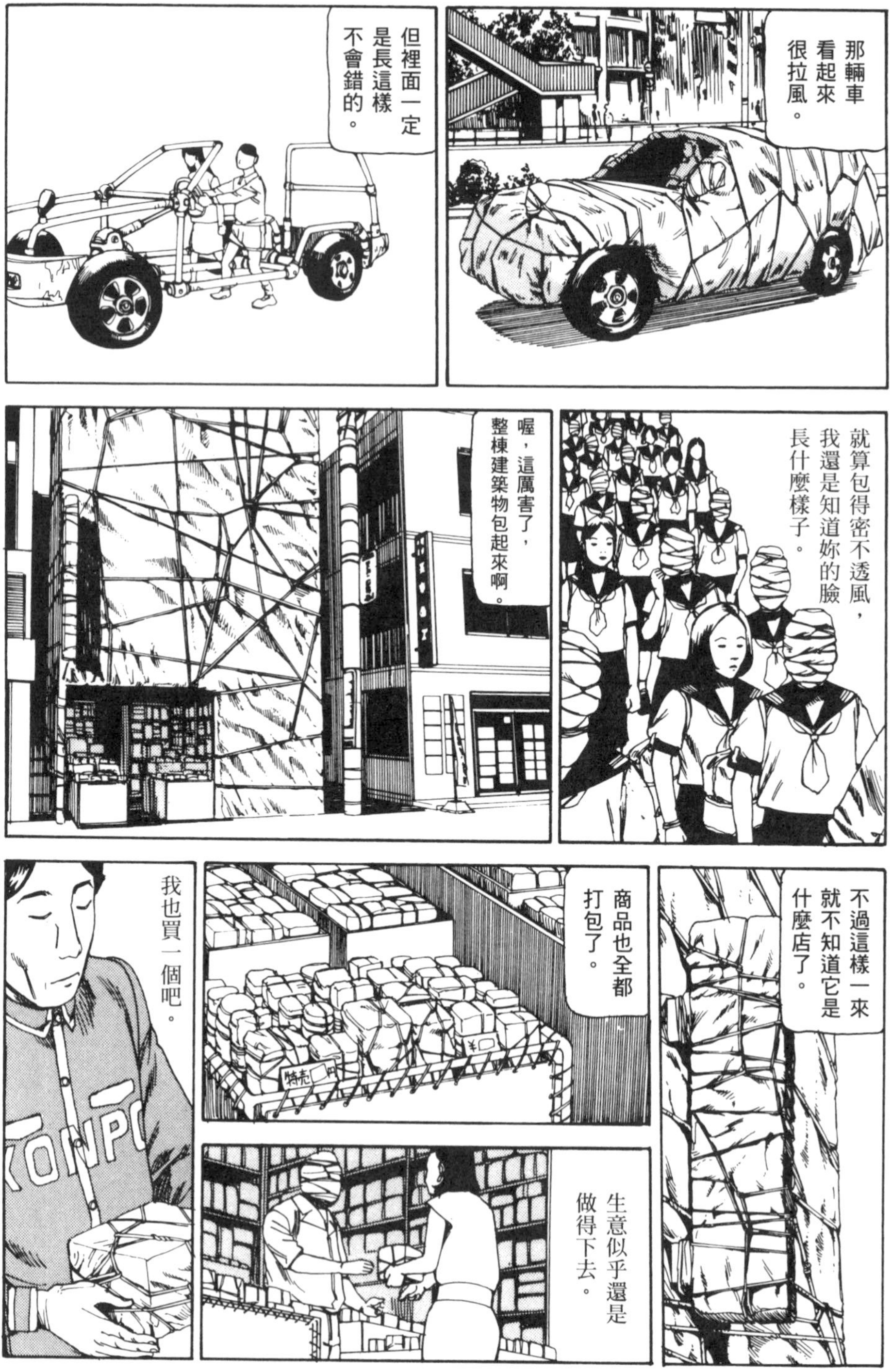
那輛車看起來很拉風。
但裡面一定是長這樣不會錯的。
就算包得密不透風，我還是知道妳的臉長什麼樣子。
喔，這厲害了，整棟建築物包起來啊。
不過這樣一來就不知道它是什麼店了。
商品也全都打包了。
特売
生意似乎還是做得下去。
我也買一個吧。

這位委託人陰沉到不行，那股氣彷彿是由體內滲出來的。
呃……妳是希望我打包那個嗎？
不是!!
妳、妳這是?!
我不是要你打包，是要你拆開這個捆包!!
這是……貞操帶嗎?!
外子十分善妒……
這半年來卻為了他的患者傾家蕩產，老是不在家……
原來如此這個捆包的手法很高明，不過……

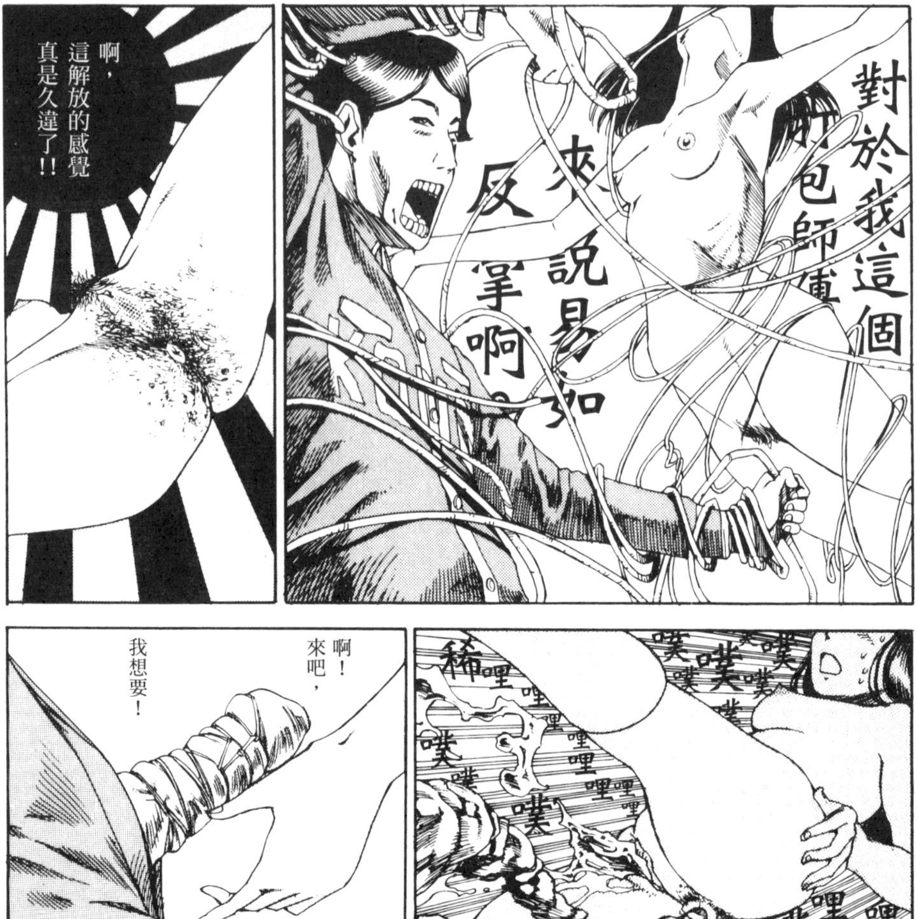
對於我這個捆包師傅來說易如反掌啊?
啊，這解放的感覺真是久違了!!
稀哩
噗哩噗哩
噗噗噗
哩哩
噗哩哩
噗噗
啊！來吧，我想要！
解開捆包後她不過是塊肉

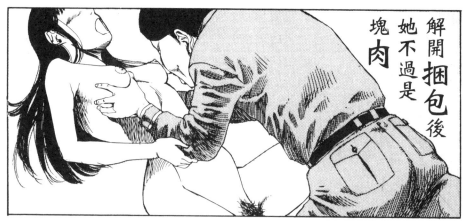

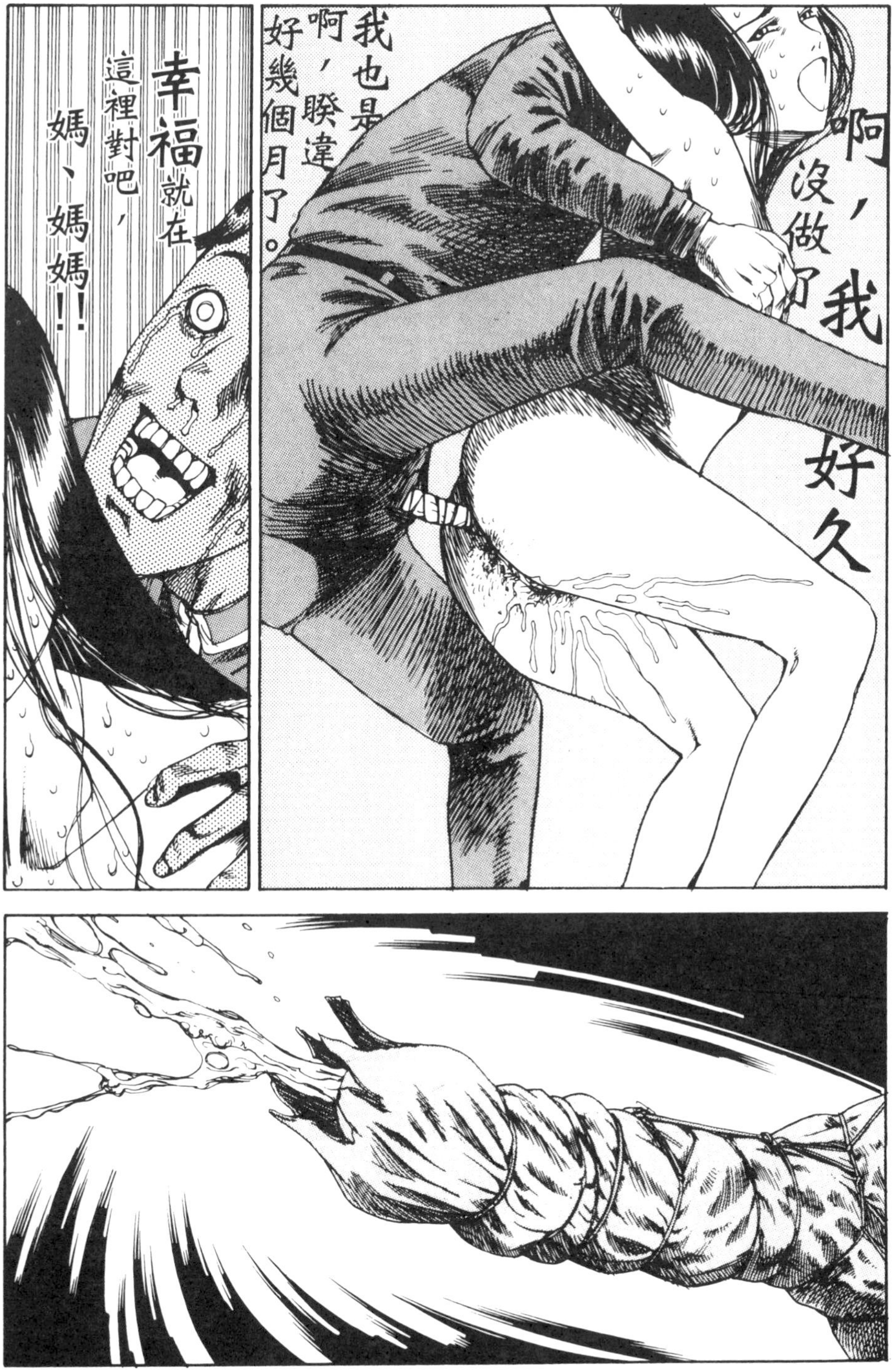
啊，我好久沒做了
我也是啊，睽違好幾個月了。
幸福就在這裡對吧，
媽、媽媽!!

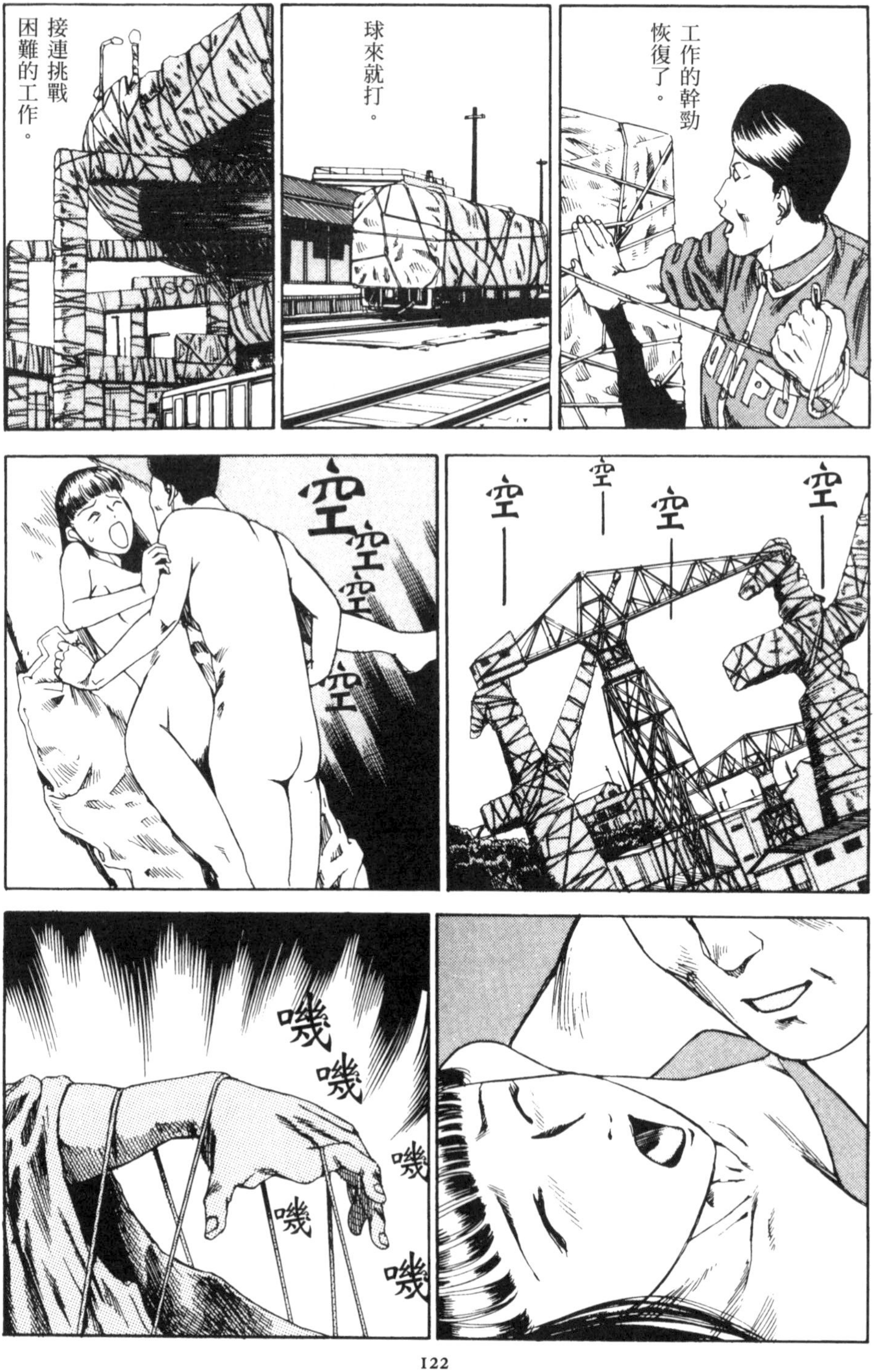
工作的幹勁恢復了。
球來就打。
接連挑戰困難的工作。
空——
空——
空——
空——
空空空空空
嘰嘰嘰嘰嘰

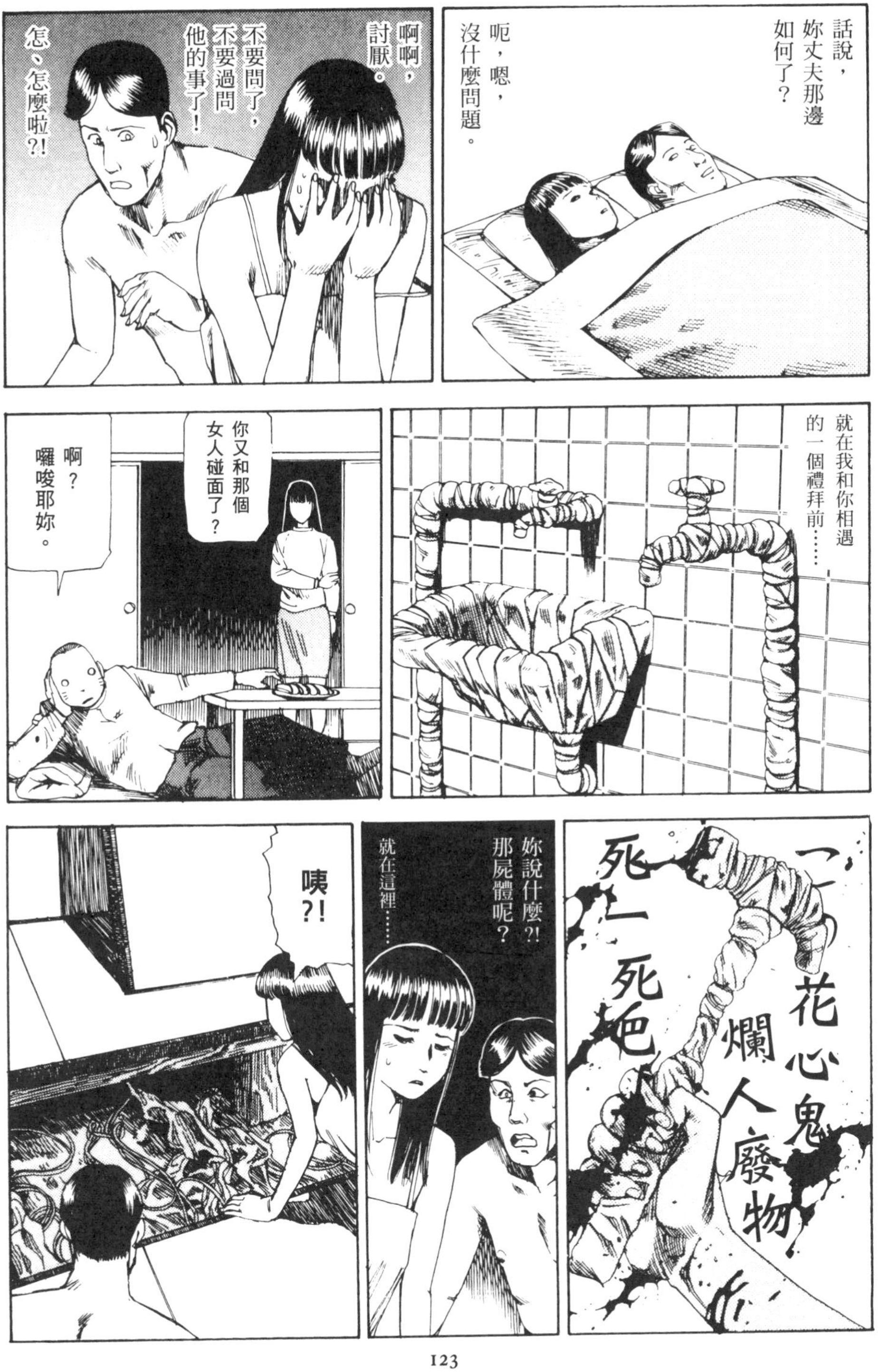
話說，妳丈夫那邊如何了？
呃，嗯，沒什麼問題。
啊啊，討厭。
不要問了，不要過問他的事了！
怎、怎麼啦?!
就在我和你相遇的一個禮拜前……
你又和那個女人碰面了？
啊？囉唆耶妳。
花心鬼 爛人 廢物！
死一死吧
妳說什麼?! 那屍體呢？
就在這裡……
咦?!

怎麼啦？
我記得我打包起來放在這裡啦……
咚、
嗚……
滴滴
怎……怎麼回事啊？
哇!!
幾天後，她老公落網了。
幸福再次離我遠去。

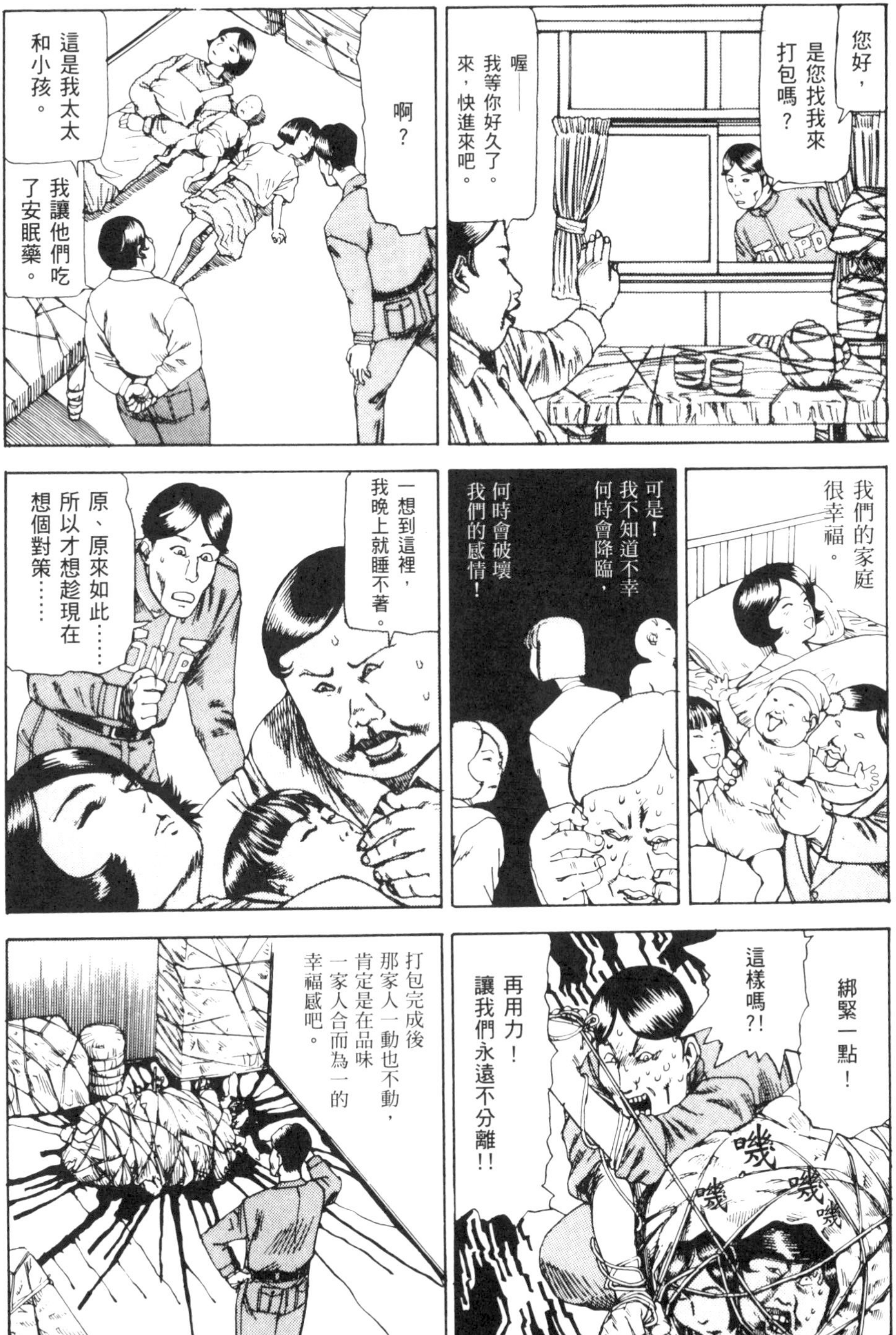

您好，是您找我來打包嗎？
喔——我等你好久了。來，快進來吧。
啊？
這是我太太和小孩。
我讓他們吃了安眠藥。
我們的家庭很幸福。
可是！我不知道不幸何時會降臨，何時會破壞我們的感情！
一想到這裡，我晚上就睡不著。
原、原來如此……所以才想趁現在想個對策……
綁緊一點！
這樣嗎?!
再用力！讓我們永遠不分離!!
嘰
嘰
嘰
嘰
打包完成後那家人一動也不動，肯定是在品味一家人合而為一的幸福感吧。

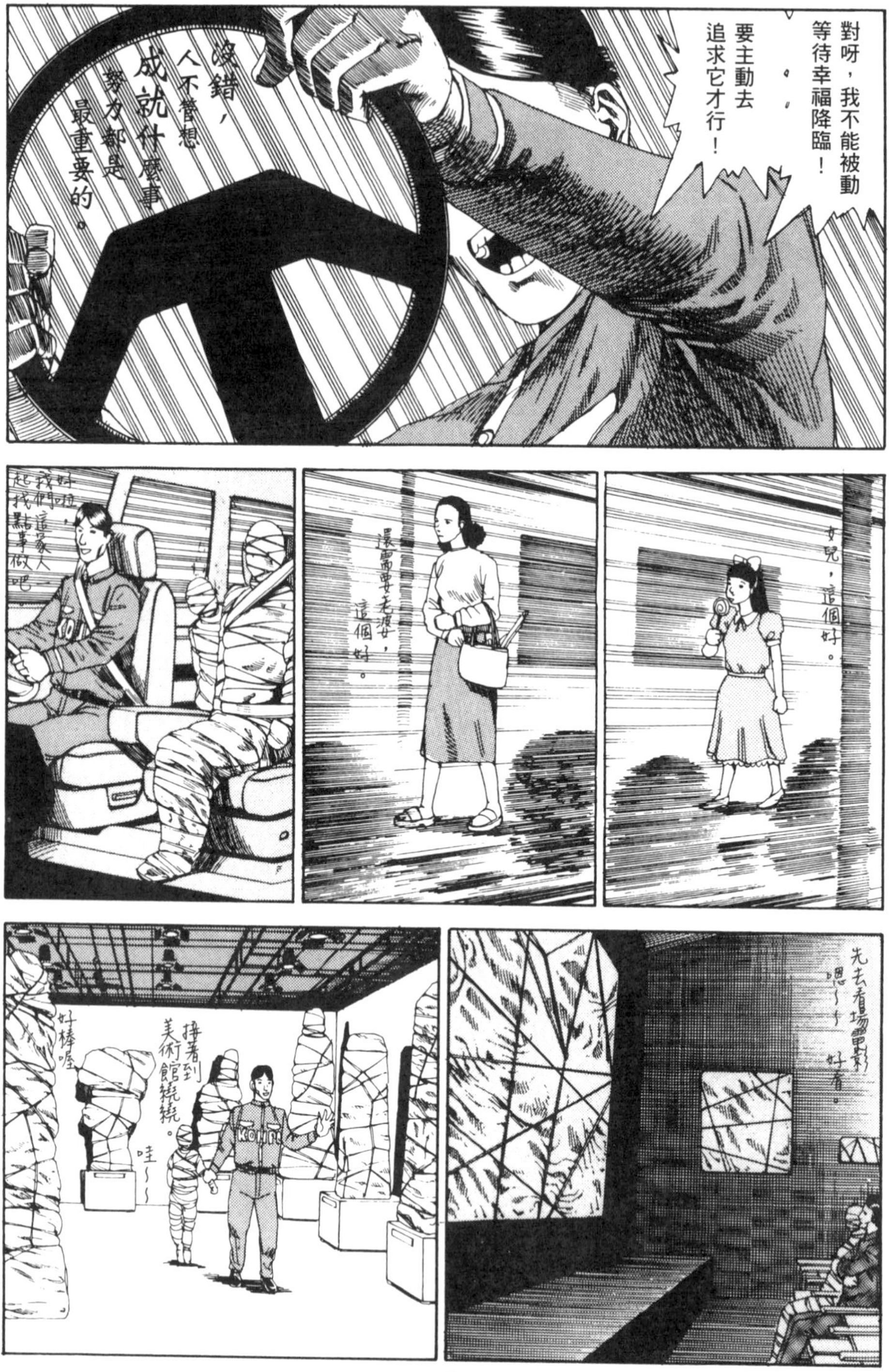
對呀，我不能被動等待幸福降臨！
要主動去追求它才行！
沒錯，人不管想成就什麼事努力都是最重要的。
女兒，這個好。
還需要老婆，這個好。
好啦，我們一家人一起找點事做吧。
先去看場電影
嗯~~好看。
接著到美術館繞繞。
哇~~
好棒喔

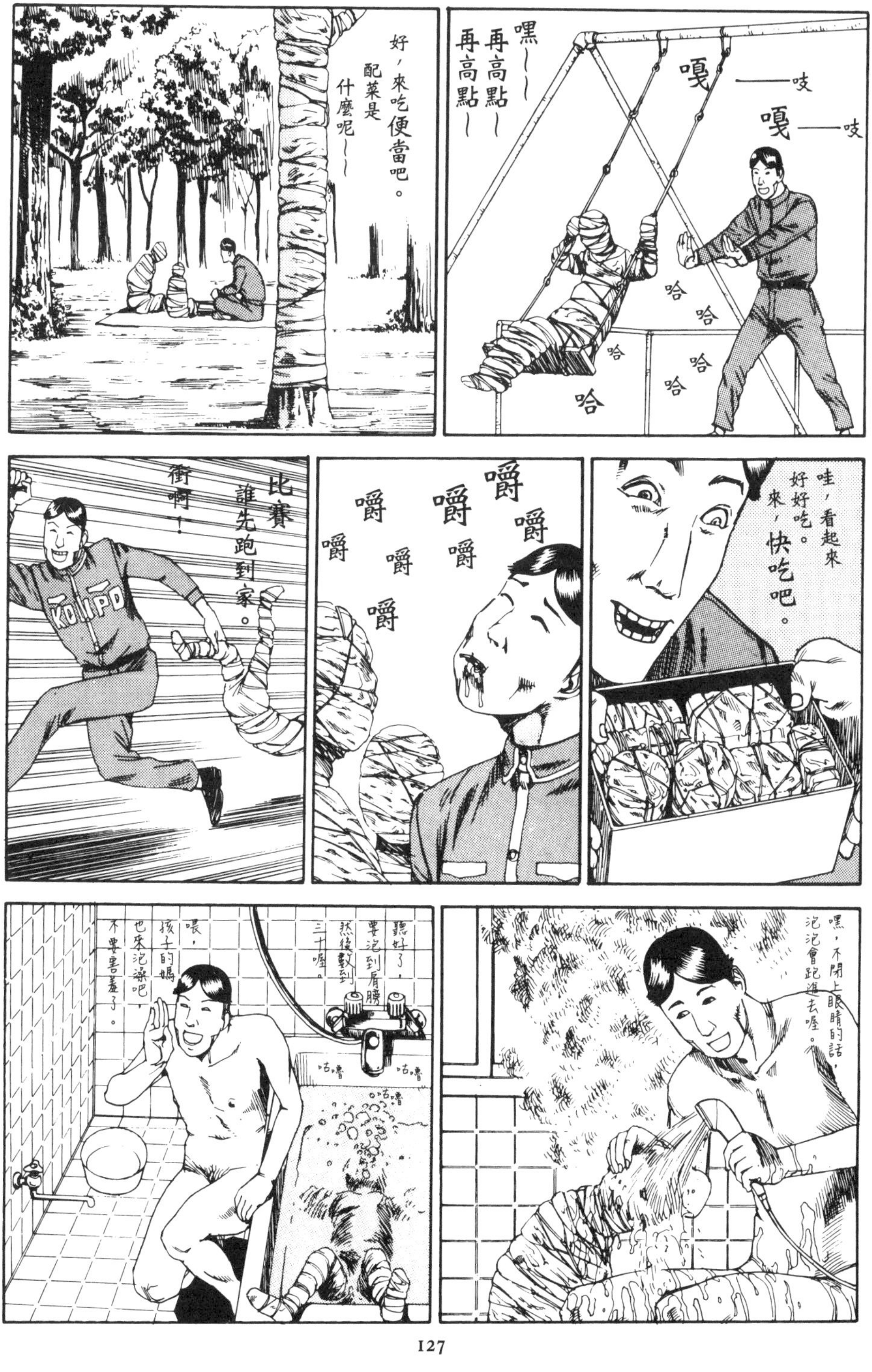
嘿～～
再高點～
再高點～
嘎——吱
嘎——吱
哈
哈
哈
哈
哈
哈
好，來吃便當吧。
配菜是什麼呢～～
哇，看起來好好吃。
來，快吃吧。
嚼
嚼
嚼
嚼
嚼
嚼
嚼
嚼
比賽誰先跑到家。
衝啊——！
嘿，不閉上眼睛的話，泡泡會跑進去喔。
聽好了，要泡到肩膀，然後數到三十喔。
喂，孩子的媽，也來泡澡吧，不要害羞了。
咕嚕
咕嚕
咕嚕

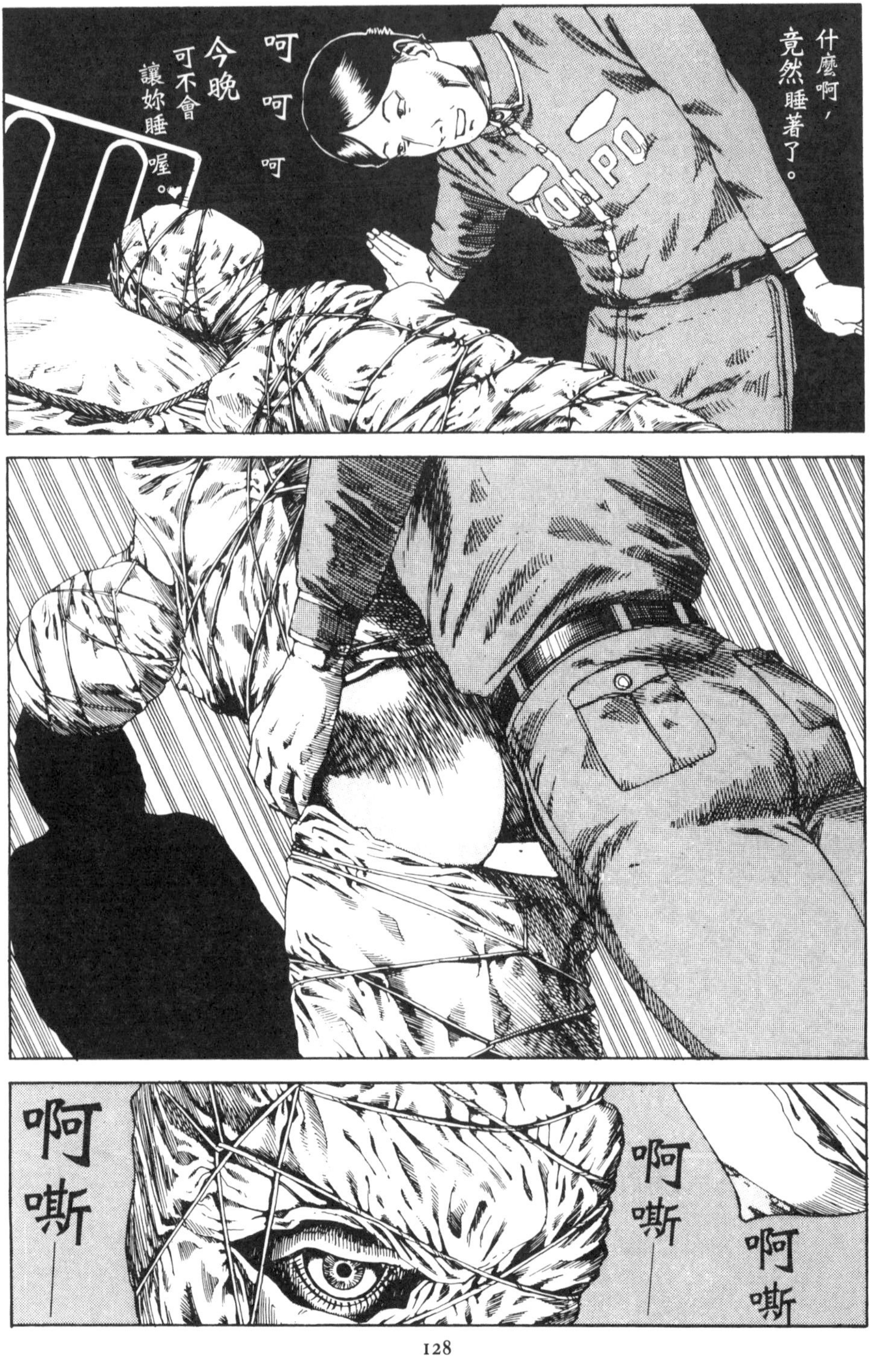
什麼啊，竟然睡著了。
呵呵呵
今晚可不會讓妳睡喔。❤
啊嘶
啊嘶—
啊嘶—

站前穿孔

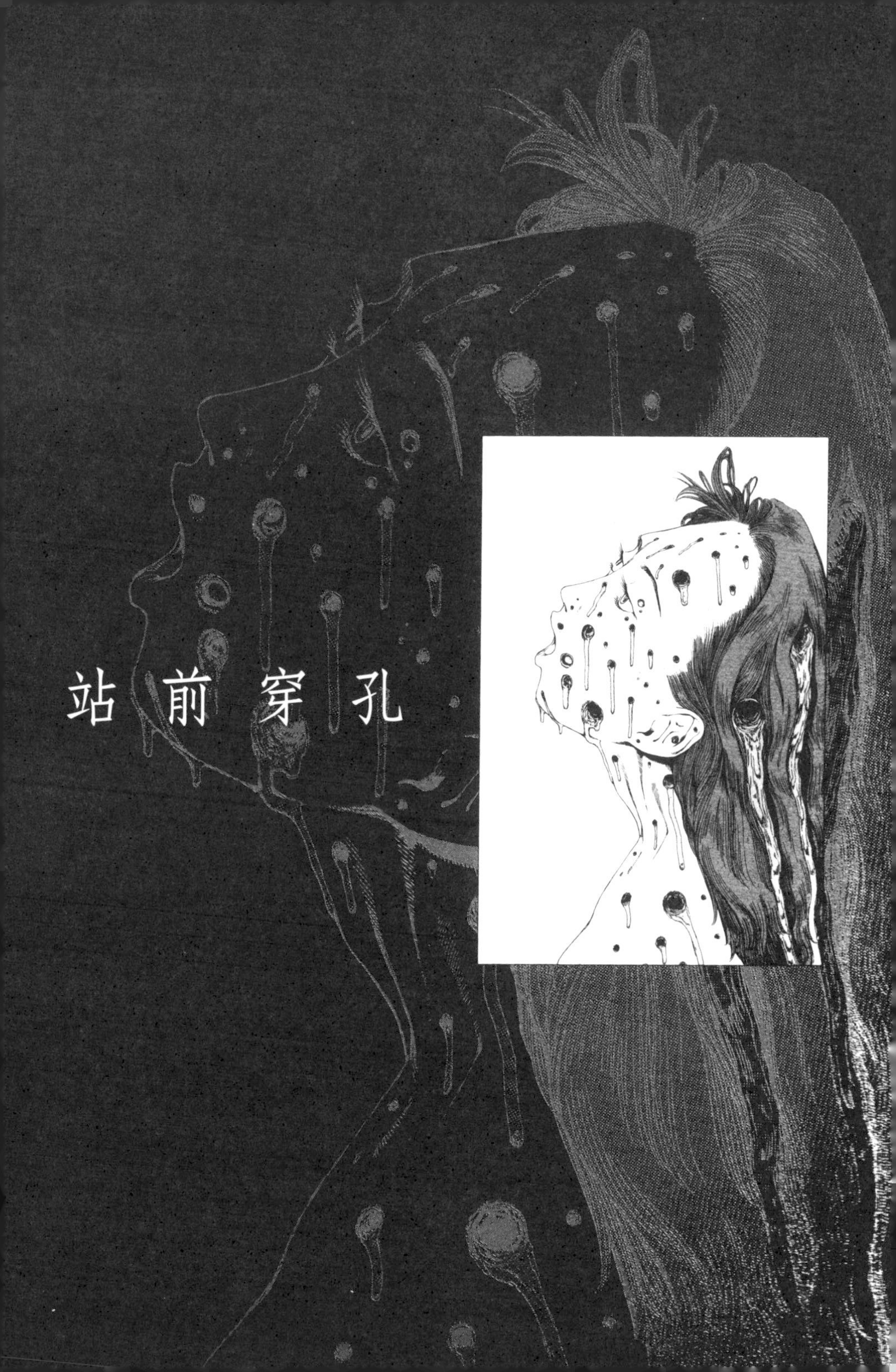

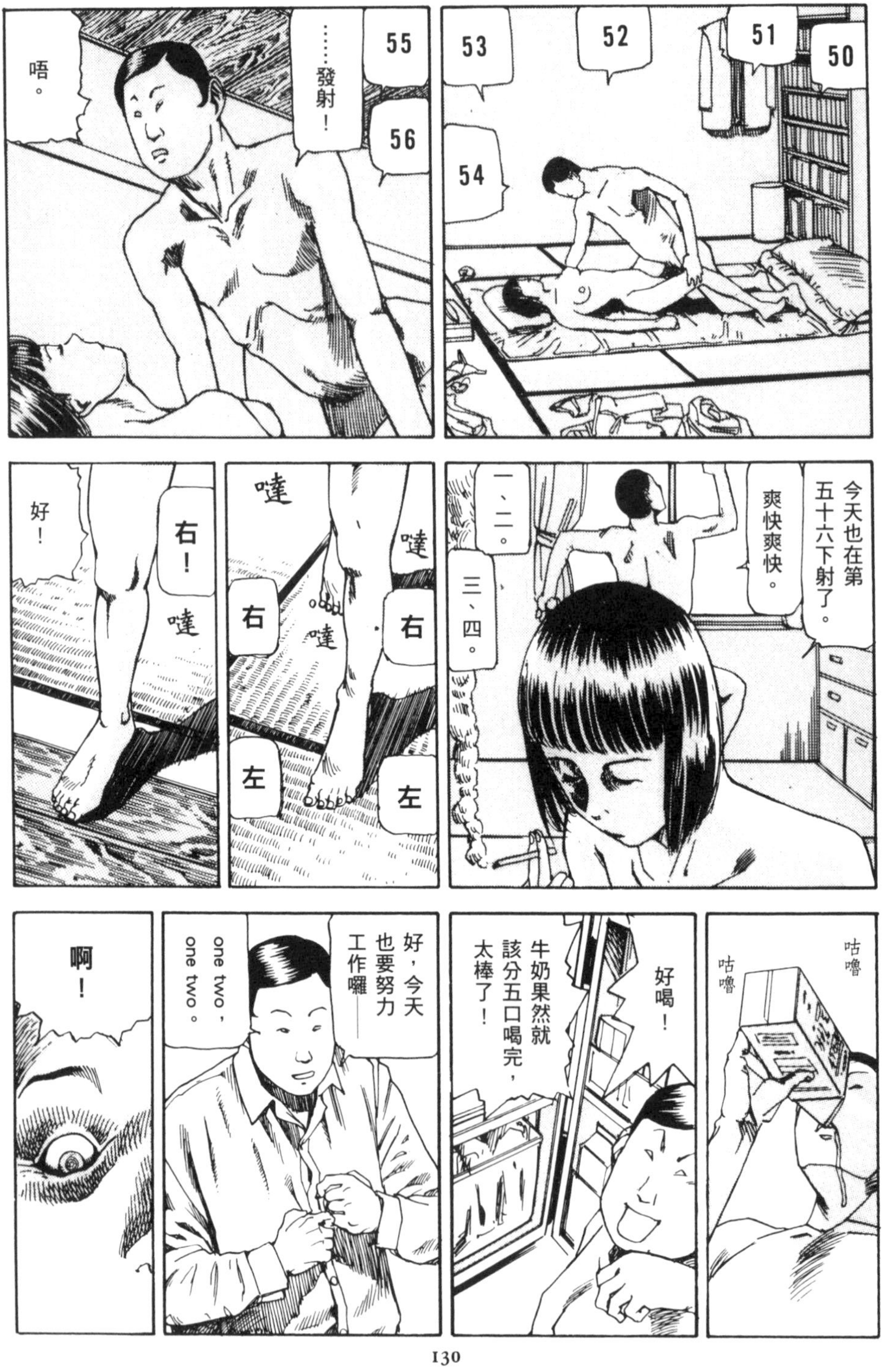
50
51
52
53
54
55
56
……發射！
唔。
今天也在第五十六下射了。
爽快爽快。
一、二。
三、四。
噠
右
噠
右
左
左
右！
噠
好！
咕嚕
咕嚕
好喝！
牛奶果然就該分五口喝完，太棒了！
好，今天也要努力工作囉——
one two，one two。
啊！

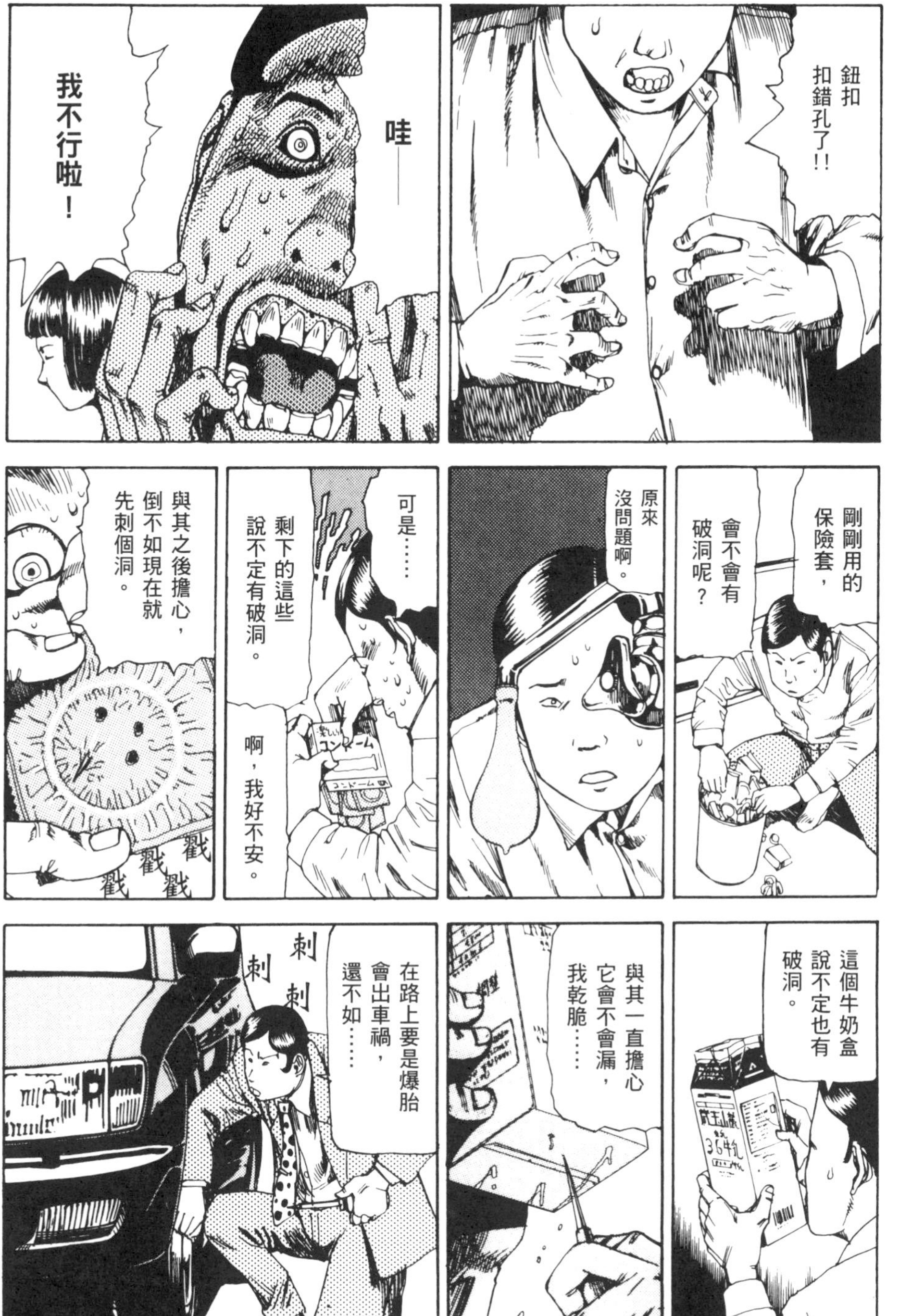
鈕扣扣錯孔了!!
哇——
我不行啦！
剛剛用的保險套，
會不會有破洞呢？
原來沒問題啊。
可是……
剩下的這些說不定有破洞。
啊，我好不安。
與其之後擔心，倒不如現在就先刺個洞。
戳戳戳戳
這個牛奶盒說不定也有破洞。
與其一直擔心它會不會漏，我乾脆……
刺刺
刺
在路上要是爆胎會出車禍，還不如……

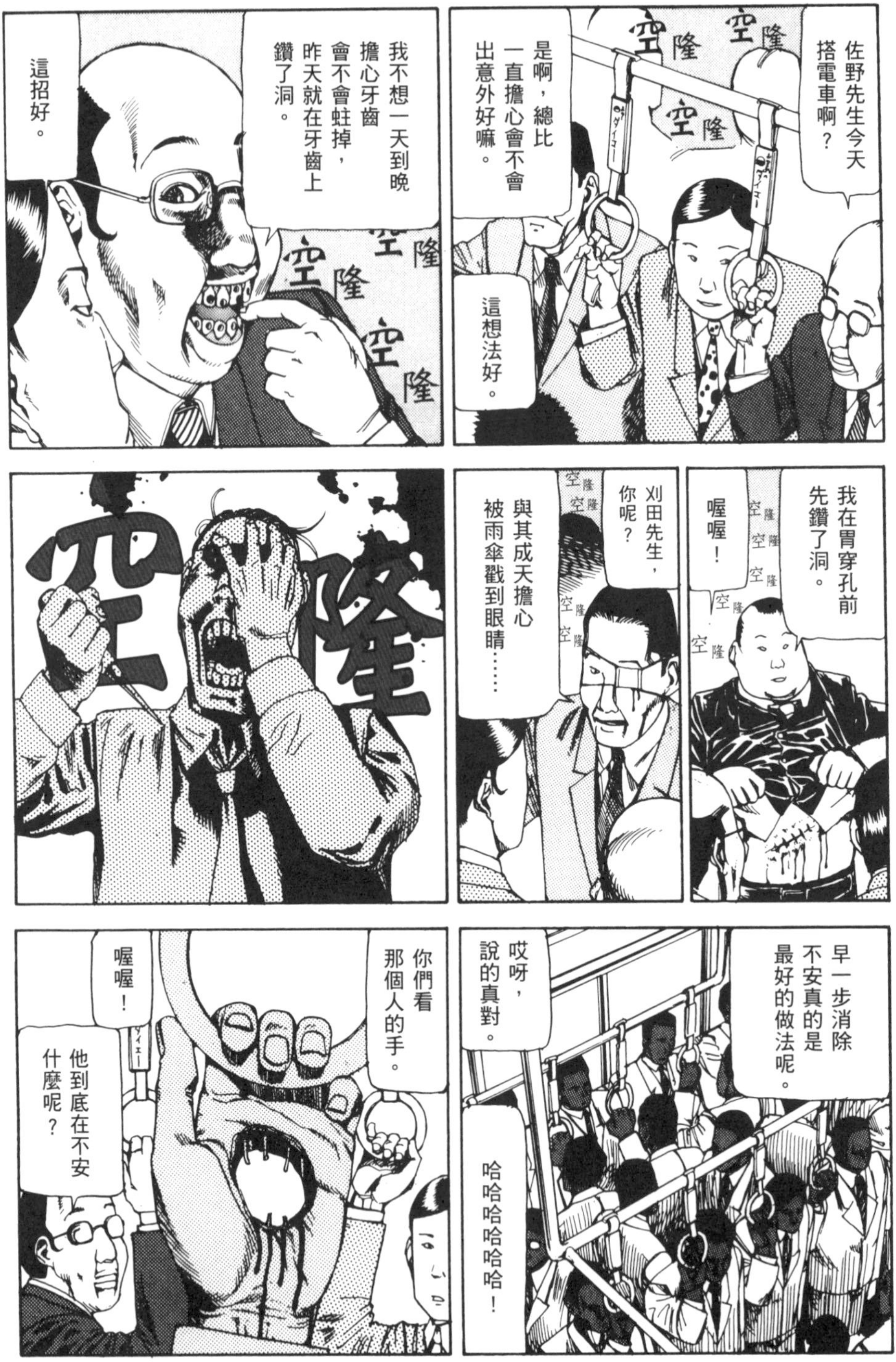
空隆
佐野先生今天搭電車啊？
是啊，總比一直擔心會不會出意外好嘛。
這想法好。
我不想一天到晚擔心牙齒會不會蛀掉，昨天就在牙齒上鑽了洞。
這招好。
空隆
我在胃穿孔前先鑽了洞。
喔喔！
刈田先生，你呢？
與其成天擔心被雨傘戳到眼睛……
空隆
早一步消除不安真的是最好的做法呢。
哎呀，說的真對。
哈哈哈哈哈哈！
你們看那個人的手。
喔喔！
他到底在不安什麼呢？

這人身上的
洞更大耶。
這……
這更猛。
可是內臟沒
固定在原位呢。
鑽孔一定要交
給專家才行。
自己鑽
太不妙了。
不過那位
老兄還
真猛。
非得做到那種地步
才能去除不安啊？
真令人佩服。
喀啦
喀啦

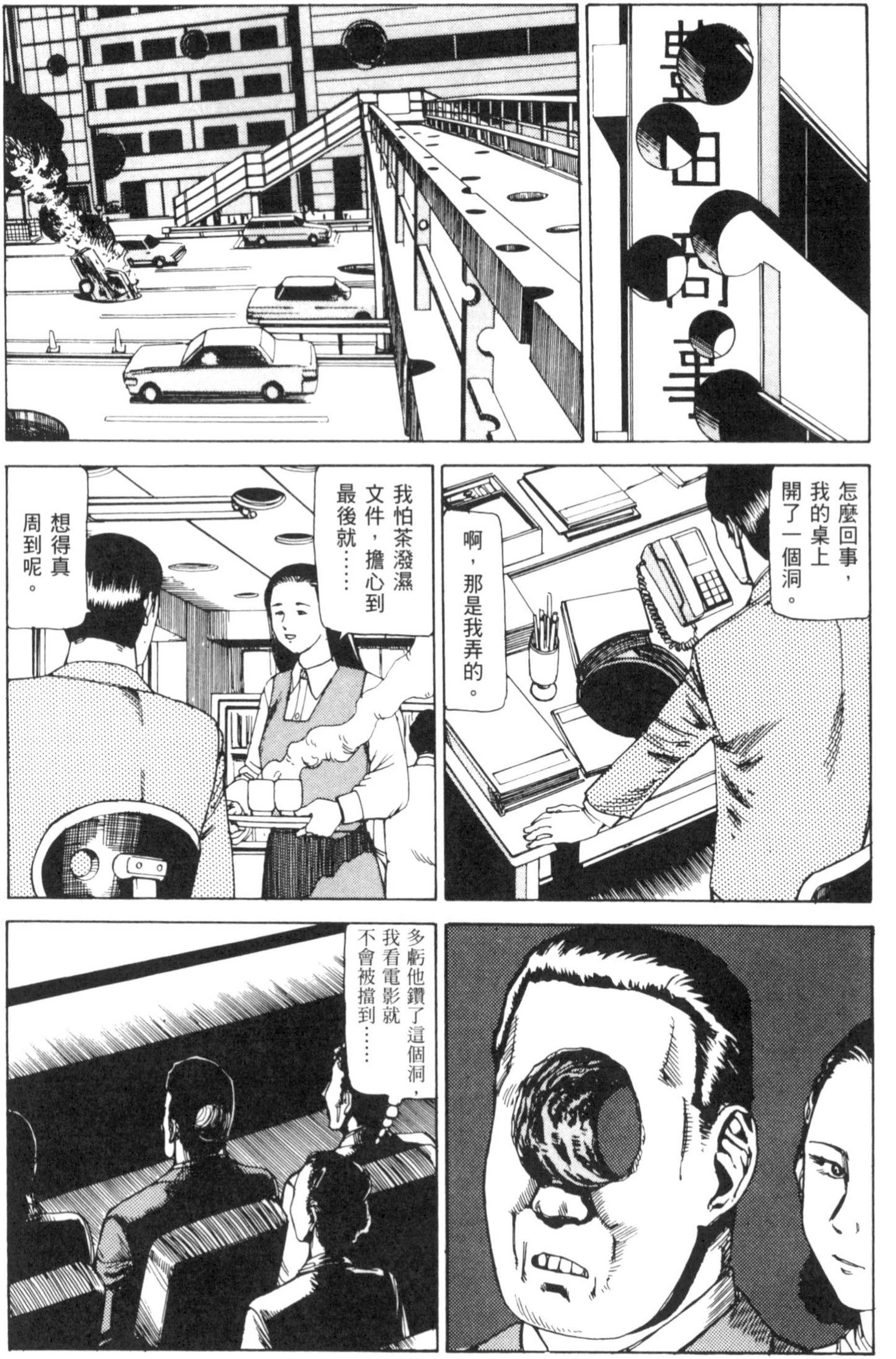
怎麼回事，我的桌上開了一個洞。
啊，那是我弄的。
我怕茶潑濕文件，擔心到最後就……
想得真周到呢。
多虧他鑽了這個洞，我看電影就不會被擋到……

滴
滴
滴
滴
滴
哇！
沙
太好了，多虧我鑽了這幾個洞，才沒被陷阱傷到。
我很擔心妳煮菜煮到一半會弄掉菜刀，傷到地板。
咚唰
呼
呼
呼
我回來了。

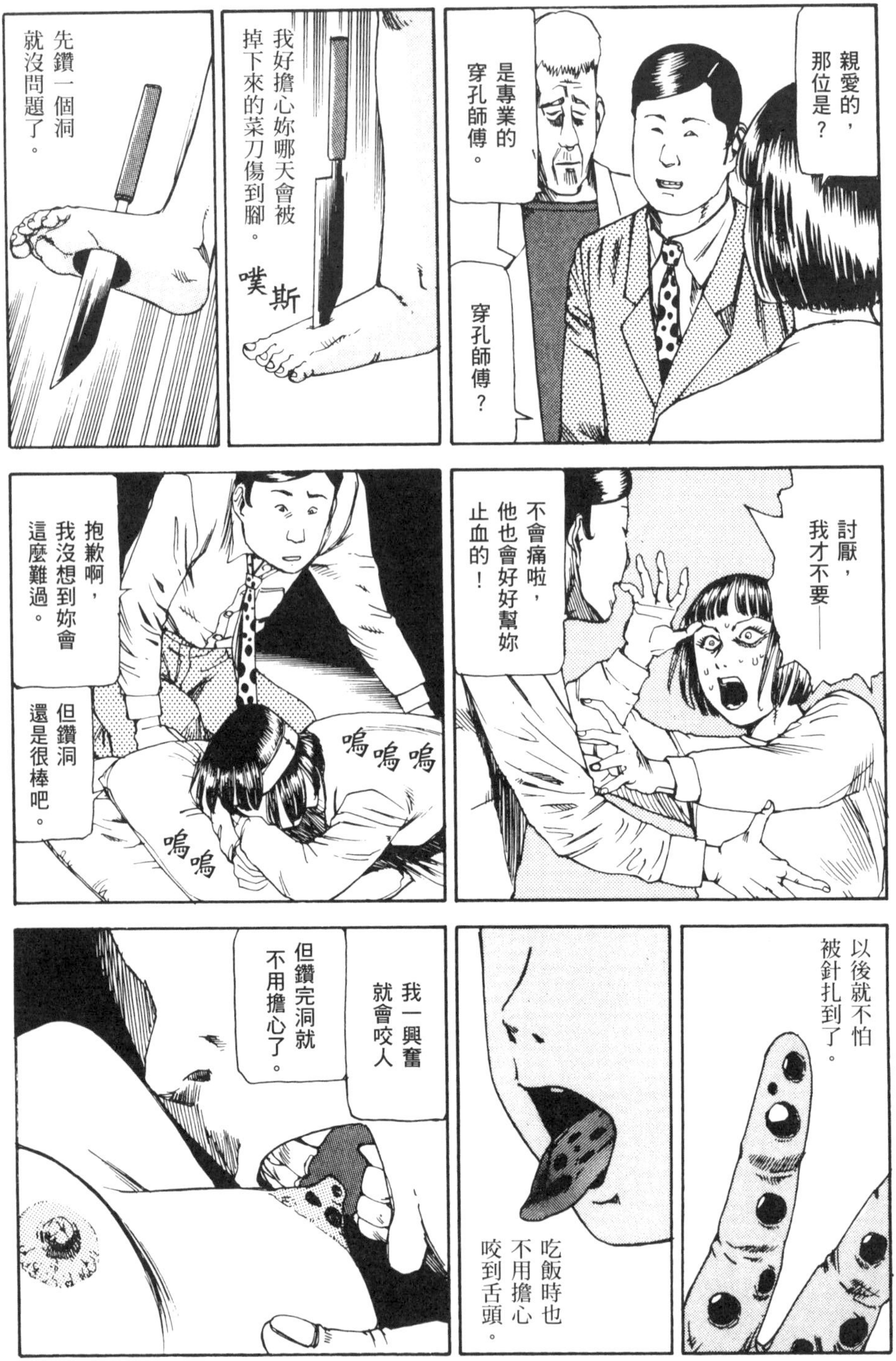
親愛的，那位是？
是專業的穿孔師傅。
穿孔師傅？
我好擔心妳哪天會被掉下來的菜刀傷到腳。
噗斯
先鑽一個洞就沒問題了。
討厭，我才不要——
不會痛啦，他也會好好幫妳止血的！
抱歉啊，我沒想到妳會這麼難過。
但鑽洞還是很棒吧。
嗚嗚嗚
嗚嗚
以後就不怕被針扎到了。
吃飯時也不用擔心咬到舌頭。
我一興奮就會咬人
但鑽完洞就不用擔心了。

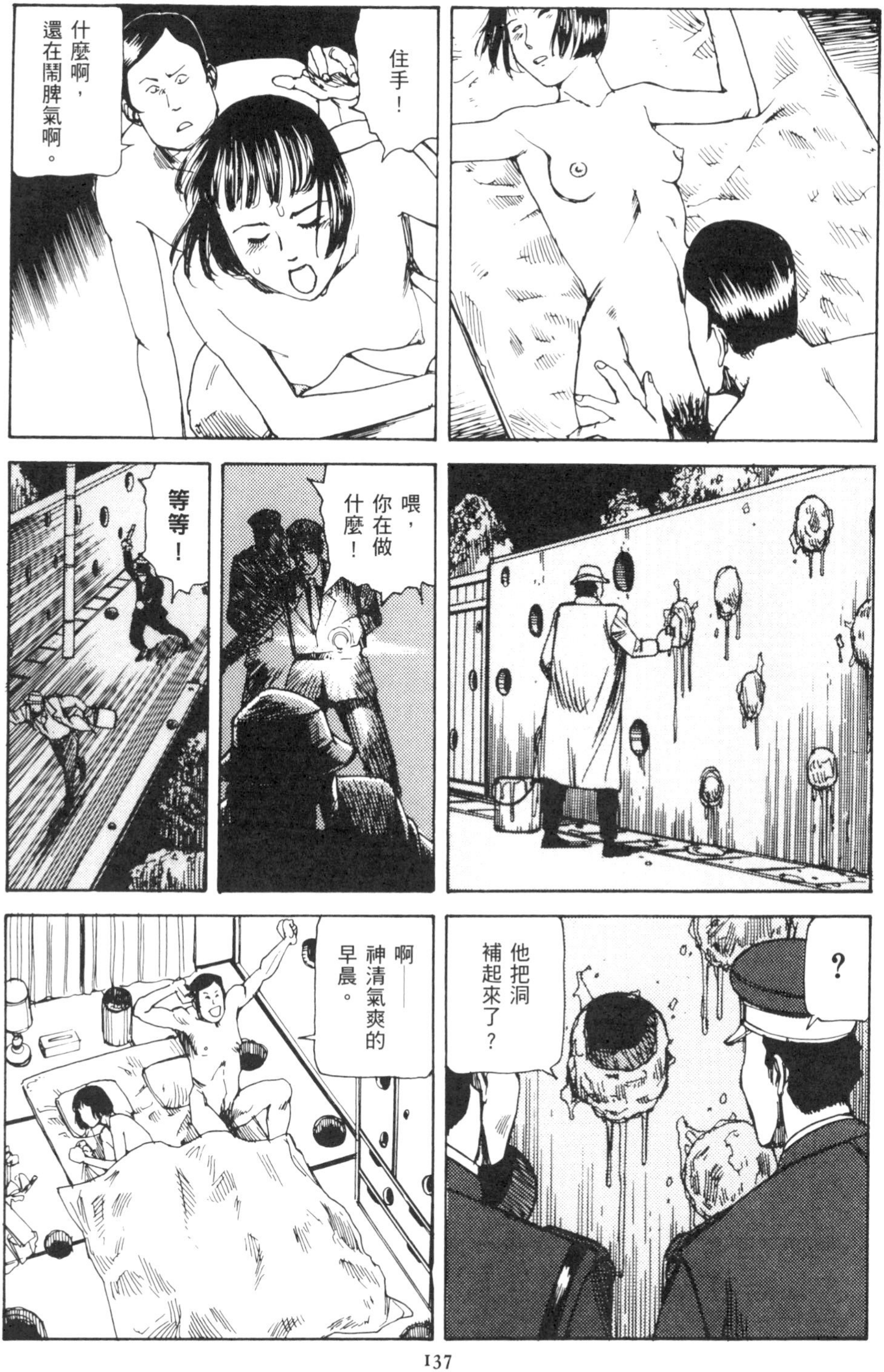
住手！
什麼啊，還在鬧脾氣啊。
喂，你在做什麼！
等等！
？
他把洞補起來了？
啊——神清氣爽的早晨。

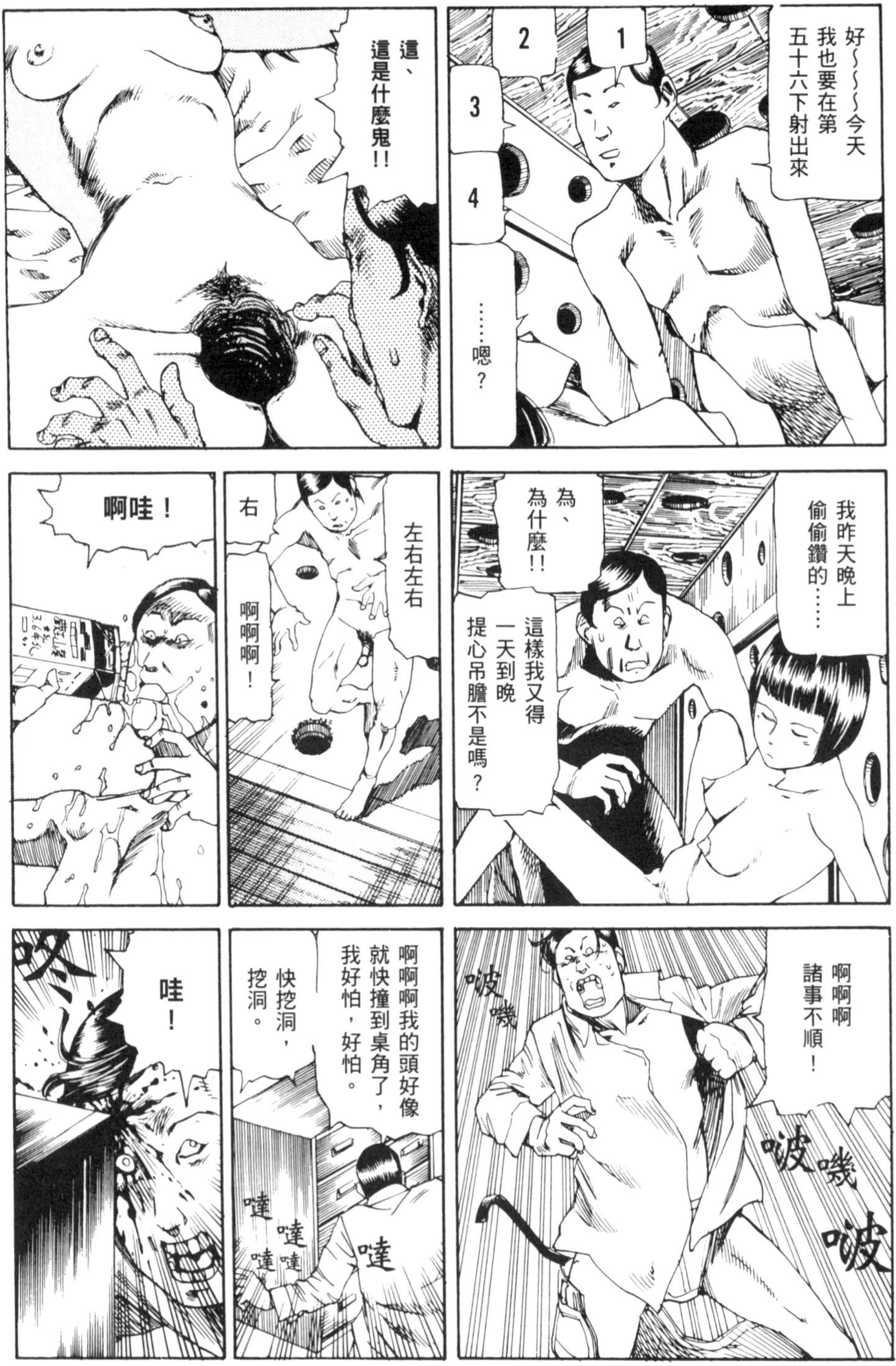
好～～～今天
我也要在第
五十六下射出來
1
2
3
4
……嗯？
這、
這是什麼鬼!!
我昨天晚上
偷偷鑽的……
為、
為什麼!!
這樣我又得
一天到晚
提心吊膽不是嗎？
左右左右
右
啊啊啊！
啊哇！
啊啊啊
諸事不順！
啵
嘰
啵嘰
啵
啊啊啊我的頭好像
就快撞到桌角了，
我好怕，好怕。
快挖洞，
挖洞。
噠
噠
噠
噠
噠
哇！
咚

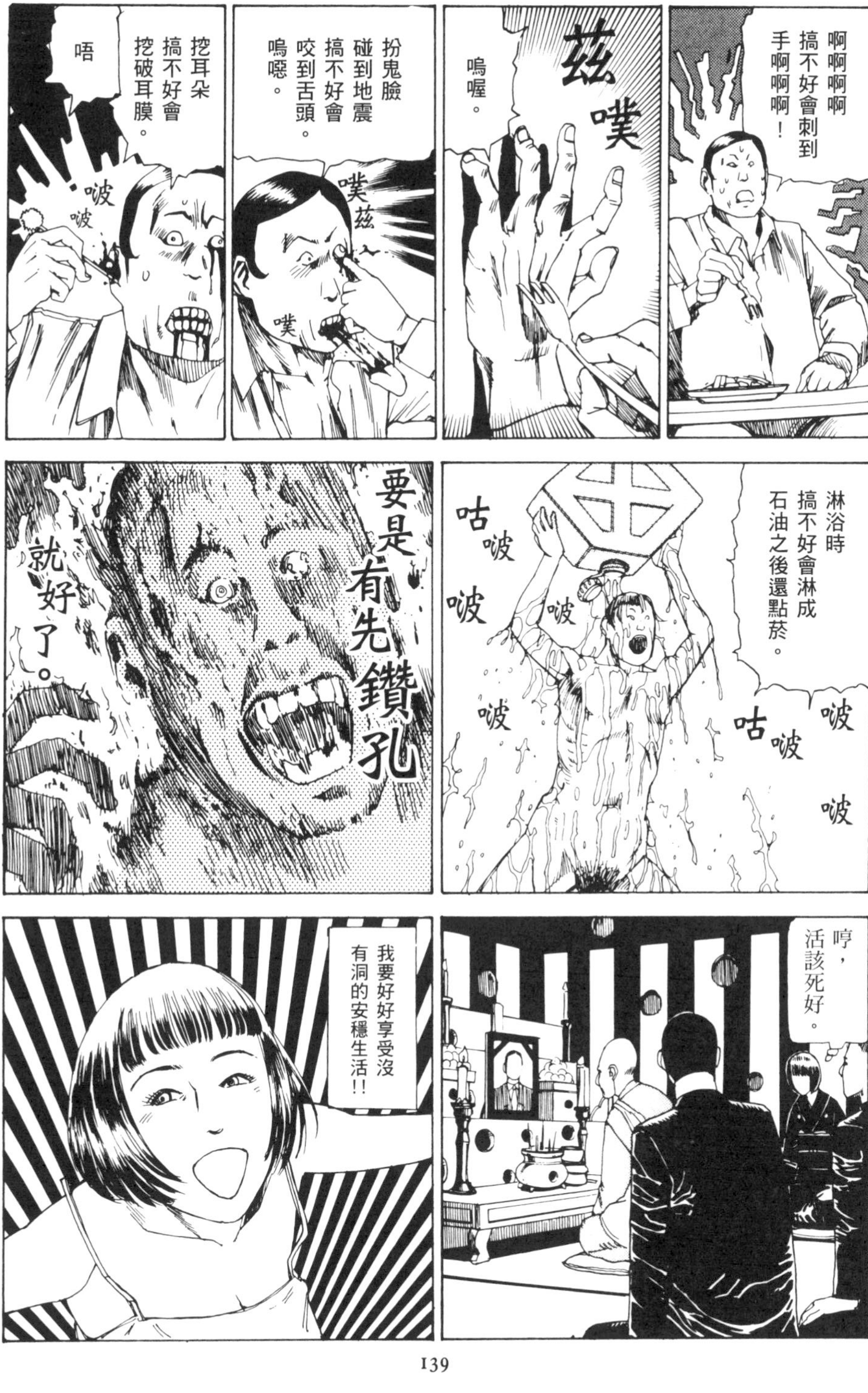
啊啊啊啊搞不好會刺到手啊啊啊!
茲
噗
嗚喔。
扮鬼臉碰到地震搞不好會咬到舌頭嗚噁。
噗茲
噗
挖耳朵搞不好會挖破耳膜。
唔
啵
啵
淋浴時搞不好會淋成石油之後還點菸。
咕啵
啵
啵
啵
咕啵
啵
啵
要是有先鑽孔
就好了。
哼，活該死好。
我要好好享受沒有洞的安穩生活!!

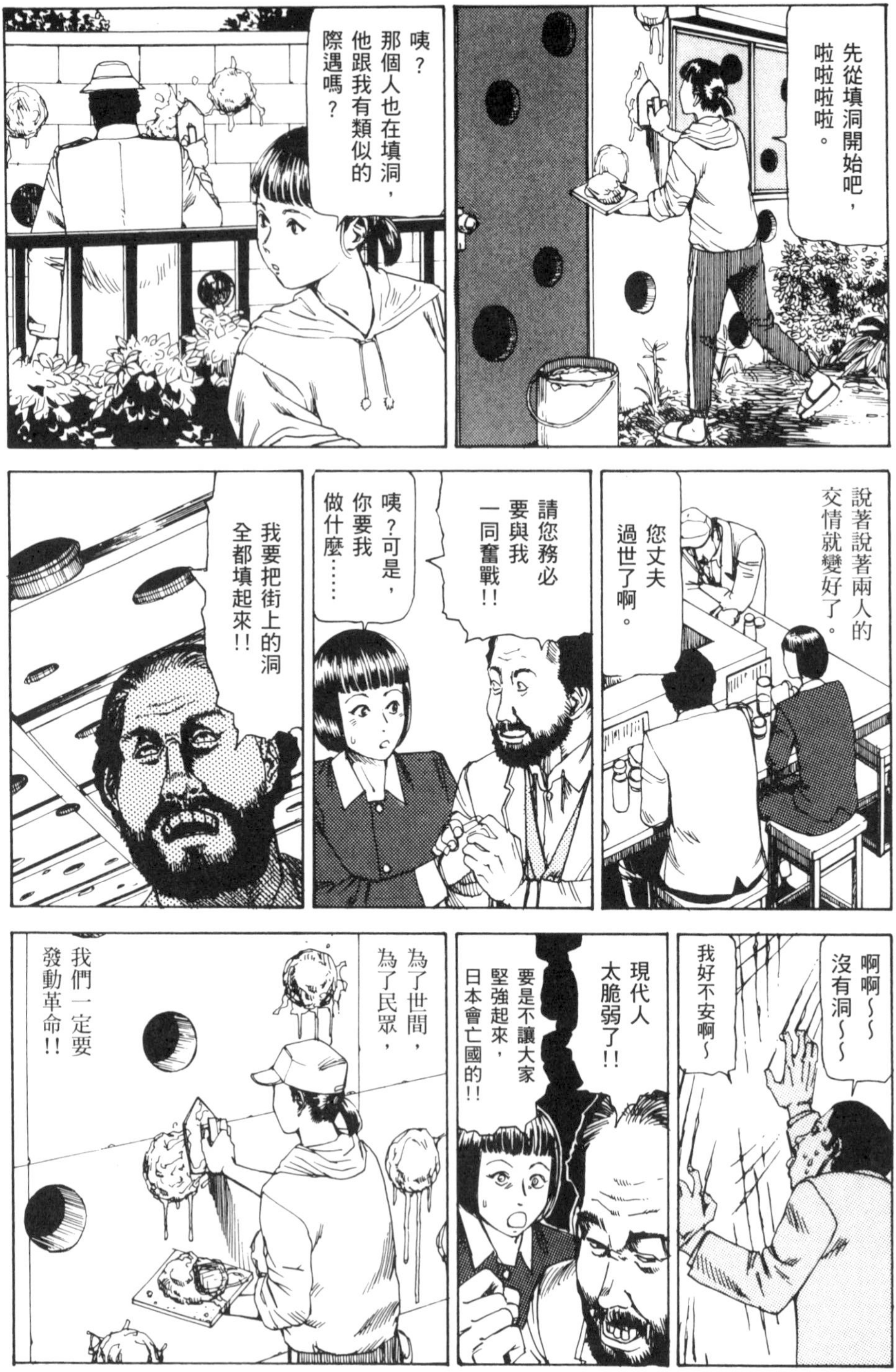
先從填洞開始吧，啦啦啦啦。
咦？那個人也在填洞，他跟我有類似的際遇嗎？
說著說著兩人的交情就變好了。
您丈夫過世了啊。
請您務必要與我一同奮戰!!
咦？可是，你要我做什麼……
我要把街上的洞全都填起來!!
啊啊～～沒有洞～～
我好不安啊～
現代人太脆弱了!!
要是不讓大家堅強起來，日本會亡國的!!
為了世間，為了民眾，
我們一定要發動革命!!

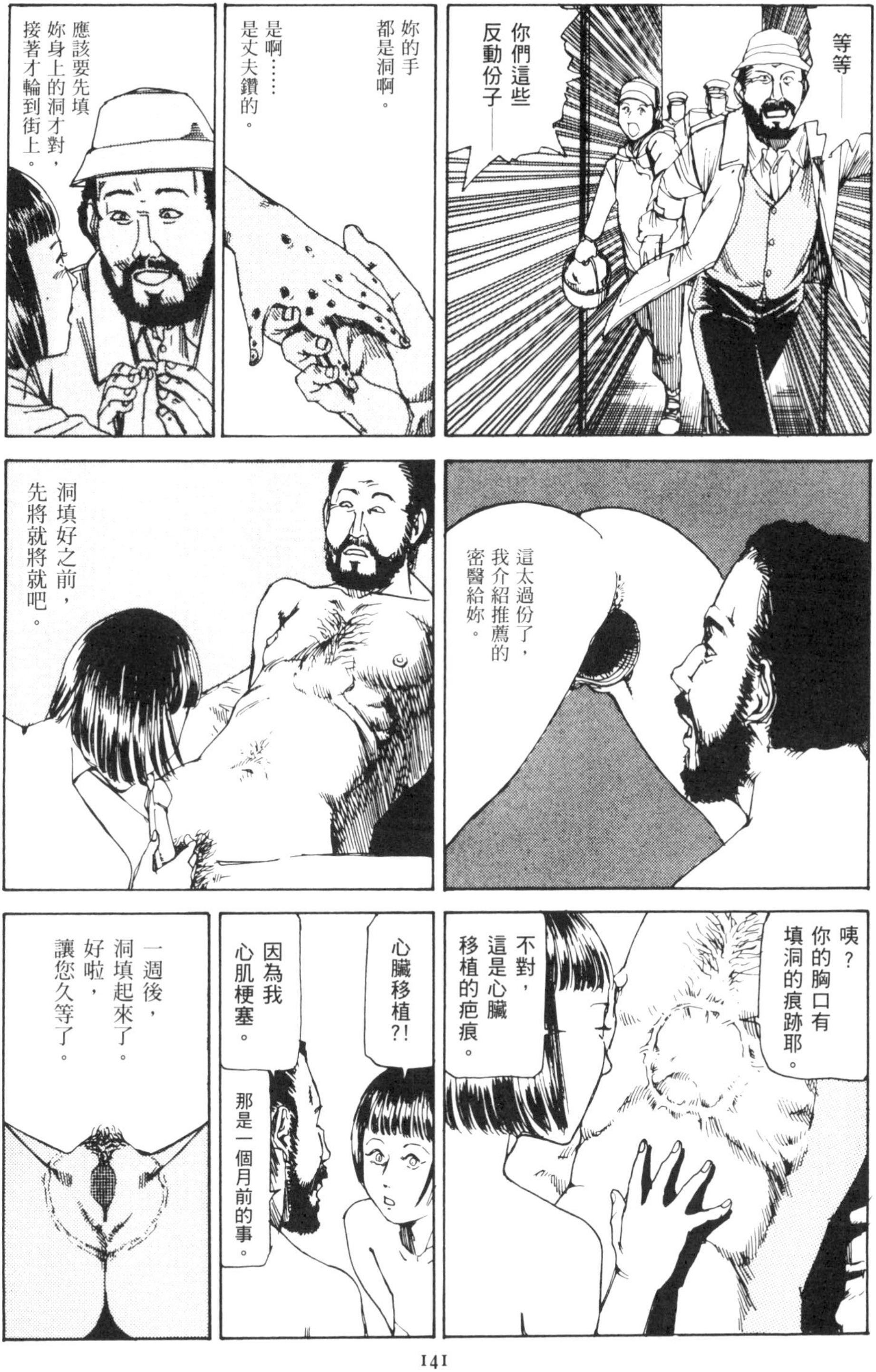
等等——
你們這些反動份子——
妳的手都是洞啊。
是啊……是丈夫鑽的。
應該要先填妳身上的洞才對，接著才輪到街上。
這太過份了，我介紹推薦的密醫給妳。
洞填好之前，先將就將就吧。
咦？你的胸口有填洞的痕跡耶。
不對，這是心臟移植的疤痕。
心臟移植?!
因為我心肌梗塞。
那是一個月前的事。
一週後，洞填起來了。好啦，讓您久等了。

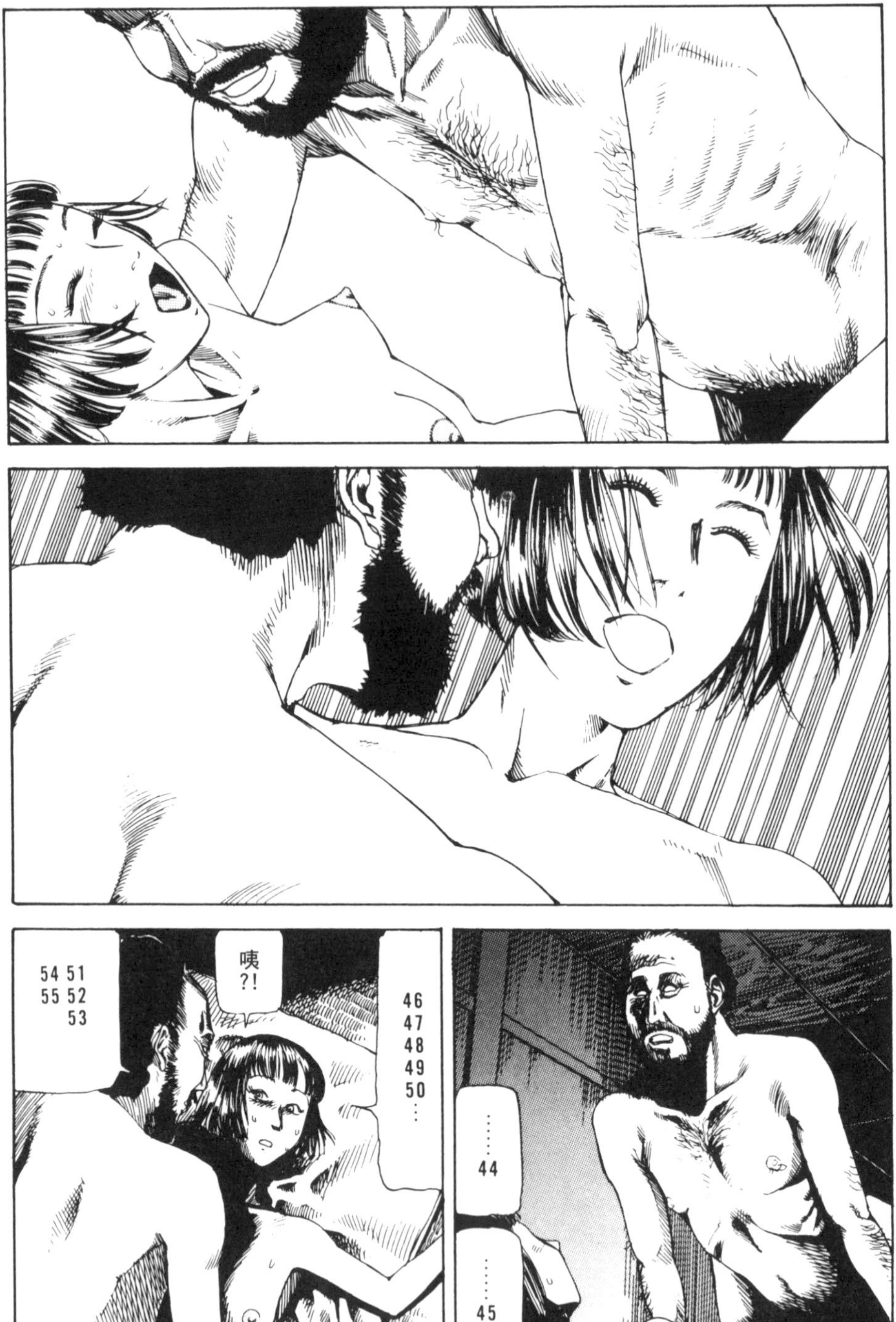
……44
……45
46 47 48 49 50…
咦?!
51 52 53 54 55

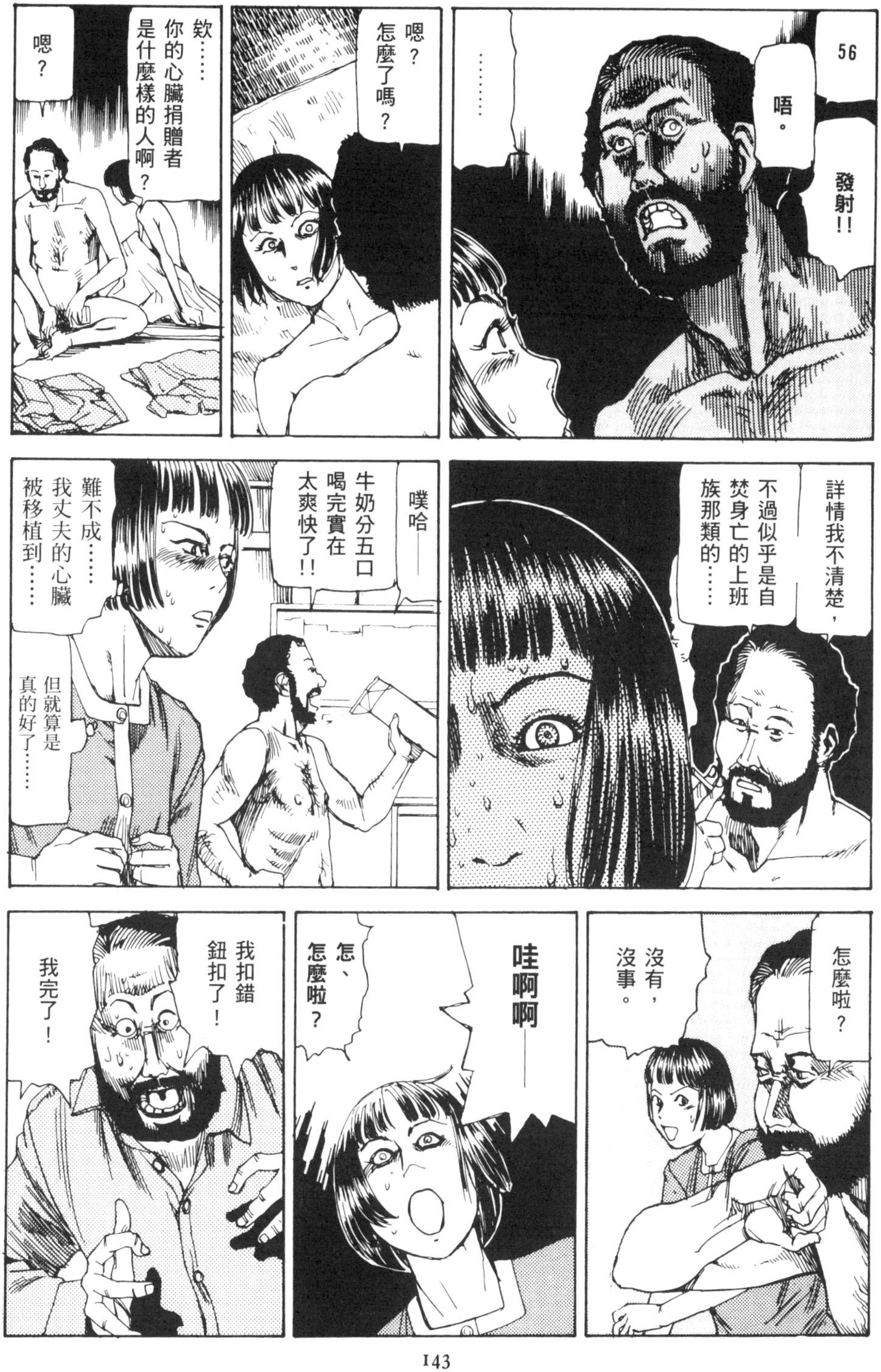
56
唔。
發射!!
………
嗯？怎麼了嗎？
欸……你的心臟捐贈者是什麼樣的人啊？
嗯？
詳情我不清楚，
不過似乎是自焚身亡的上班族那類的……
噗哈——
牛奶分五口喝完實在太爽快了!!
難不成……我丈夫的心臟被移植到……
但就算是真的好了……
怎麼啦？
沒有，沒事。
哇啊啊——
怎、怎麼啦？
我扣錯鈕扣了！
我完了！

呼呼
呼呼
呼呼
他的靈魂總不會附到這個人身上吧……
不可能……不可能啦……
哎呀，太好了，這樣我就安心了。
啾
啾啾
雞啼三聲
不管發生什麼事都不用擔心了
好，今天也要努力上班囉！
one two，one two。

站前抽吸

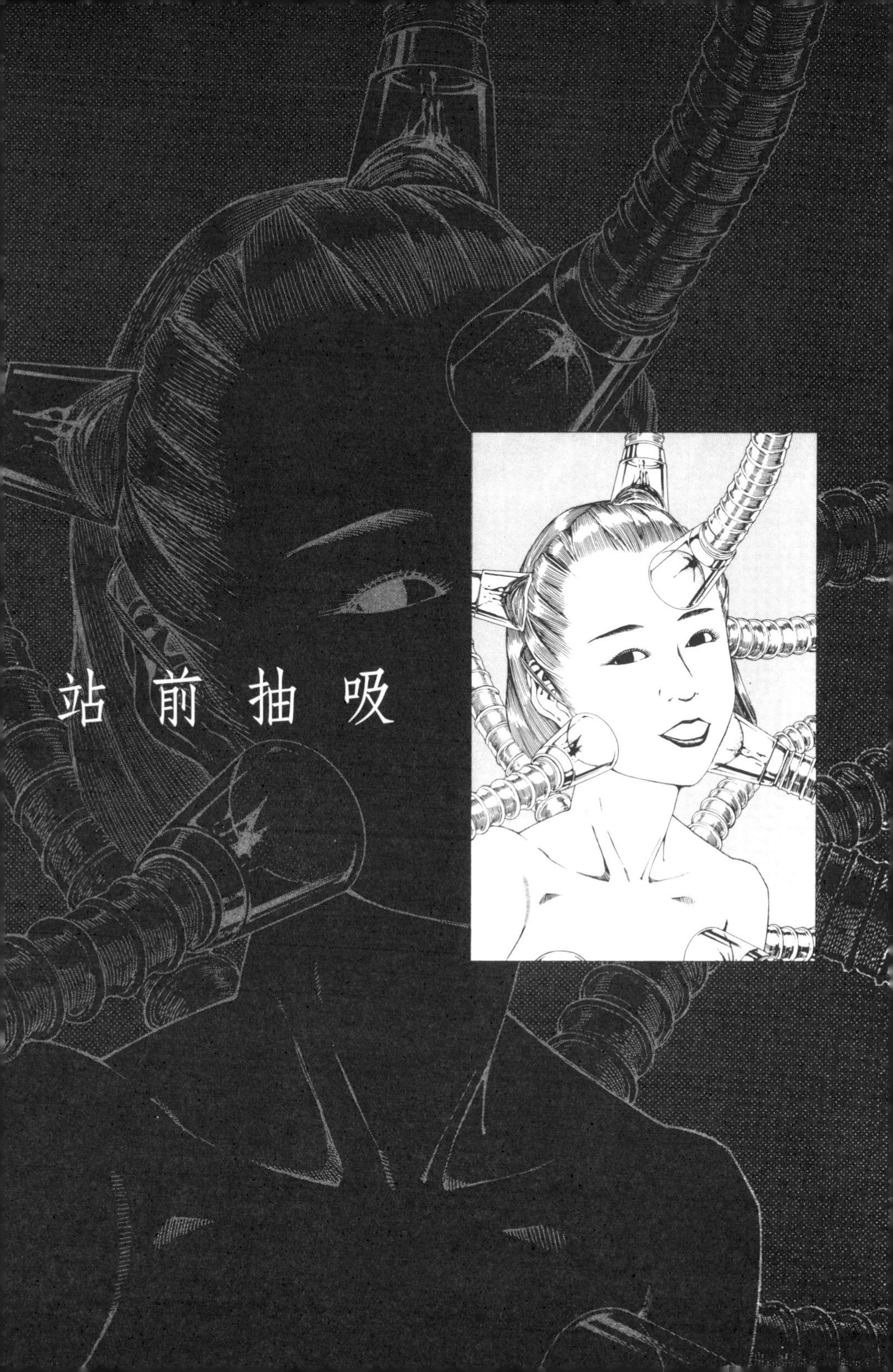

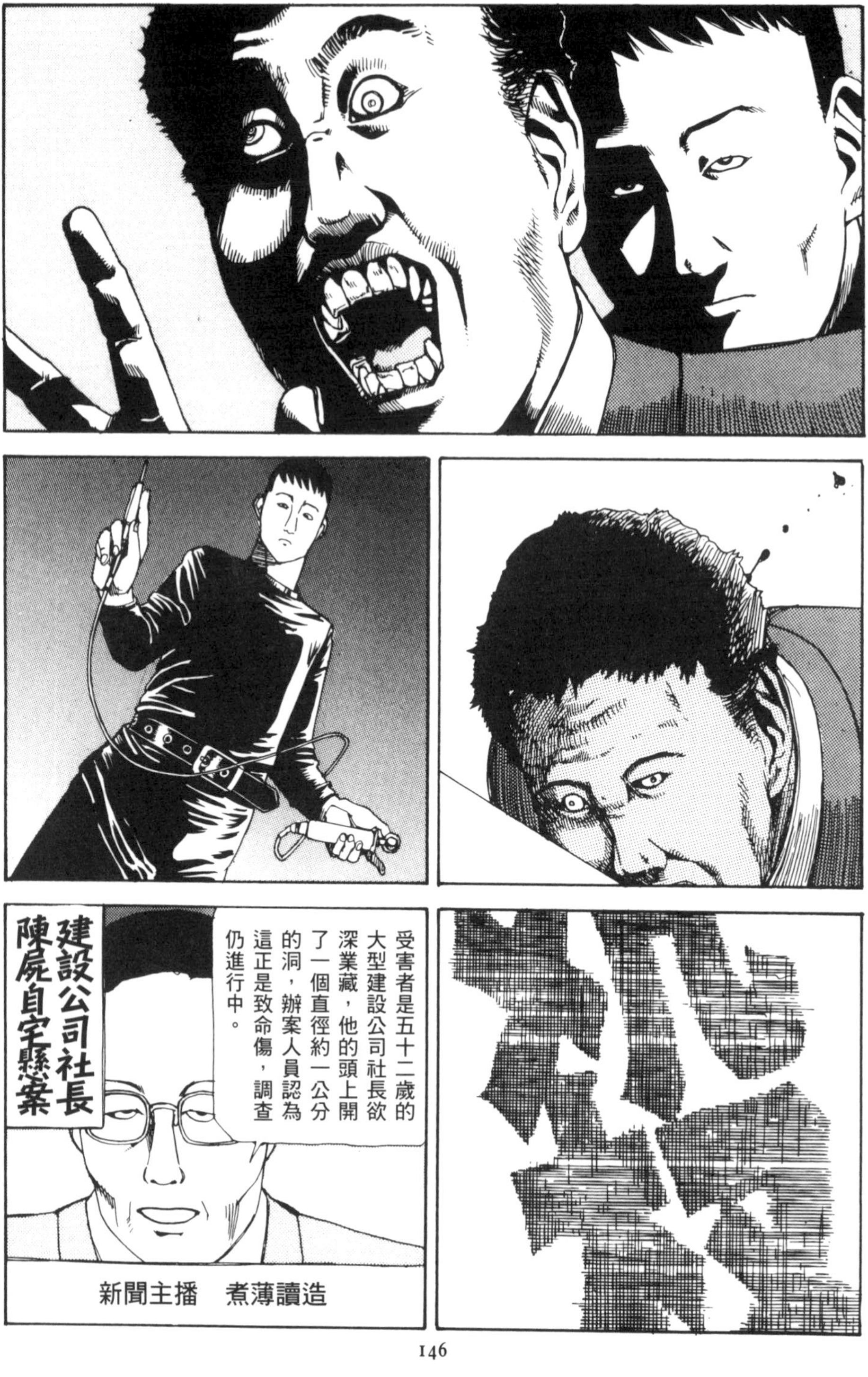
受害者是五十二歲的大型建設公司社長欲深業藏，他的頭上開了一個直徑約一公分的洞，辦案人員認為這正是致命傷，調查仍進行中。
建設公司社長陳屍自宅懸案
新聞主播　煮薄讀造

一定又是上次那傢伙吧。
吸腦髓殺人啊。
這是第五個人了。
窣窣窣窣窣窣窣窣
是瘋子嗎？
不過欲深似乎和許多人結怨呢。
那就是奪命制裁者囉？
窣窣窣窣窣窣窣窣窣
話說回來，他害我們這些抽吸員的形象一落千丈啊！
長蔥……120
軟骨……120
丸子……120
雞翅……120
雞皮……120
炸物串……150
牛肉串……150
雞胗
生啤酒（中
生啤酒（大
生檸檬沙
生葡萄沙
烏龍燒酒
梅酒沙瓦……300
赤梅沙瓦……300
真是的。
久等了四杯大生啤
鮪魚生魚片
幼鰤生魚片
因為犯人也是抽吸員嘛。
話說回來，世人能過得這麼安穩都是因為抽吸員的存在啊。
對啊！沒有比抽吸員更偉大的工作了！
窣窣窣窣窣窣
抽吸員維持街道整潔
茲茲茲茲
窣窣窣窣
讓你家不至於被糞尿淹沒！
茲茲
窣窣窣窣窣
噗哩噗哩噗哩
啪搭

空隆
空隆
就算在電車裡也隨傳隨到。
茲茲茲茲
窣窣窣窣
轉眼間就能把小孩打掉。
茲茲茲茲茲茲茲茲
窣窣窣窣窣窣
之前還有人拜託我把射在裡面的精液吸出來呢。
哇……
久等了，大生啤——
咚
窣窣窣窣窣窣窣窣
妳沒事吧？好像快吐了耶。
嗚嘔。
快叫抽吸員!!
不好意思，我們合作的抽吸員休假了……
這間店是怎麼回事啊，連專業抽吸員都沒有嗎?!

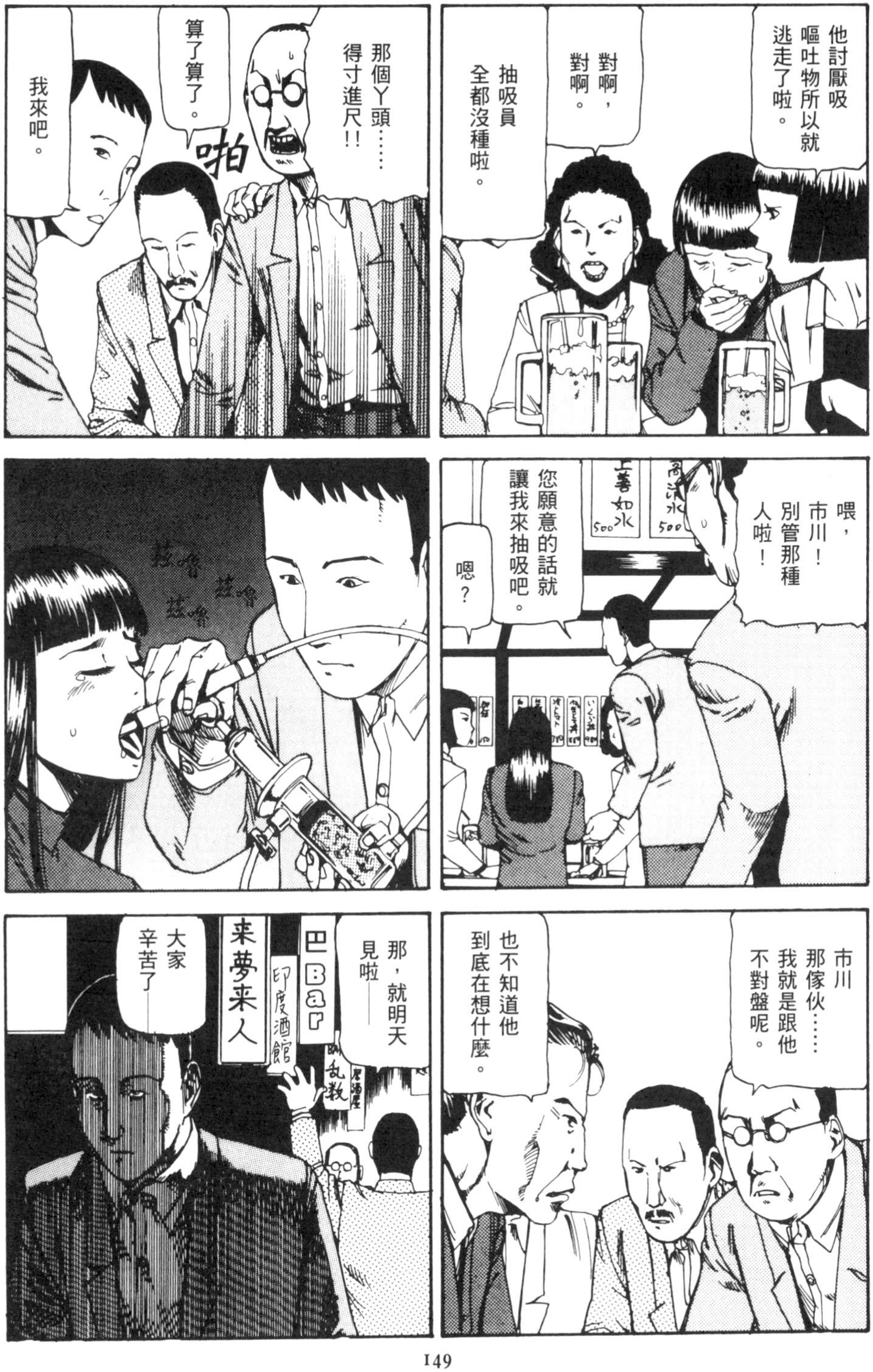
他討厭吸嘔吐物所以就逃走了啦。
對啊，對啊。
抽吸員全都沒種啦。
那個丫頭……得寸進尺!!
算了算了。
啪
我來吧。
喂，市川！別管那種人啦！
您願意的話就讓我來抽吸吧。
嗯？
市川那傢伙……我就是跟他不對盤呢。
也不知道他到底在想什麼。
那，就明天見啦——
大家辛苦了——
来夢来人
巴Bar
印度酒館
乱数

窣
窣哩
窣
窣哩
窣
窣
窣哩
窣
窣
窣哩
窣
窣
窣哩
窣
窣哩
窣
窣窣
窣
窣
窣
窣
窣
窣
窣
窣
窣
窣
窣
窣
噢！

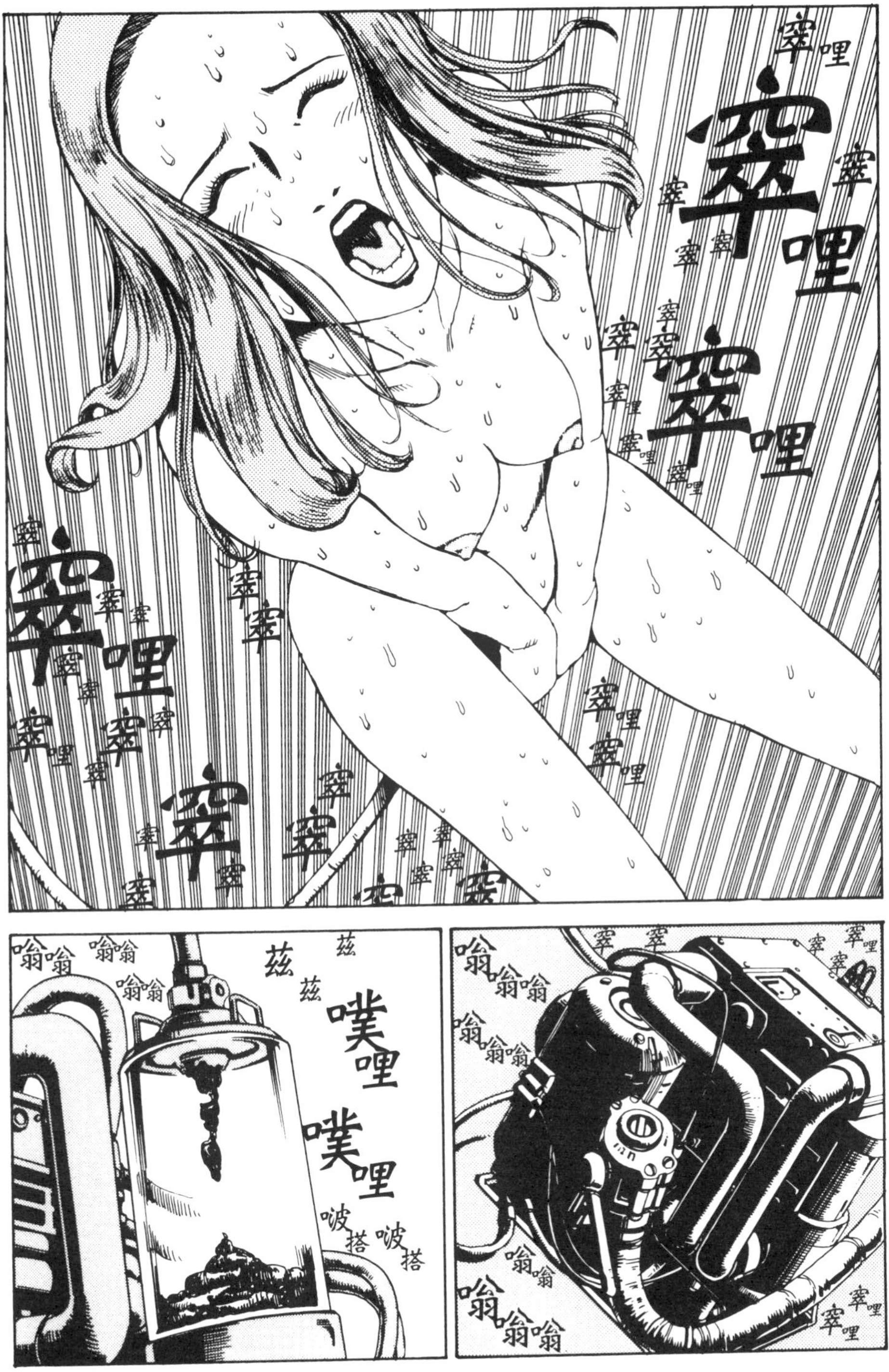
窣哩
窣哩
窣哩
窣哩
窣
窣窣
窣哩
嗡嗡嗡
嗡嗡嗡
嗡嗡
嗡嗡嗡
窣哩
窣哩
茲茲
噗哩
噗哩
啵搭
啵搭
嗡嗡
嗡嗡
嗡嗡

你的技術還是一樣好呢。
抽吸宿便就讓人高潮啊，這也只有你辦得到了吧。
感謝您再次利用在下的服務。
我想借重你的技術幫我辦件事。
去找他。
吸糞便嗎？
我要你吸他的腦漿！
殺手市川雷藏!!
您似乎認錯人了。
裝傻也沒用的。
地下執業者都知道你的技術有多高明。
這裡有五千萬。
成功的話再給你五千萬。
你願意幫我吧？
……
我要再收一億。
不對，這樣還是太少了。

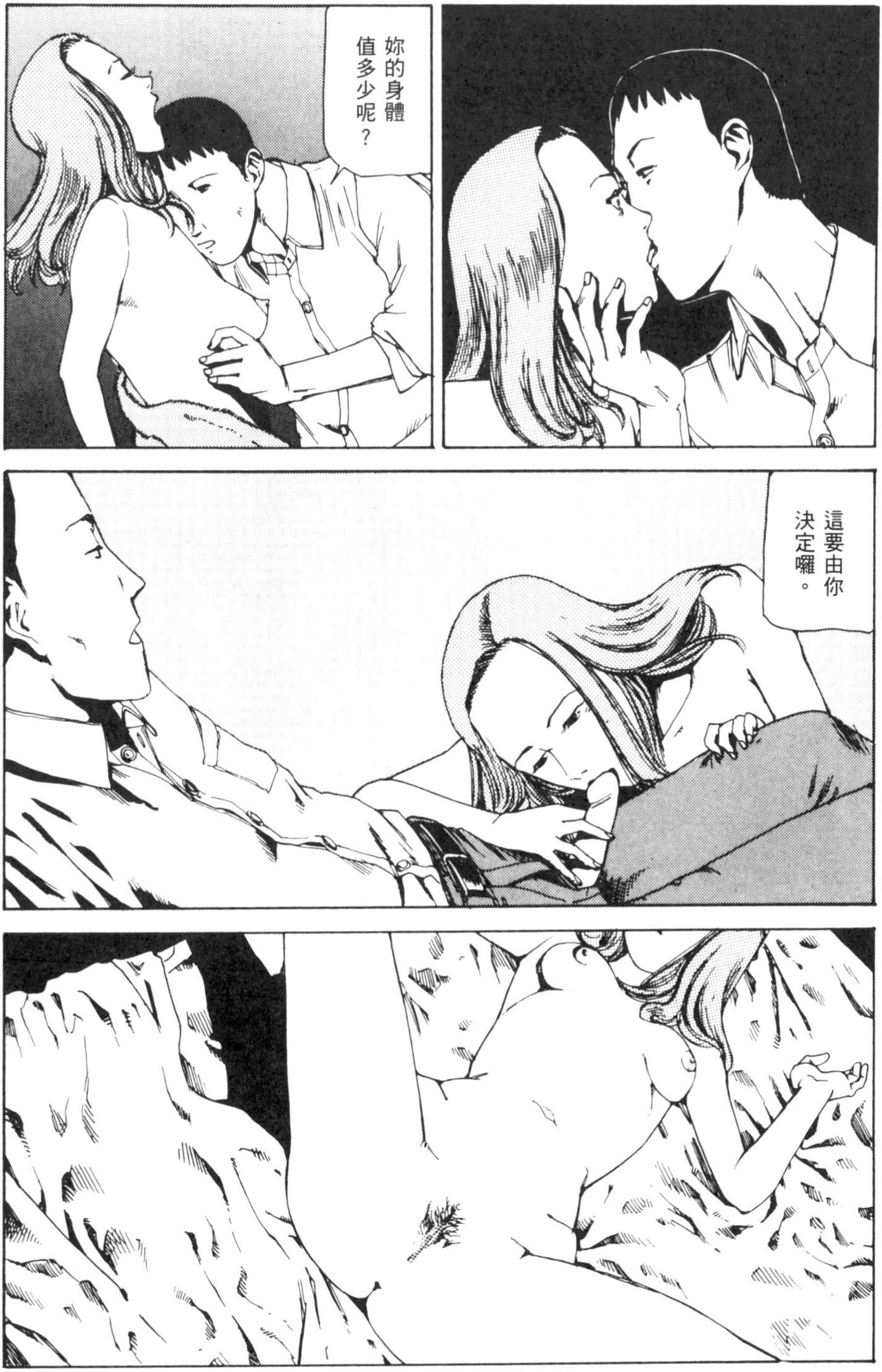
妳的身體值多少呢？
這要由你決定囉。

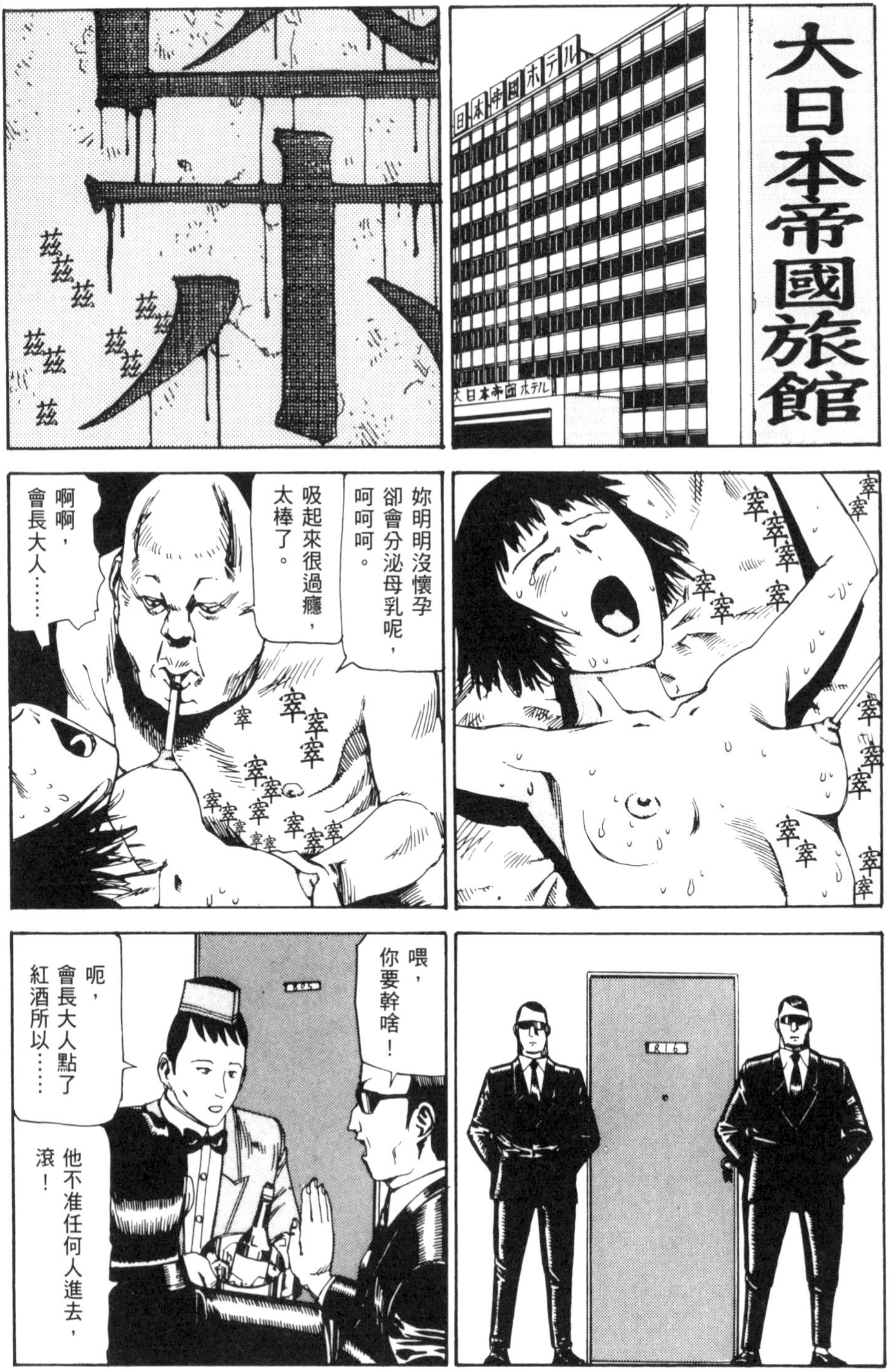
大日本帝國旅館
茲茲茲
窣窣
妳明明沒懷孕卻會分泌母乳呢，呵呵呵。
吸起來很過癮，太棒了。
啊啊，會長大人……
喂，你要幹啥！
呃，會長大人點了紅酒所以……
他不准任何人進去，滾！

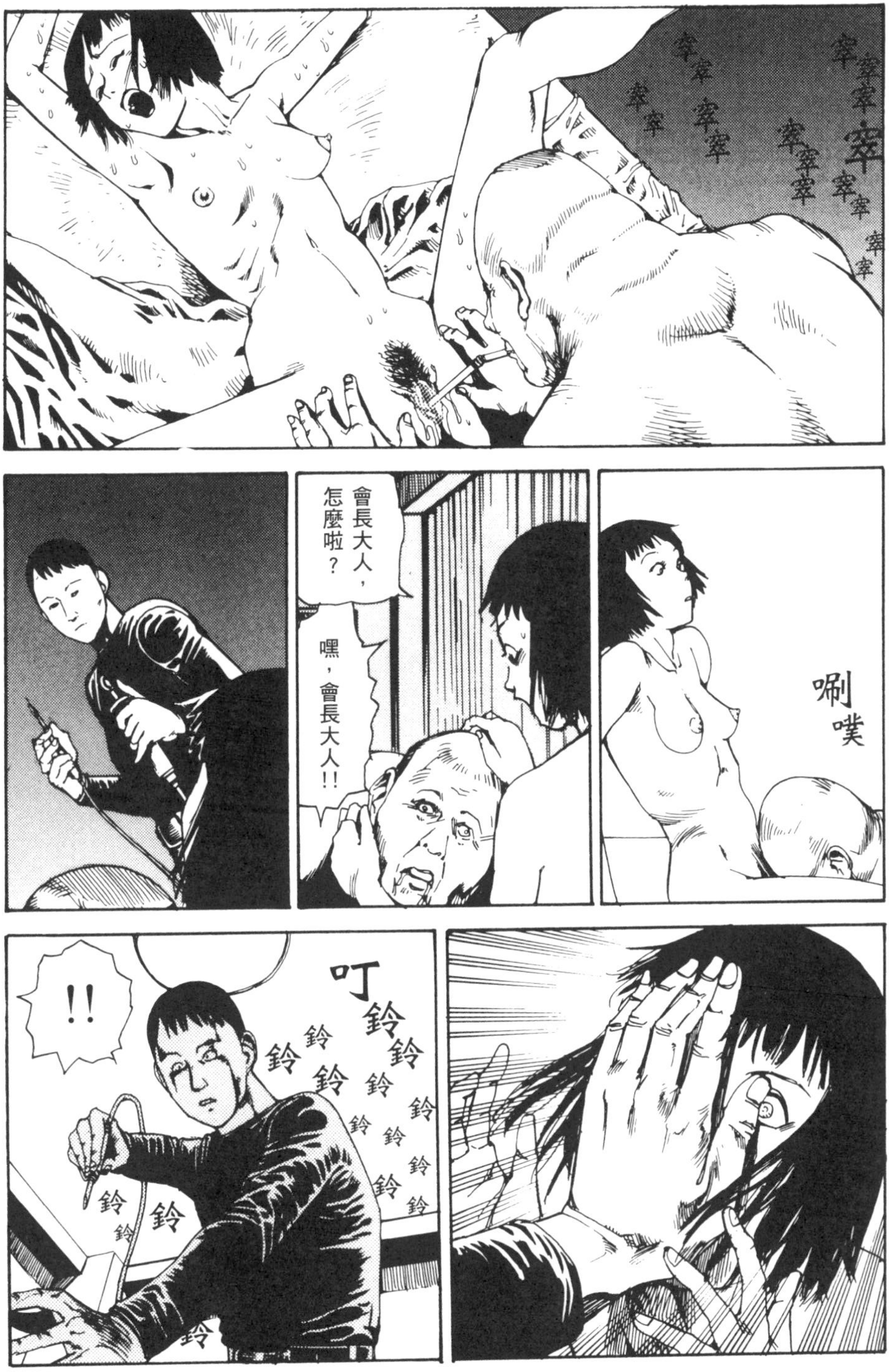
窣窣窣窣窣窣窣窣窣窣窣窣窣窣
唰噗
會長大人，怎麼啦？
嘿，會長大人!!
!!
叮鈴鈴
鈴鈴鈴鈴鈴鈴鈴鈴鈴鈴鈴鈴鈴

怎麼了？
叮鈴
鈴 鈴 鈴 鈴 鈴 鈴 鈴 鈴 鈴 鈴
有匿名人士提供情報，說會長大人有生命危險。
啊！
斷氣了。
會長，失禮了。
咿！
蹦
唔，等等！
咚
砰砰
事有蹊蹺。
不應該這麼快就被識破才對。
噠噠噠噠
……………

……
數量沒錯。
不用弄髒自己的手，生意做得真輕鬆啊。
彼此彼此。
之後再聯絡吧。
!!
目黑寄生虫館
32-61
那是我的錢，還給我。
逃也沒用的！
出來吧！我知道妳就在這裡！
噗斯
唔！
我的血?!
啾啾啾
啾啾
啾

喀
喀
喀
唔。
咻咻
咻咻
你就乖乖化為人乾吧！
我聽說最近有女殺手在活動，但沒想到……
原來就是妳啊！
喀
喀
喀
噗斯
啾啾啾啾
最後一擊！
噗斯
噗斯
受死吧~~~
啾
啾
啾
啾
啾

咦？
啊？
茲噗
哇啊！
唔呃啊啊啊
啾啾啾啾啾
嚕嚕
啾
是誰指使妳的？招！不然我就吸出妳的內臟。
我……才不要。
這樣啊，真遺憾。
咿！
等、等等！我說！
是黑田幕之介!!

謝啦！
享受最後一次排泄吧！
你……你違反諾……
啊——
啵啵啵啵
茲茲茲

唰啦啦啦
唰啦啦
啵啵啵

我真的沒辦法再當抽吸員了。
又賺不了什麼錢。
我之前啊……
窣窣窣窣窣
一面跑一面吸馬拉松跑者的大便呢！
下一則新聞。眾議院議員黑田幕之介陳屍於旅館之中。
死因為腦漿遭人抽吸，因此警方正在調查此案與手法雷同的其他案件是否有關。
議員陳屍旅館奇案
新聞主播 煮薄讀造
市川，你怎麼啦？快吸快吸啊——
啊……我不太能喝酒……
咕，抽吸技巧也還沒出師，你真丟人啊！
哎呀，算啦，今天就大吸特吸吸個夠吧！
吸吧，吸吧！

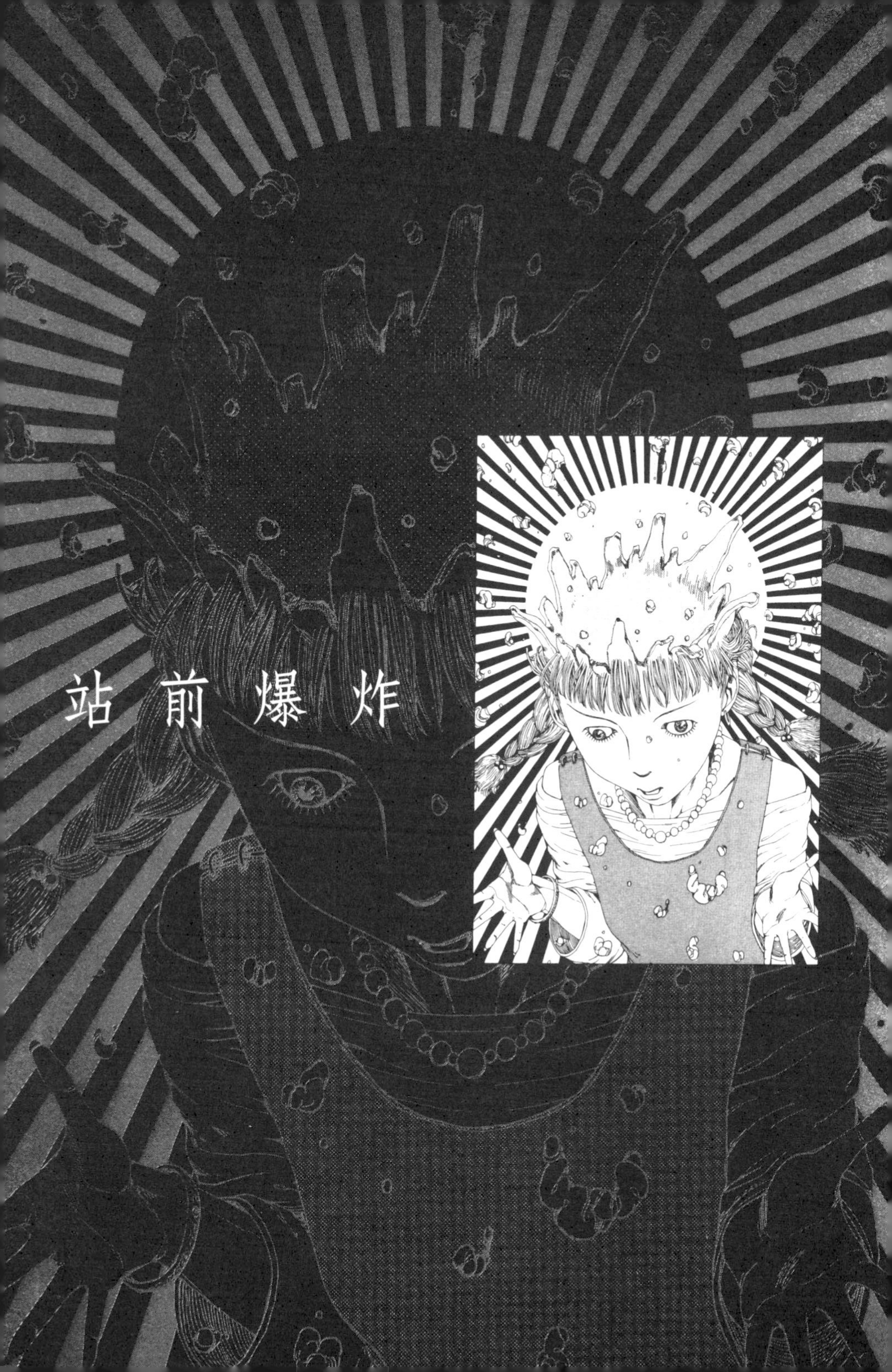
站前爆炸

媽媽，上街買東西好開心喔——
對啊。
這位太太，快留步！
怎、怎麼了？
這一帶很危險，請跟在我背後移動!!
你、你在說啥啊？
NEC
我們走吧，小紗。
啊，不行啊!!
轟轟轟轟
我不是說了嗎？
這附近埋著無數的地雷啊。

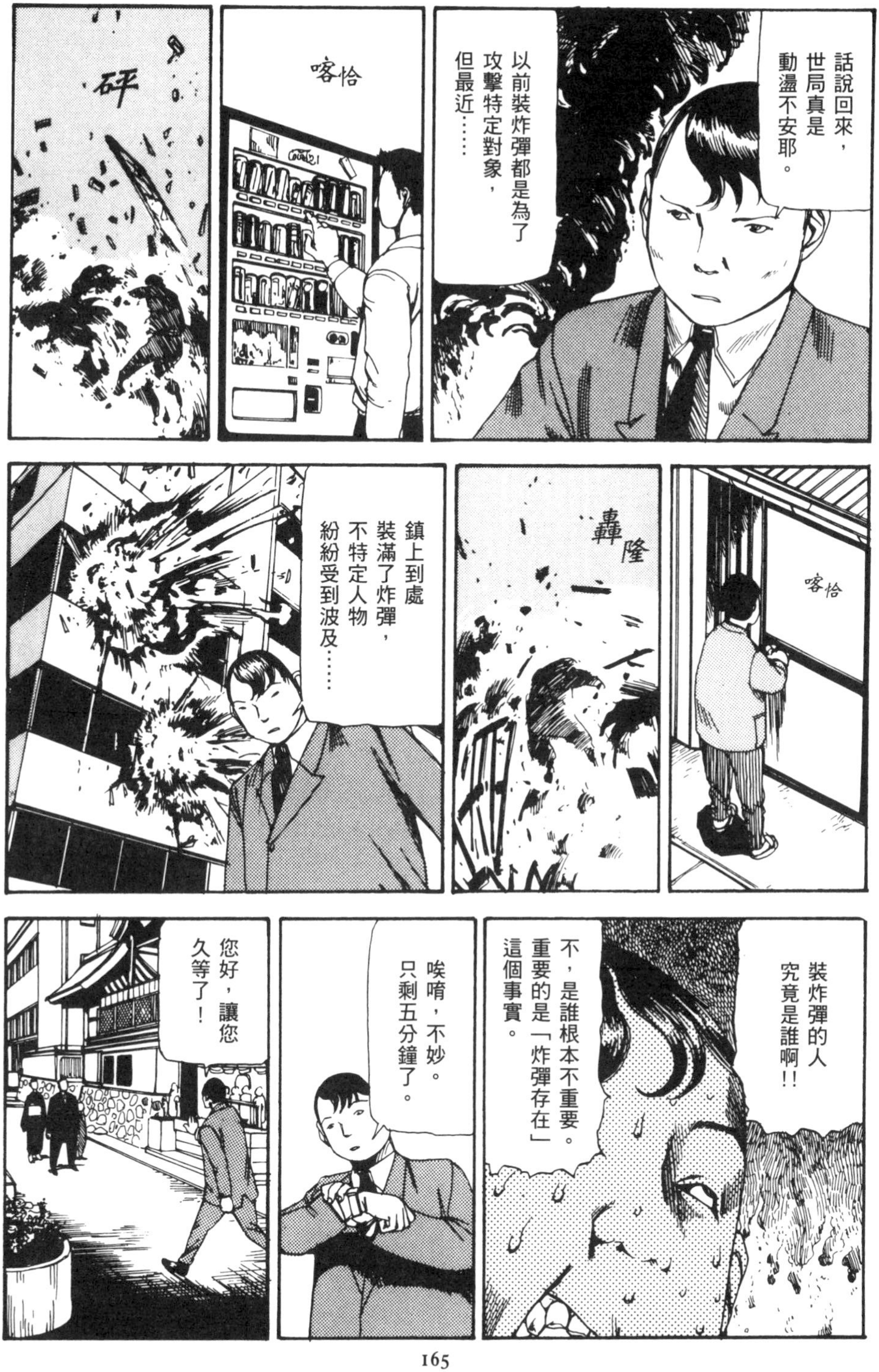

話說回來，世局真是動盪不安耶。
以前裝炸彈都是為了攻擊特定對象，但最近……
喀恰
砰
喀恰
轟隆
鎮上到處裝滿了炸彈，不特定人物紛紛受到波及……
裝炸彈的人究竟是誰啊!!
不，是誰根本不重要。重要的是「炸彈存在」這個事實。
唉唷，不妙。只剩五分鐘了。
您好，讓您久等了！

好了嗎？請緊跟在我身後喔。
呼——順利通過了。
這一帶的馬路特別危險呢。
我們在危險度八十的路上走了一百公尺，所以收您三萬元。
之後還會再麻煩你的。
沒錯，我的工作是地雷區的斥侯。
也就是白老鼠啦。
問我有沒有使用特殊的裝置或器具？倒也沒有。
完全是靠我的好運啦!!

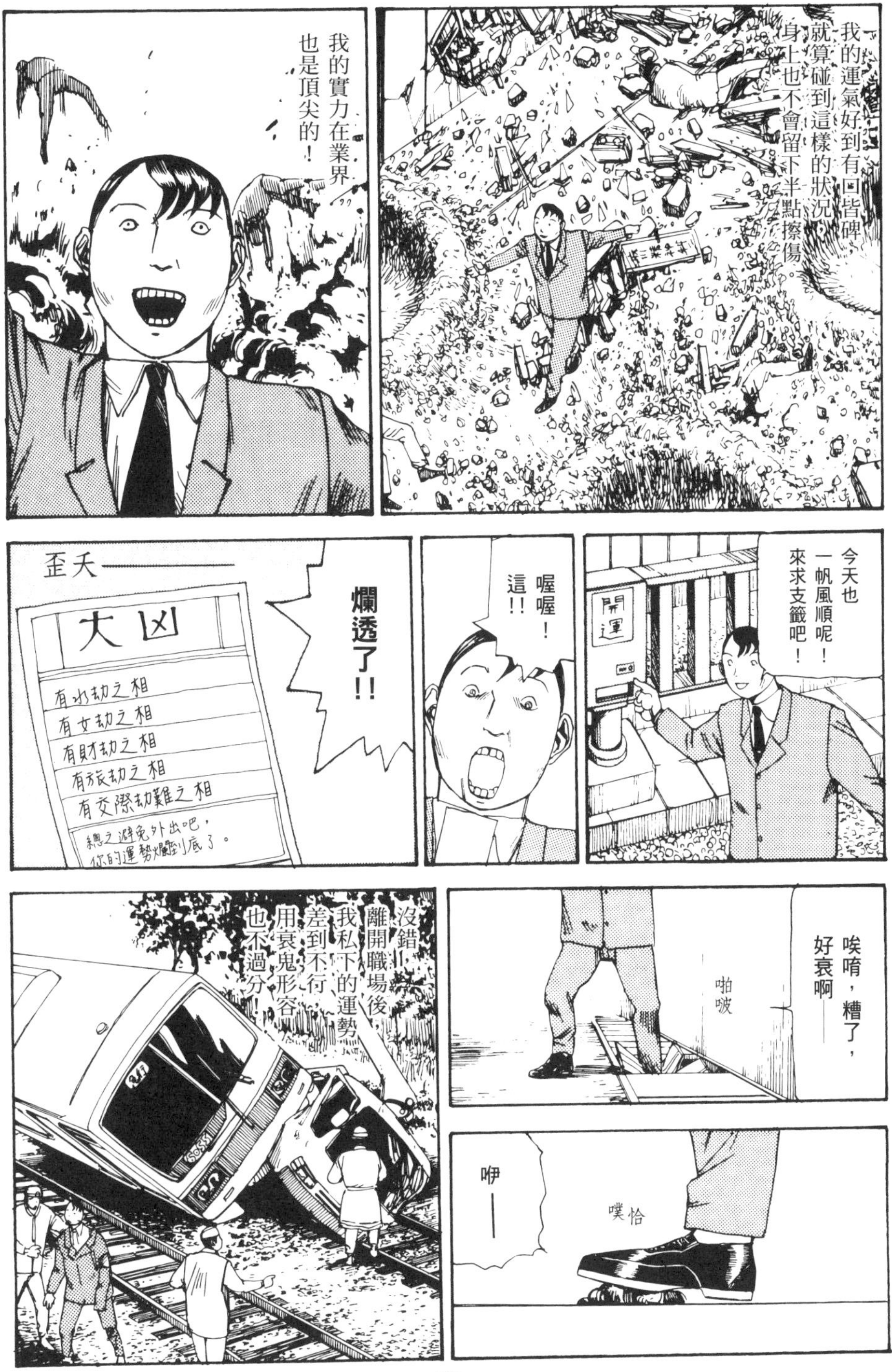

我的運氣好到有回皆碑
就算碰到這樣的狀況
身上也不會留下半點擦傷
我的實力在業界
也是頂尖的！
開運
今天也
一帆風順呢！
來求支籤吧！
喔喔！
這！！
爛透了！！
歪天——
大凶
有水劫之相
有女劫之相
有財劫之相
有旅劫之相
有交際劫難之相
總之避免外出吧，
你的運勢爛到底了。
唉唷，糟了，
好衰啊——
啪啵
咿——
噗恰
沒錯，
離開職場後
我私下的運勢
差到不行，
用衰鬼形容
也不過分！

蹦嗡嗡 嗡嗡嗡
不行不行，驚訝度完全不夠。
現在就要靠這個!!
彈簧力已經太老套了
轟隆
火藥的威能
轟隆
哎，我的私生活越是倒楣，工作運勢就越強!
所以我平時會刻意製造不幸。
比方說，兩年前我娶了一個美人，但……
她化妝前後判若兩人，讓我傻眼。
還有，口臭嚴重，下體異味也很重。
卻愛拗我多做幾次

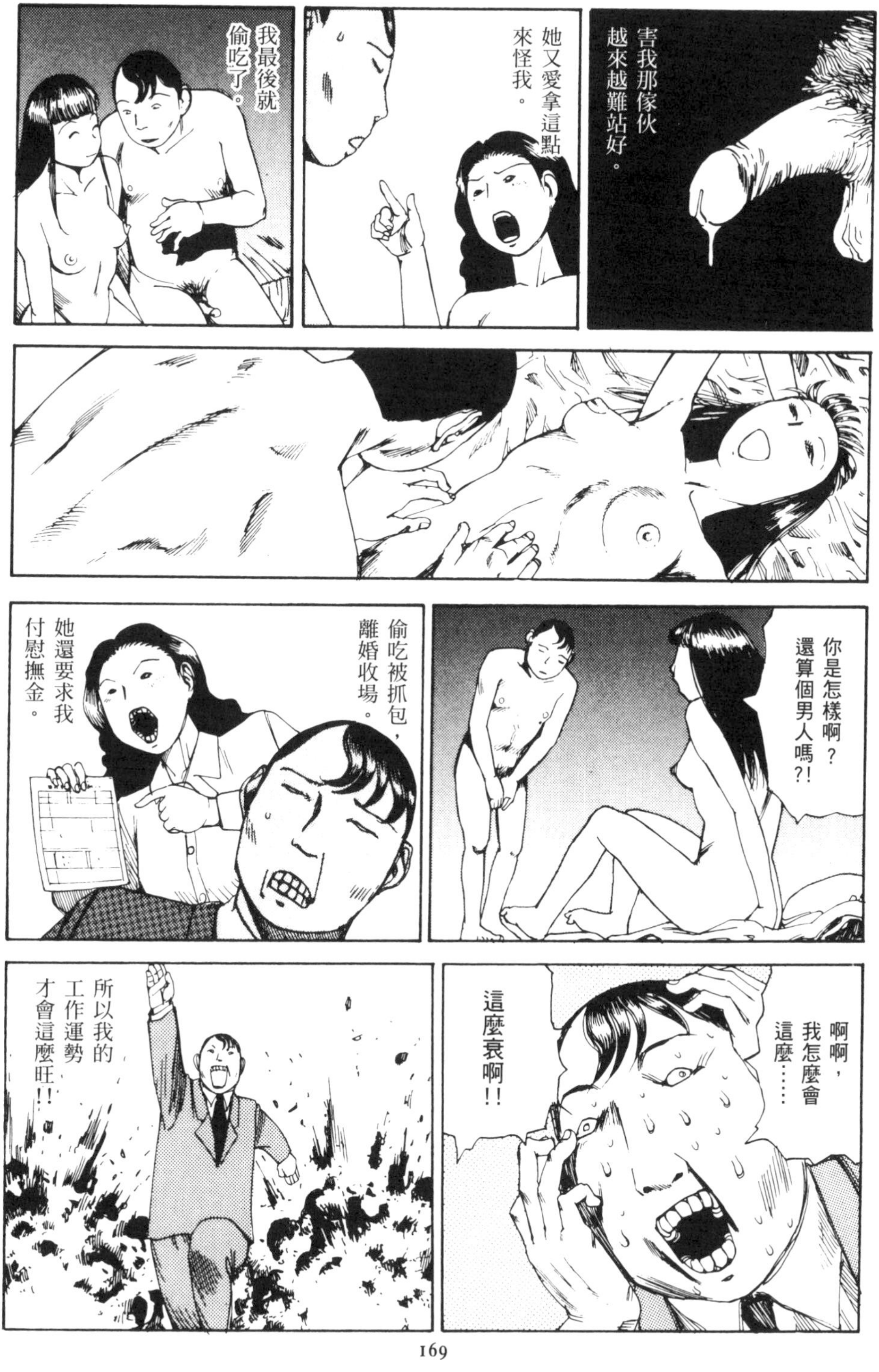
害我那傢伙
越來越難站好。
她又愛拿這點
來怪我。
我最後就
偷吃了。
你是怎樣啊？
還算個男人嗎?!
偷吃被抓包，
離婚收場。
她還要求我
付慰撫金。
啊啊，
我怎麼會
這麼……
這麼衰啊!!
所以我的
工作運勢
才會這麼旺!!

看！我的四肢完好無缺!!
不過先前碰上了危險。飛過來的石頭砸中眼睛。
明天有大戶。
我得讓自己私下的運勢更差才行!!
於是，我決定害雙親車禍身亡。
喔——咿——
喔——咿——
我本來還想說今後要好好孝順他們的……
你真是不幸啊。
哈，哈哈，哈哈哈哈

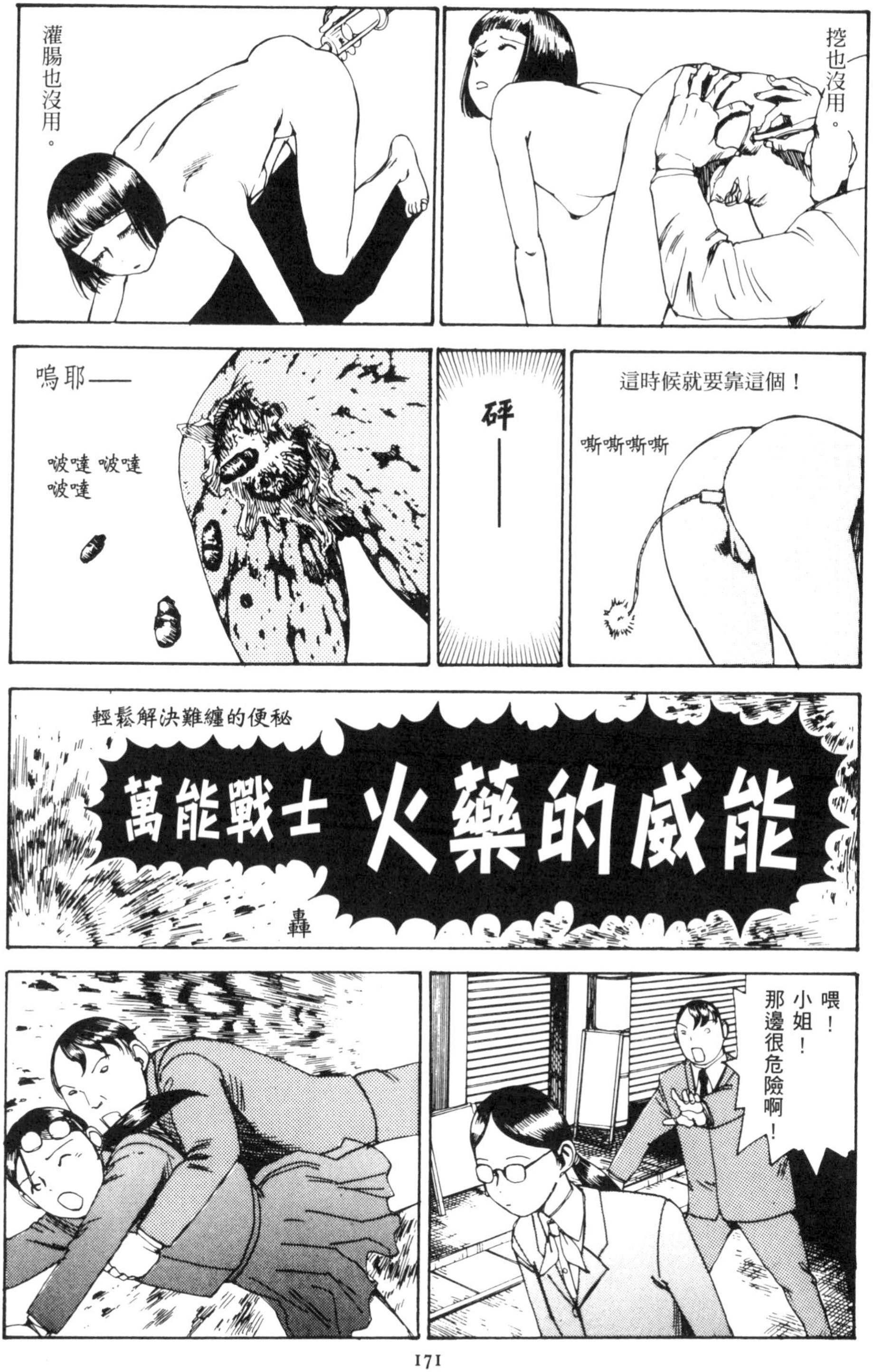
挖也沒用。
灌腸也沒用。
這時候就要靠這個！
嘶嘶嘶嘶
砰——
嗚耶——
啵噠 啵噠
啵噠
輕鬆解決難纏的便秘
萬能戰士 火藥的威能
轟
喂！
小姐！
那邊很危險啊！

抱歉，我剛剛恍神了。
小心點嘛！
啊，不妙，氣氛好像有點好。
蠢貨，走路要看路啦！快滾！
啊，你剛剛那腳踢得好棒!!
什麼?!
難、難道說，這是……
幸福的邂逅!!
喀沙
砰
哇！

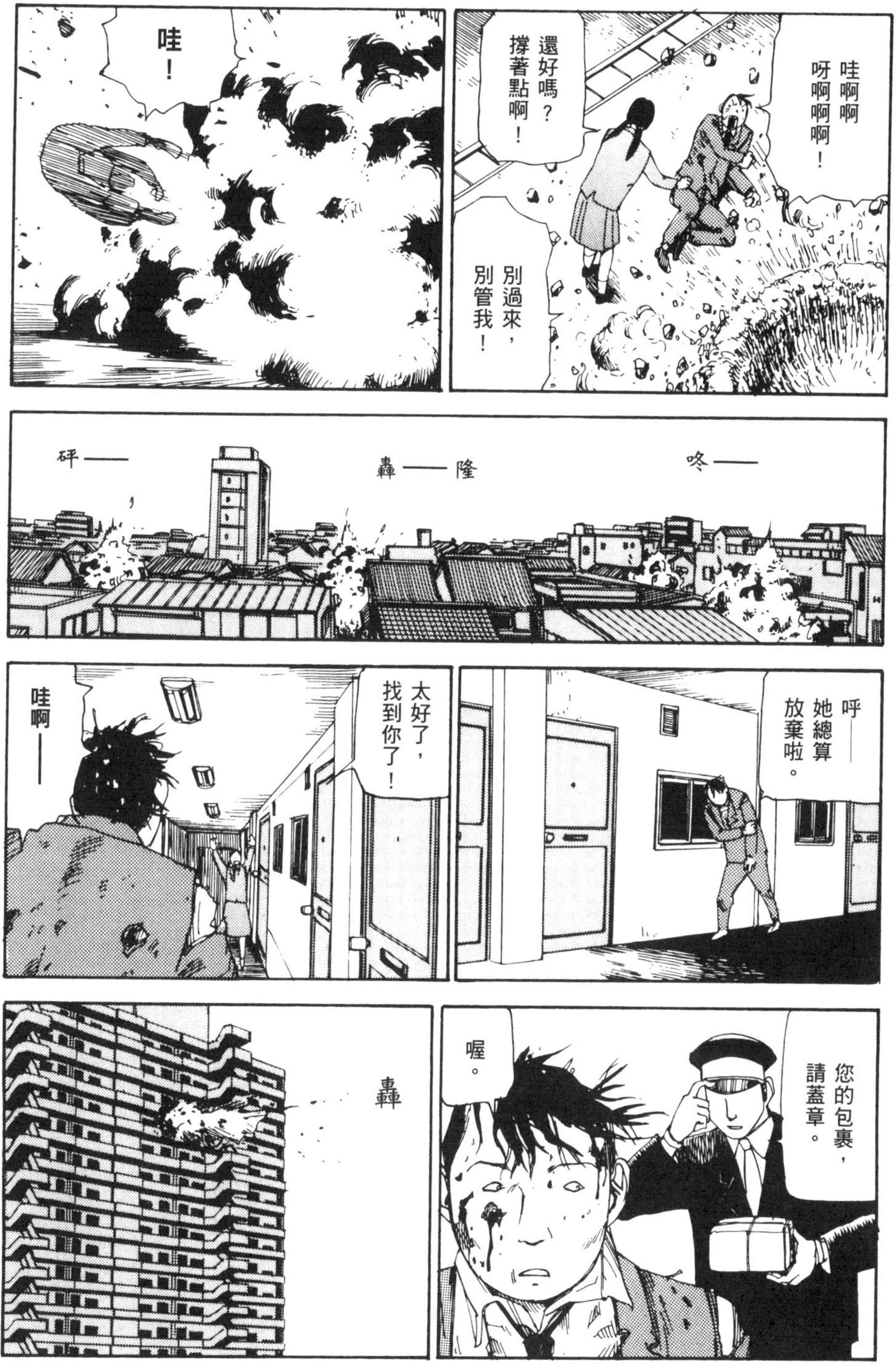
哇啊啊
呀啊啊啊！
還好嗎？
撐著點啊！
別過來，
別管我！
哇！
咚——
轟——隆
砰——
呼——
她總算
放棄啦。
太好了，
找到你了！
哇啊——
您的包裹，
請蓋章。
喔。
轟

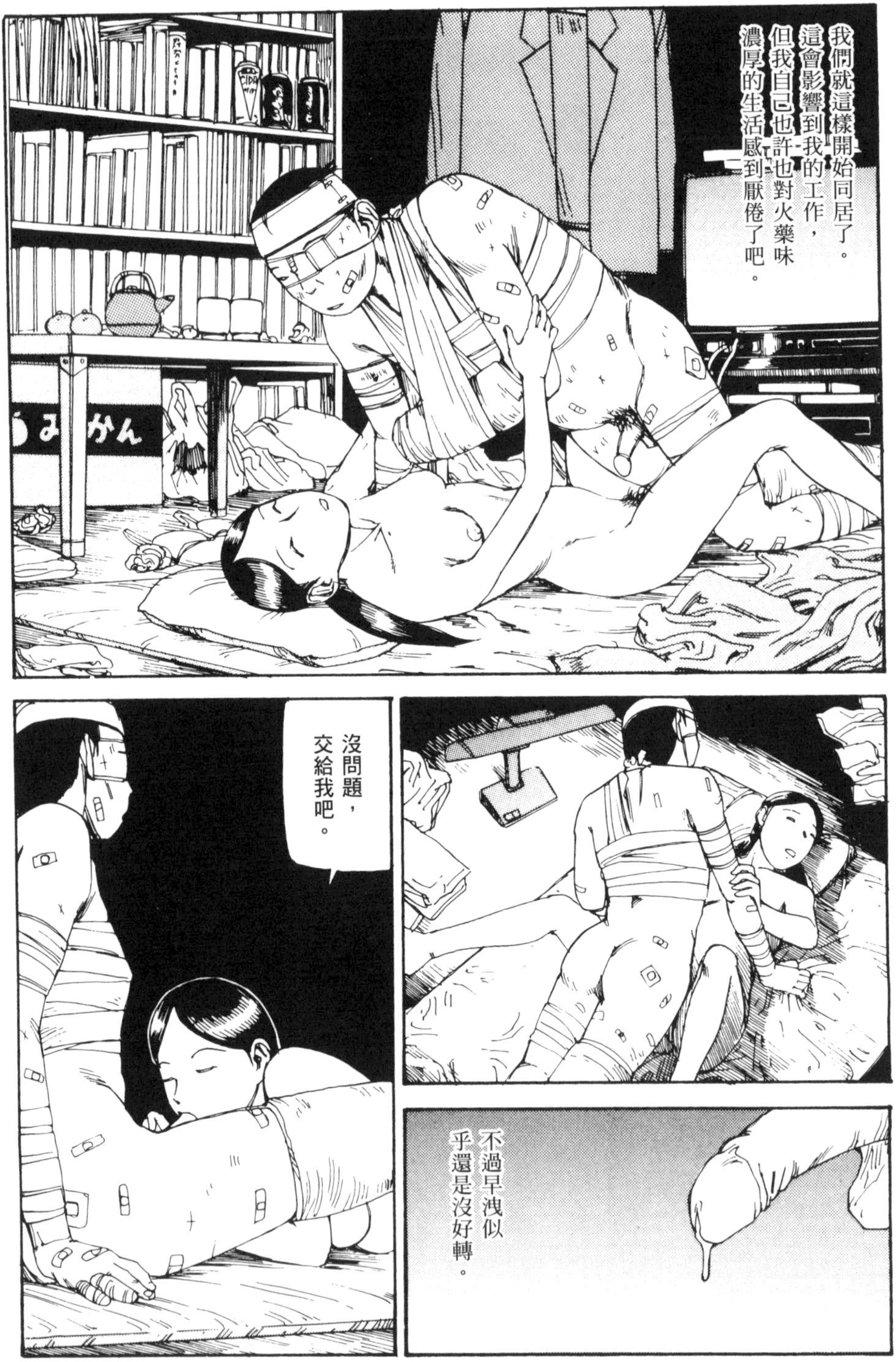
我們就這樣開始同居了。
這會影響到我的工作，
但我自己也許也對火藥味
濃厚的生活感到厭倦了吧。
みかん
不過早洩似
乎還是沒好轉。
沒問題，
交給我吧。

哇，
真厲害！
我真幸運啊！
萬衰——
啊啊，
原來這就是
幸福啊，
我一直忘了
它的滋味。
暫時休息
先別工作了吧。
心儀的她
高高在上，
看都不看
你一眼。
那就用
信紙炸彈吧!!
炸飛她兩、三根手指
你的心情也會舒坦
爽快許多的!!

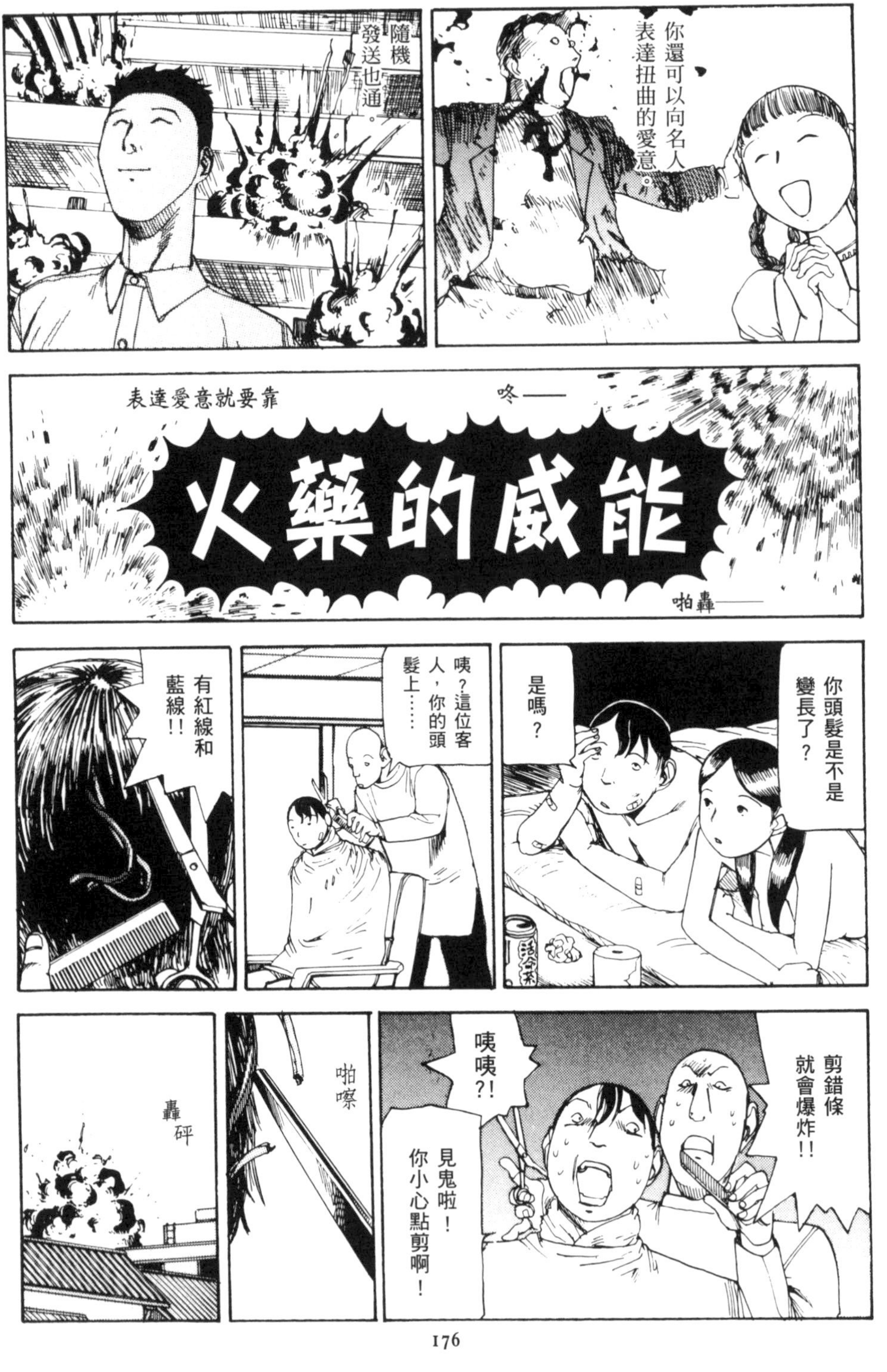
你還可以向名人表達扭曲的愛意。
隨機發送也通。
表達愛意就要靠
咚——
火藥的威能
啪轟——
你頭髮是不是變長了?
是嗎?
咦?這位客人,你的頭髮上……
有紅線和藍線!!
剪錯條就會爆炸!!
咦咦?!
見鬼啦!你小心點剪啊!
啪嚓
轟砰

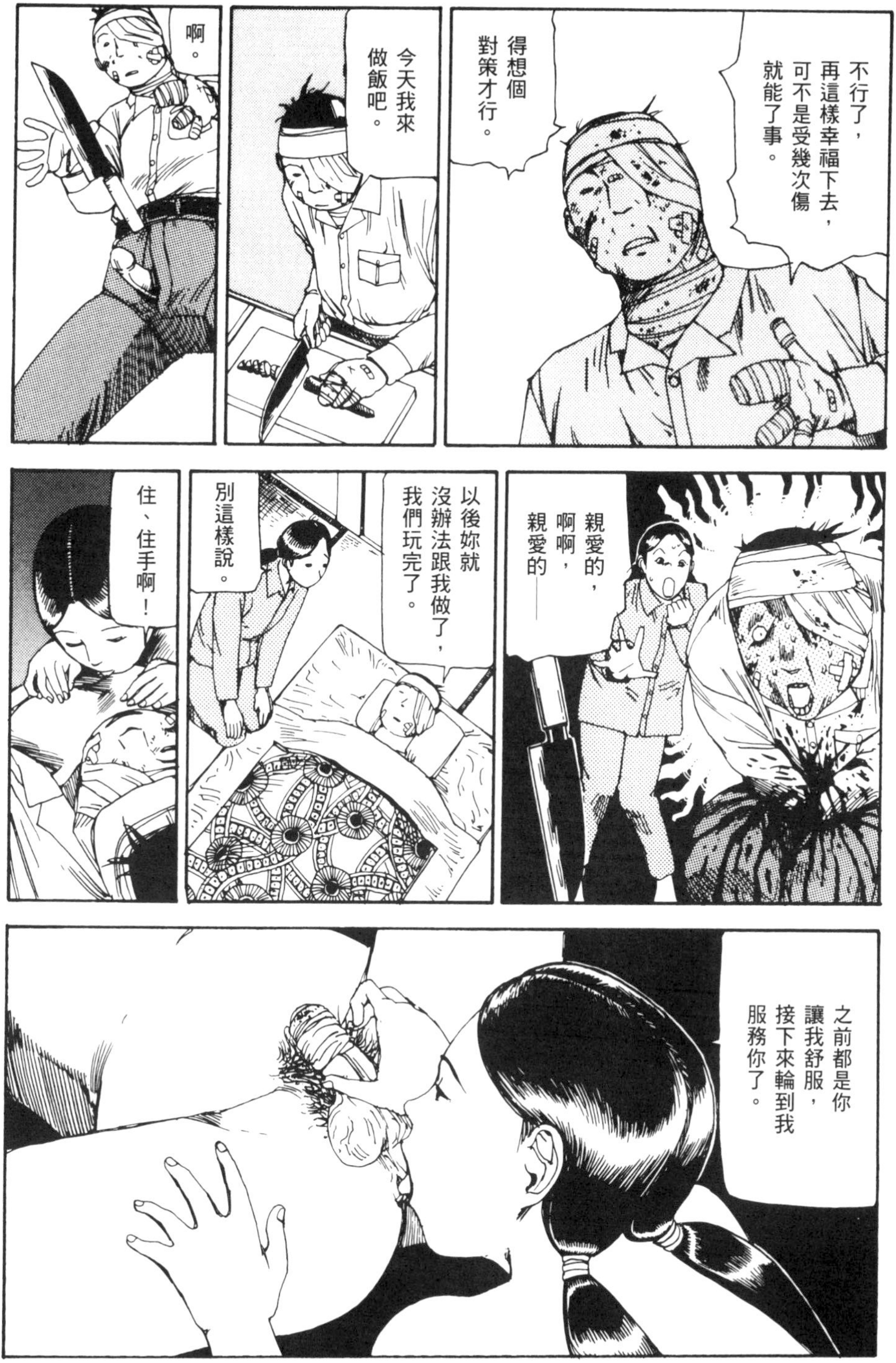
不行了，再這樣幸福下去，可不是受幾次傷就能了事。
得想個對策才行。
今天我來做飯吧。
啊。
親愛的，啊啊，親愛的——
以後妳就沒辦法跟我做了，我們玩完了。
別這樣說。
住、住手啊！
之前都是你讓我舒服，接下來輪到我服務你了。

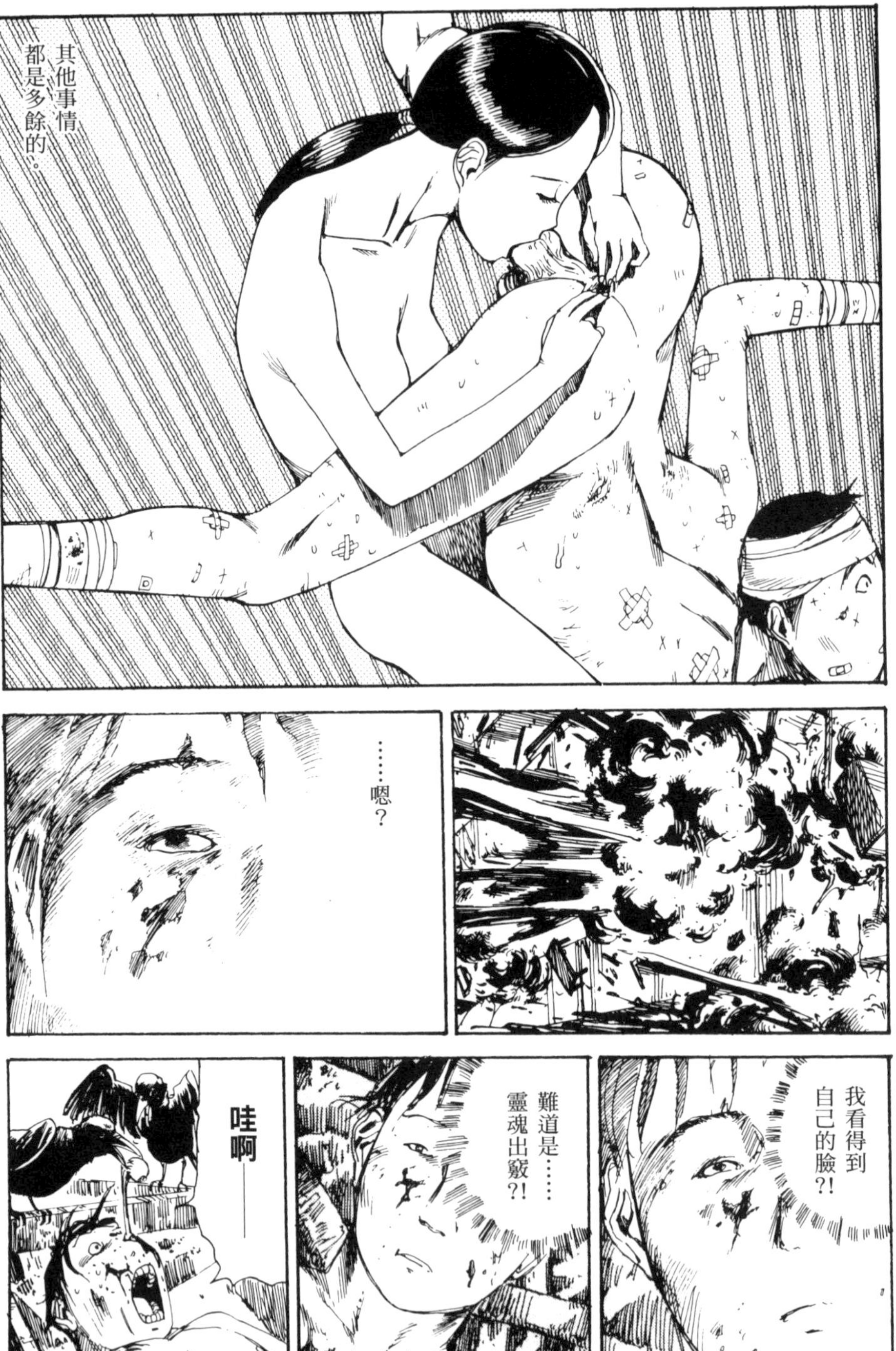
其他事情都是多餘的。
……嗯？
我看得到自己的臉?!
難道是……靈魂出竅?!
哇啊——

站前挖洞

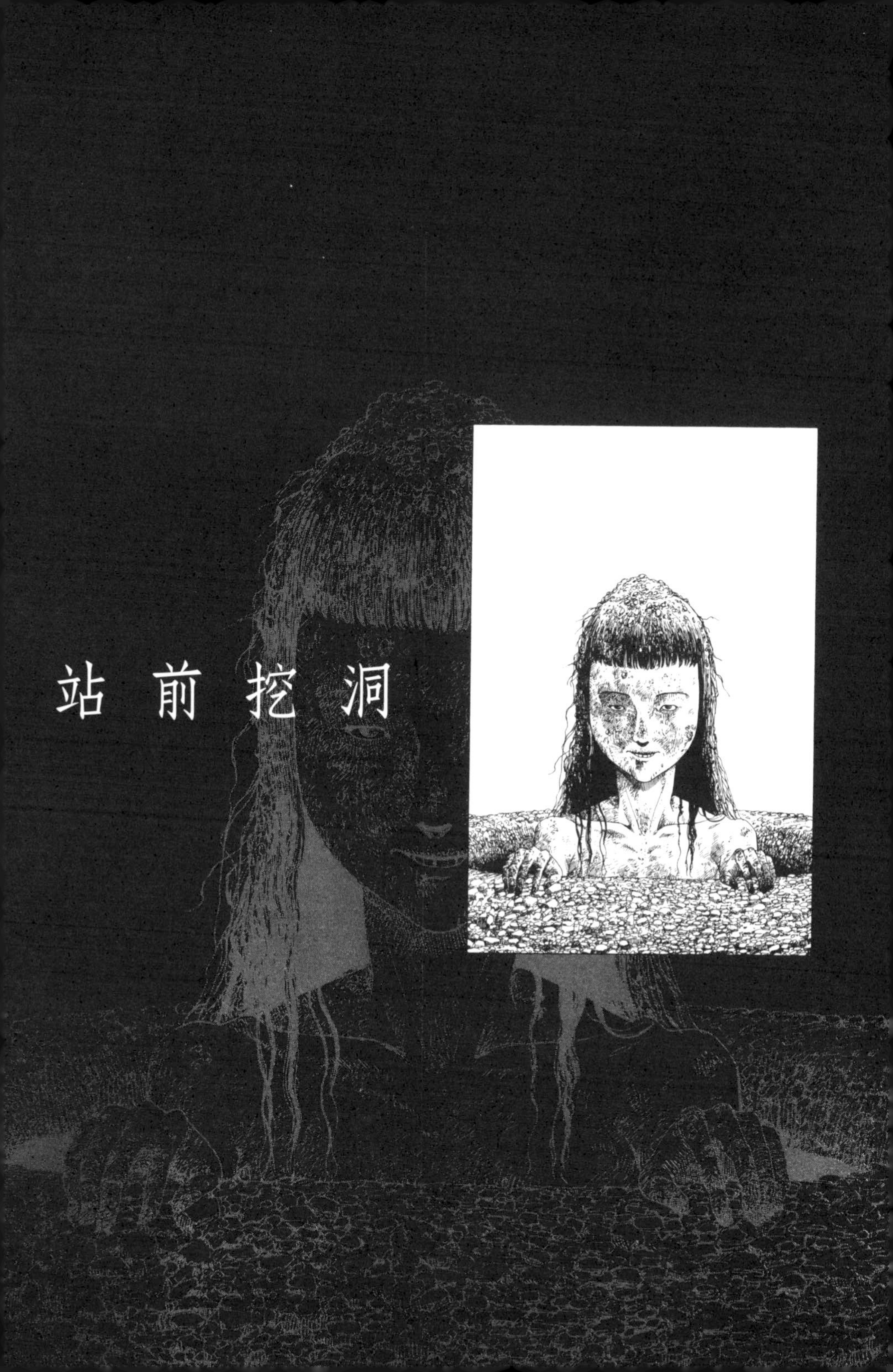

喂，那邊的先生，等一下！
不對，不對，不是那個方向。
右下，右下！
咦？你怎麼啦？
哎——真丟臉。
我原本在挖洞——
挖著挖著挖太深了，就出不去了。
你想必傷透了腦筋吧，來，我拉你一把。
不，不用了，失態的我不該造成別人的麻煩……
你不如給我一點食物吧。
感謝！
感謝！

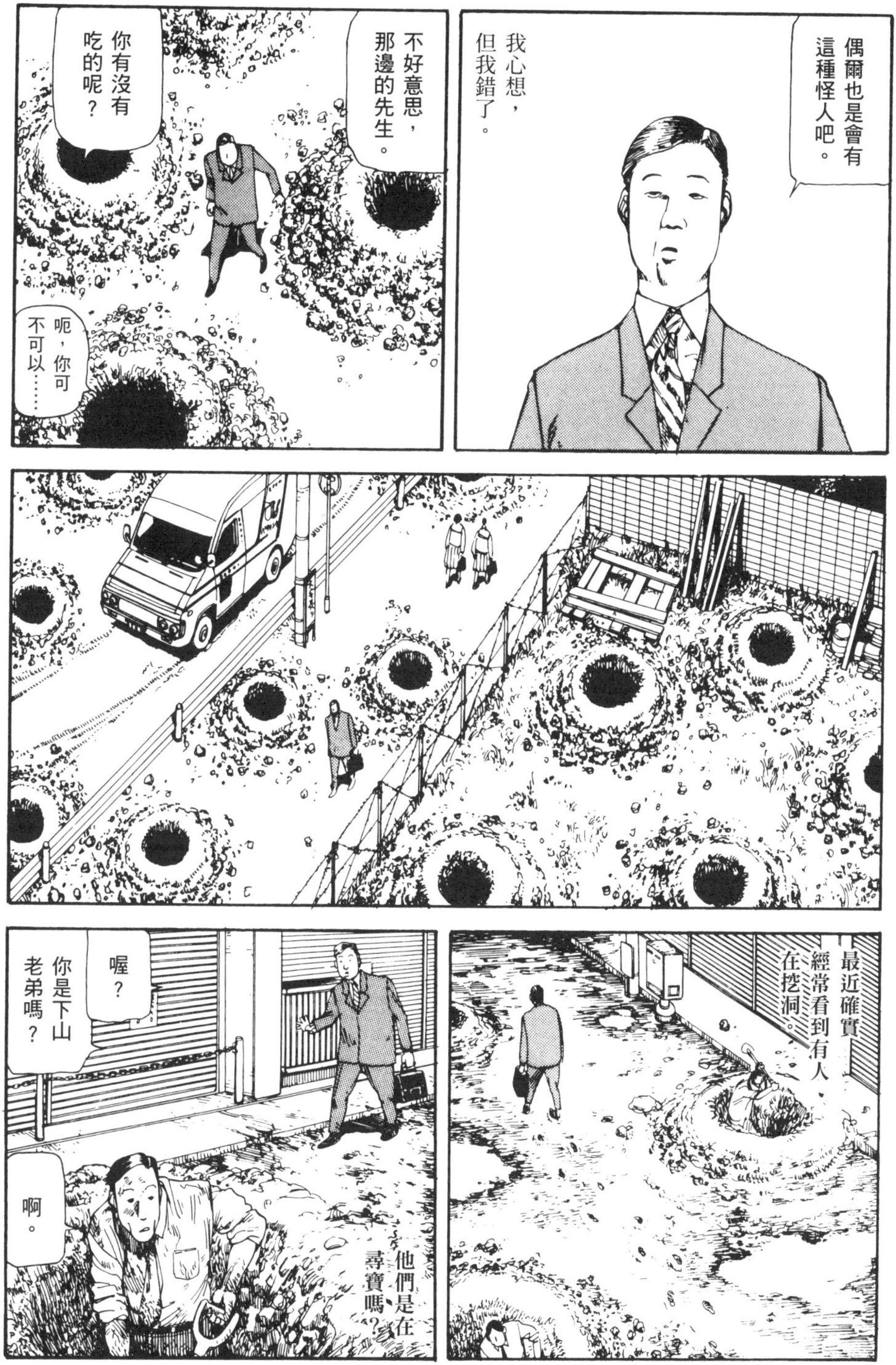
偶爾也是會有這種怪人吧。
我心想，但我錯了。
不好意思，那邊的先生。
你有沒有吃的呢？
呃，你可不可以……
最近確實經常看到有人在挖洞。
他們是在尋寶嗎？
喔？
你是下山老弟嗎？
啊。

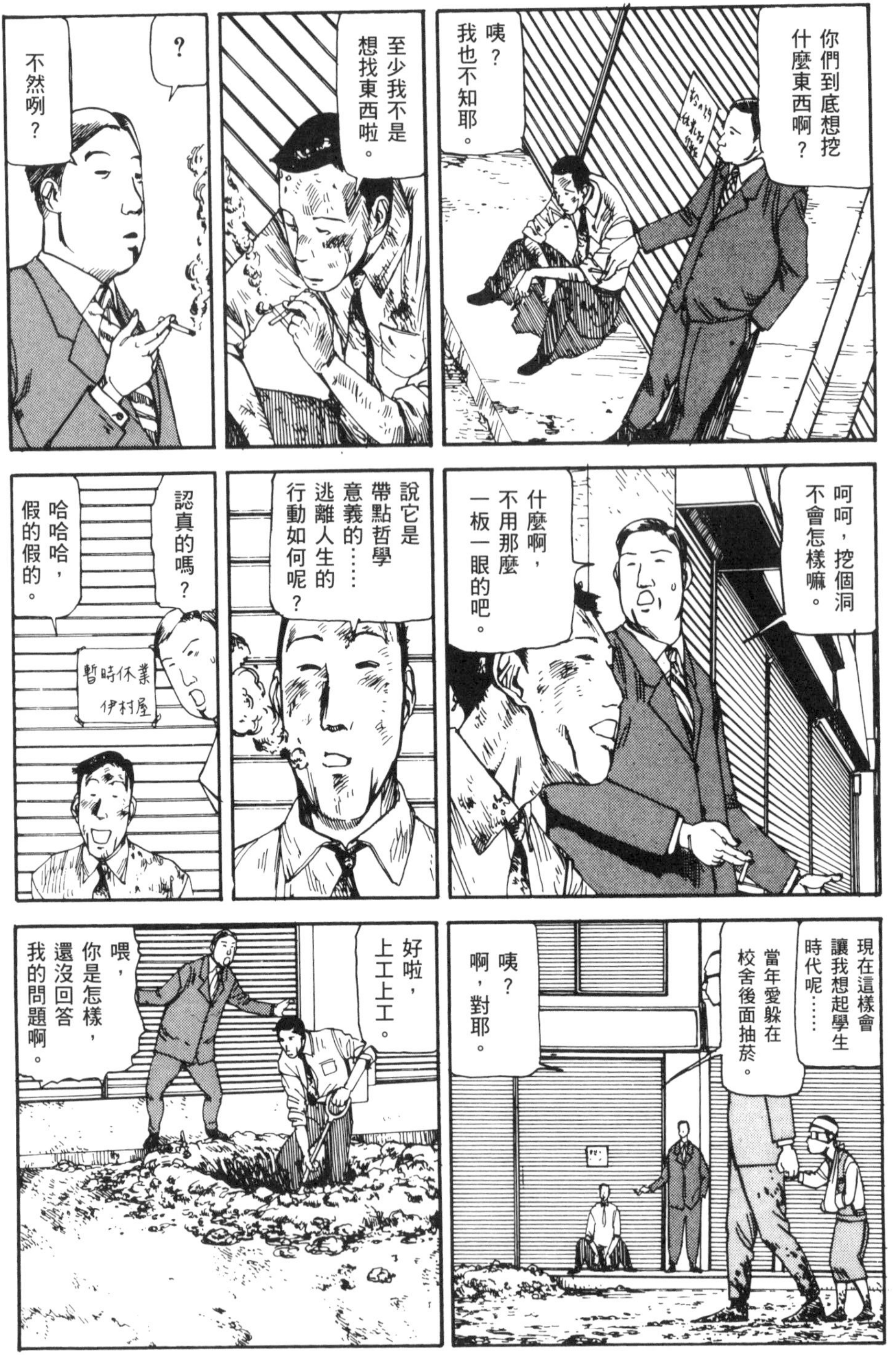
你們到底想挖什麼東西啊？
咦？我也不知耶。
至少我不是想找東西啦。
？
不然咧？
呵呵，挖個洞不會怎樣嘛。
什麼啊，不用那麼一板一眼的吧。
說它是帶點哲學意義的……逃離人生的行動如何呢？
認真的嗎？
哈哈哈，假的假的。
暫時休業
伊村屋
現在這樣會讓我想起學生時代呢……
當年愛躲在校舍後面抽菸。
咦？啊，對耶。
好啦，上工上工。
喂，你是怎樣，還沒回答我的問題啊。

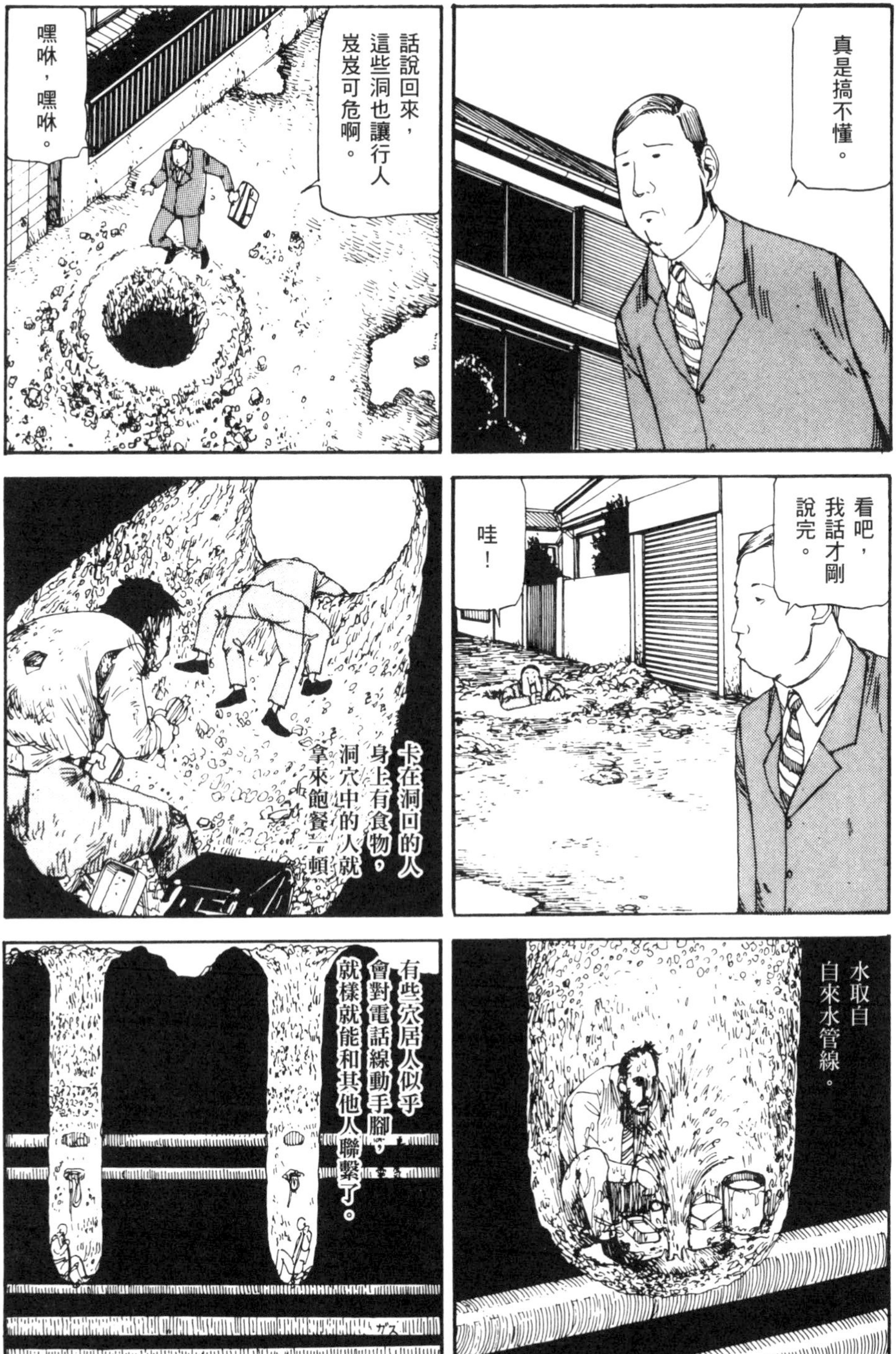
真是搞不懂。
話說回來，這些洞也讓行人岌岌可危啊。
嘿咻，嘿咻。
看吧，我話才剛說完。
哇！
卡在洞回的人身上有食物，洞穴中的人就拿來飽餐一頓。
水取自自來水管線。
有些穴居人似乎會對電話線動手腳，就樣就能和其他人聯繫了。
ガス

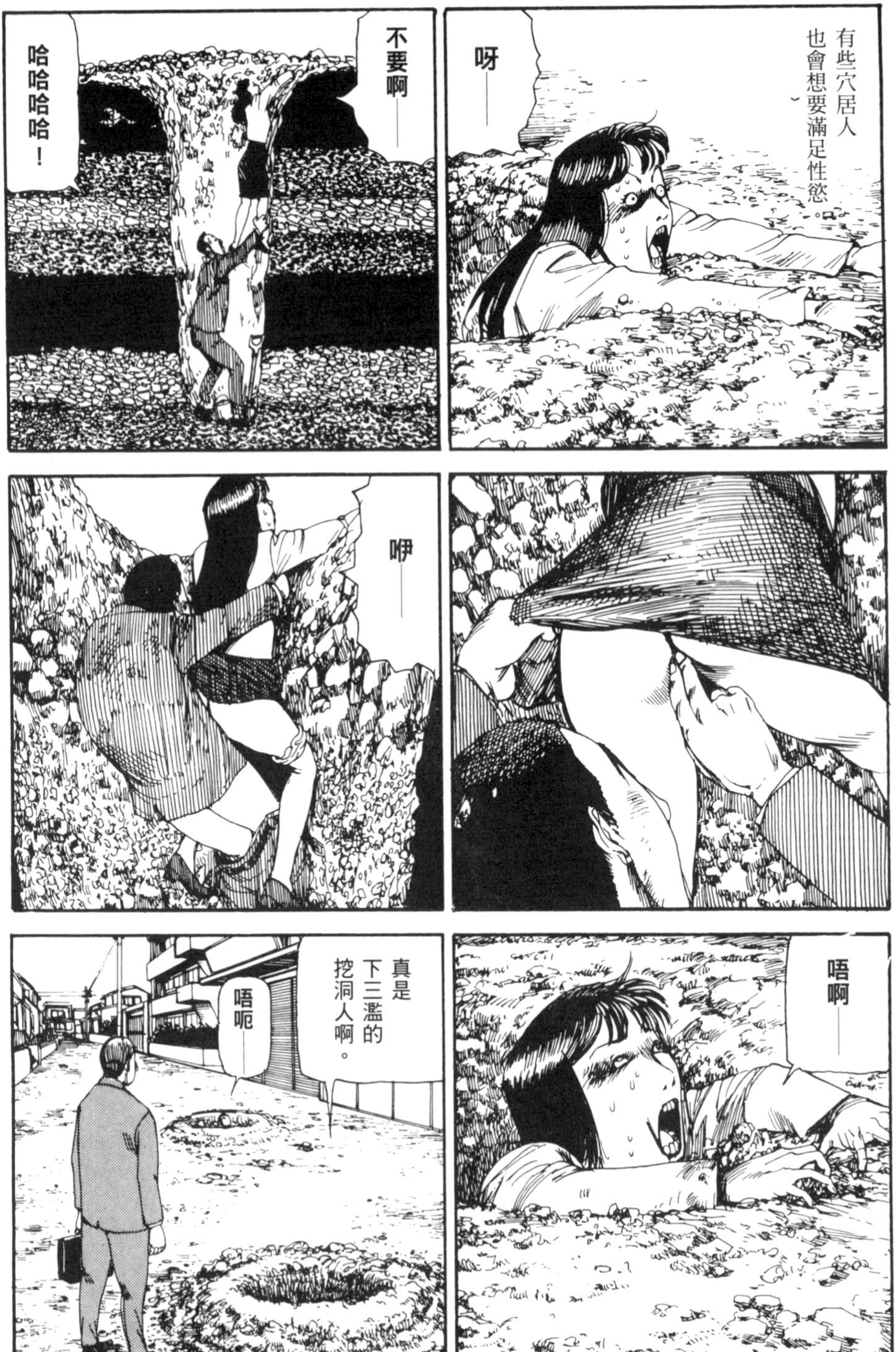
有些穴居人
也會想要滿足性慾。
呀——
不要啊——
哈哈哈哈！
咿——
唔啊——
真是
下三濫的
挖洞人啊。
唔呃——

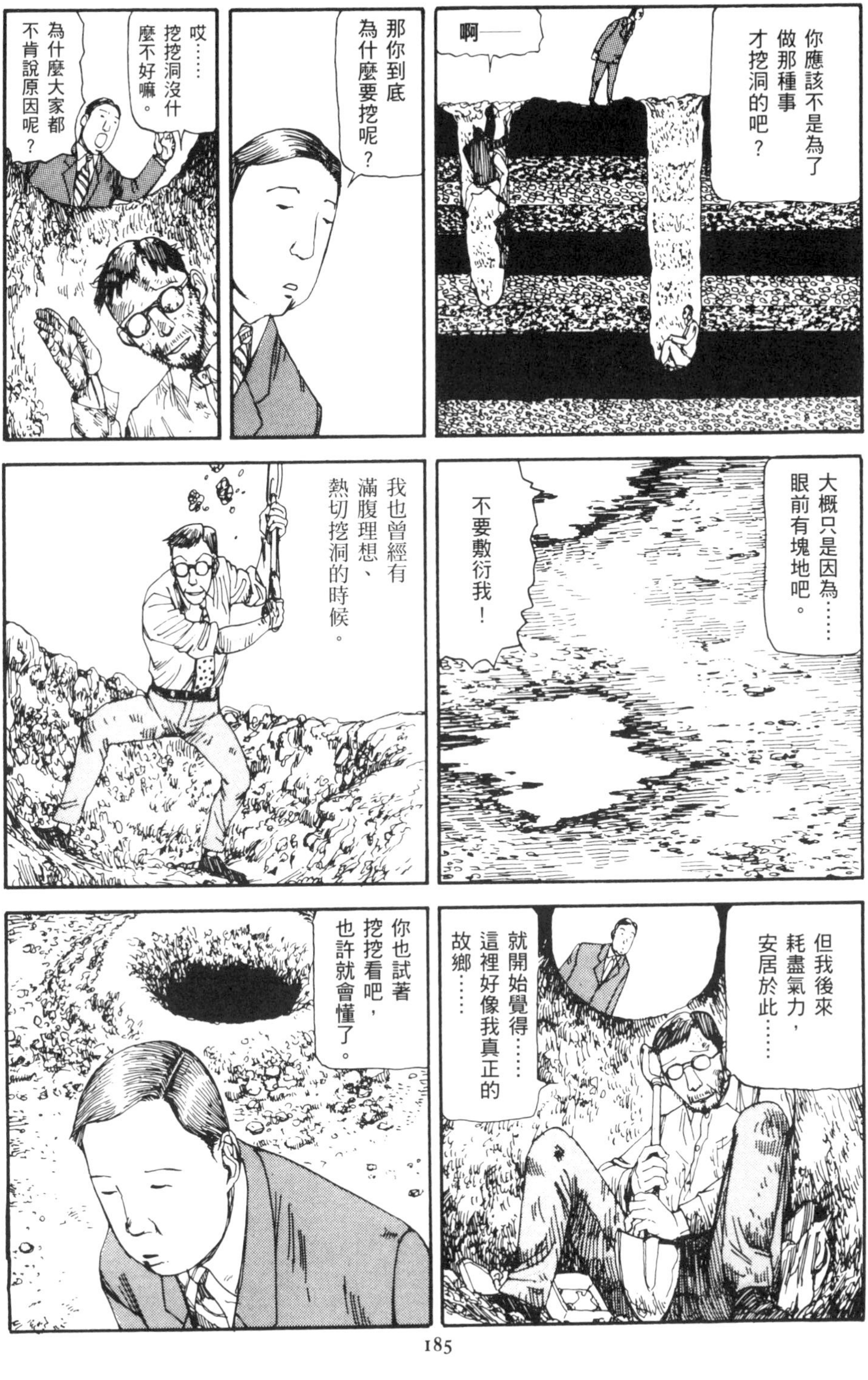
你應該不是為了做那種事才挖洞的吧？
啊——
那你到底為什麼要挖呢？
哎……挖挖洞沒什麼不好嘛。
為什麼大家都不肯說原因呢？
大概只是因為……眼前有塊地吧。
不要敷衍我！
我也曾經有滿腹理想、熱切挖洞的時候。
但我後來耗盡氣力，安居於此……
就開始覺得……這裡好像我真正的故鄉……
你也試著挖挖看吧，也許就會懂了。

要我挖洞?!什麼蠢話。
我才不會上當。
別把我和他們混為一…
談。

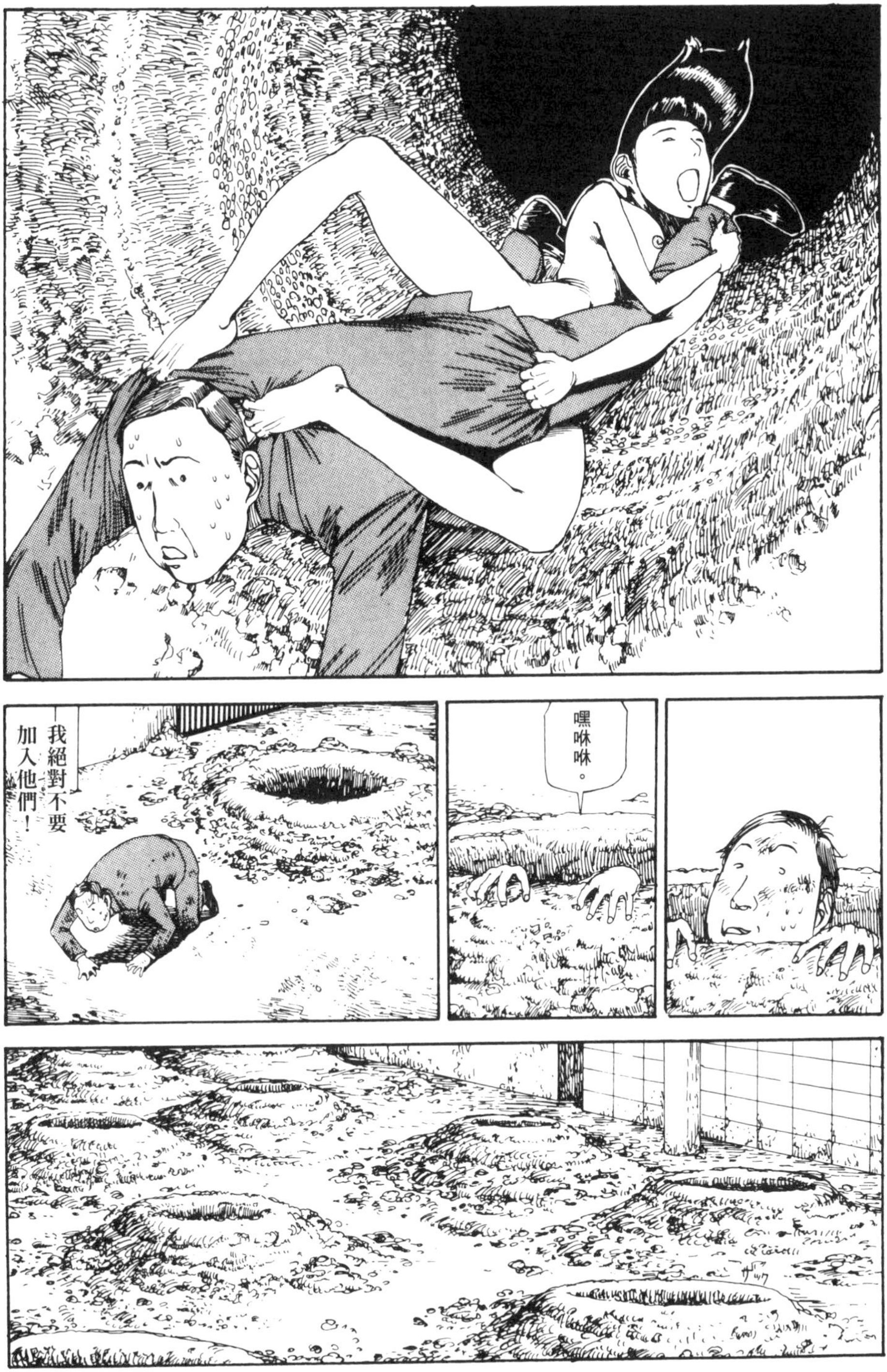
嘿咻咻。
我絕對不要加入他們！

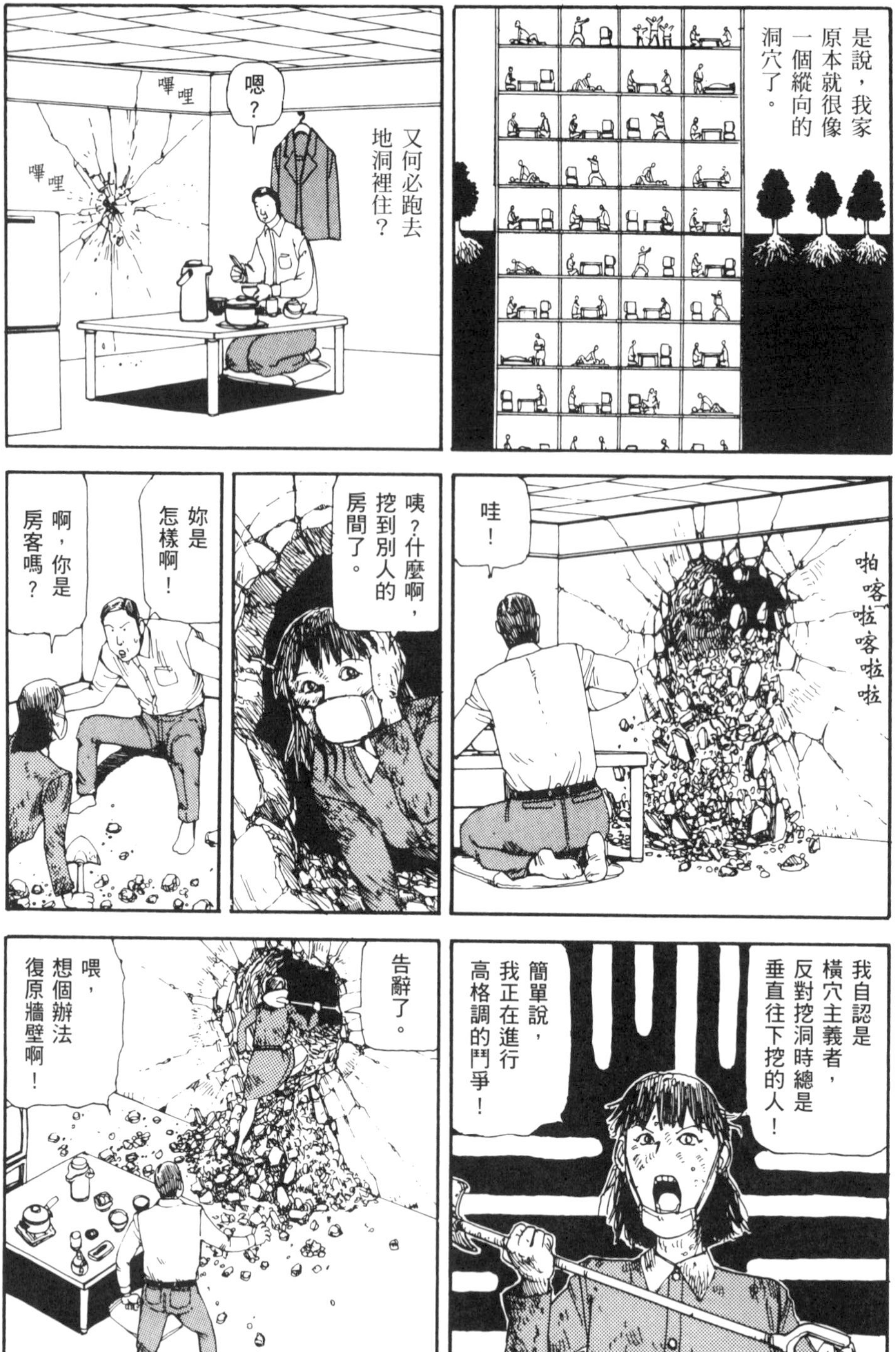
是說，我家原本就很像一個縱向的洞穴了。
嗯？
又何必跑去地洞裡住？
嗶哩
嗶哩
哇！
啪喀啦喀啦啦
咦？什麼啊，挖到別人的房間了。
妳是怎樣啊！
啊，你是房客嗎？
我自認是橫穴主義者，反對挖洞時總是垂直往下挖的人！
簡單說，我正在進行高格調的鬥爭！
告辭了。
喂，想個辦法復原牆壁啊！

後來又有好幾個橫穴主義者挖到我的房間來
我煩躁到不行決定在房間地板挖幾個洞。
隔天早上醒來，發現有好幾個橫穴主義者掉到我的坑裡
哈哈哈，洞很小，所以你們動彈不得吧。
總之先活埋他們再說，但這樣還是無法一掃心中煩悶。
到其中一個橫穴裡探險吧。
上方似乎有一個縱穴……好！

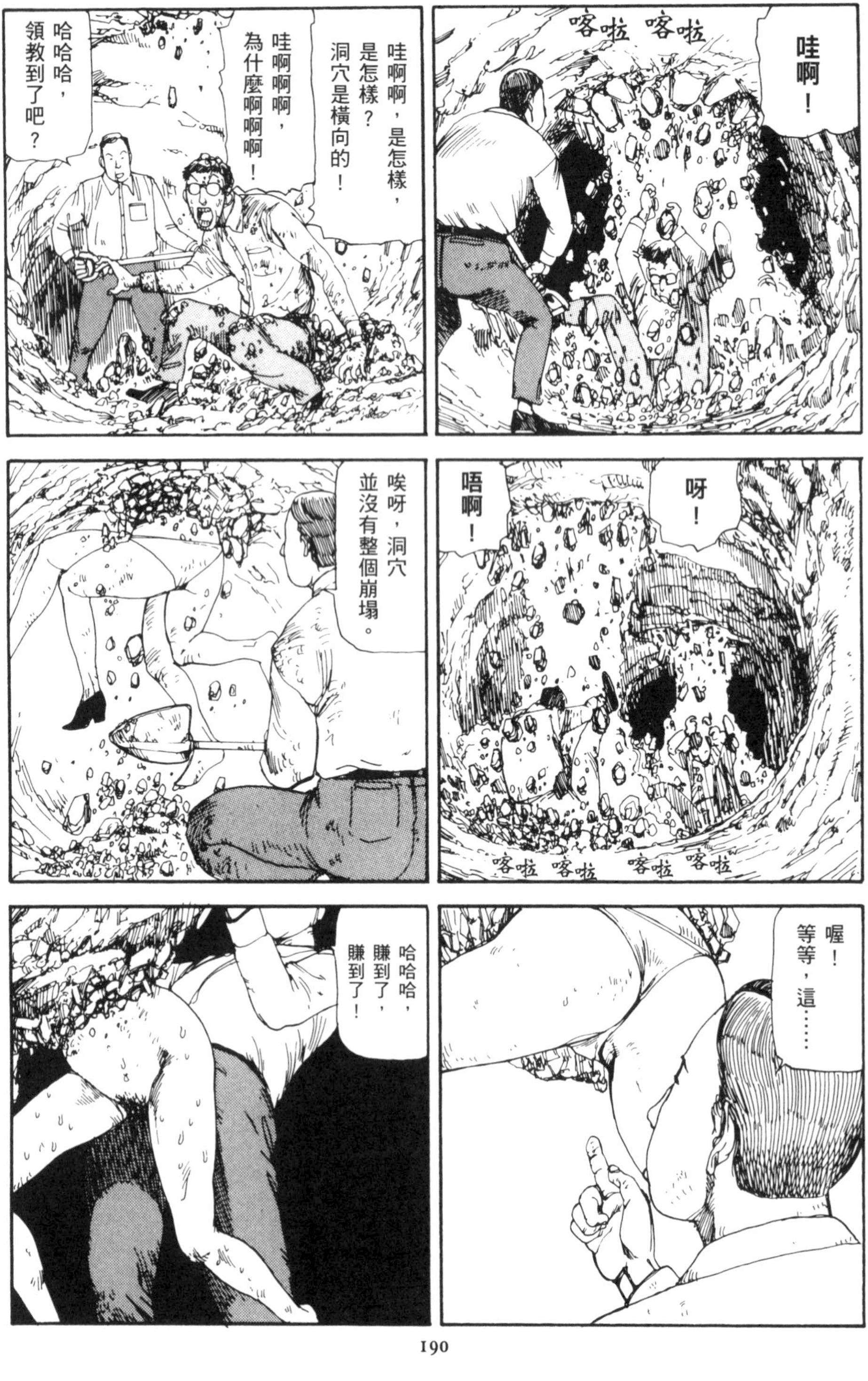
喀啦 喀啦
哇啊！
哇啊啊，是怎樣，是怎樣？洞穴是橫向的！
哇啊啊啊，為什麼啊啊啊！
哈哈哈，領教到了吧？
呀！
唔啊！
喀啦 喀啦 喀啦 喀啦
唉呀，洞穴並沒有整個崩塌。
喔！等等，這……
哈哈哈，賺到了，賺到了！

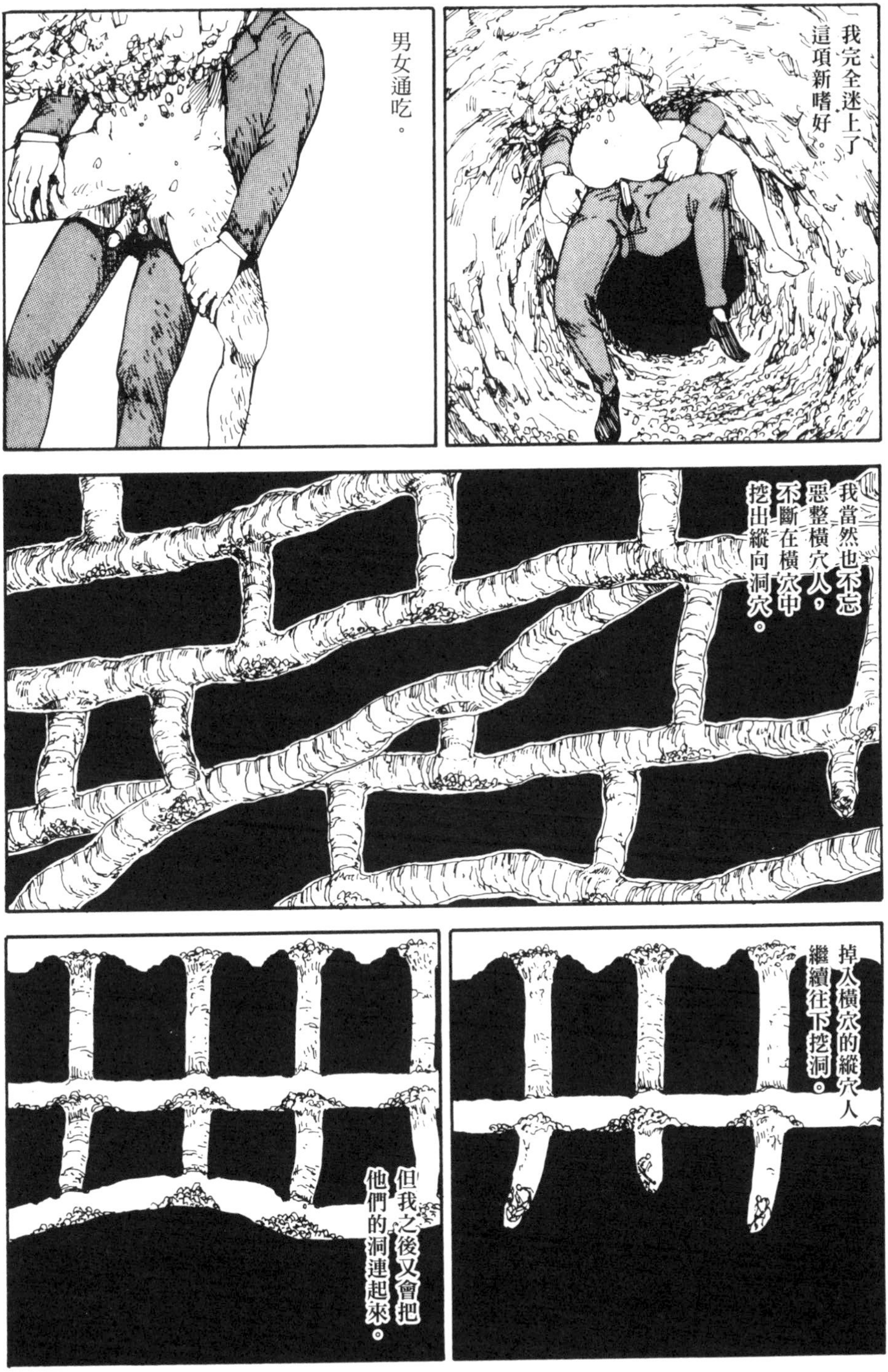
我完全迷上了這項新嗜好。
男女通吃。
我當然也不忘惡整橫穴人，不斷在橫穴中挖出縱向洞穴。
掉入橫穴的縱穴人繼續往下挖洞。
但我之後又會把他們的洞連起來。

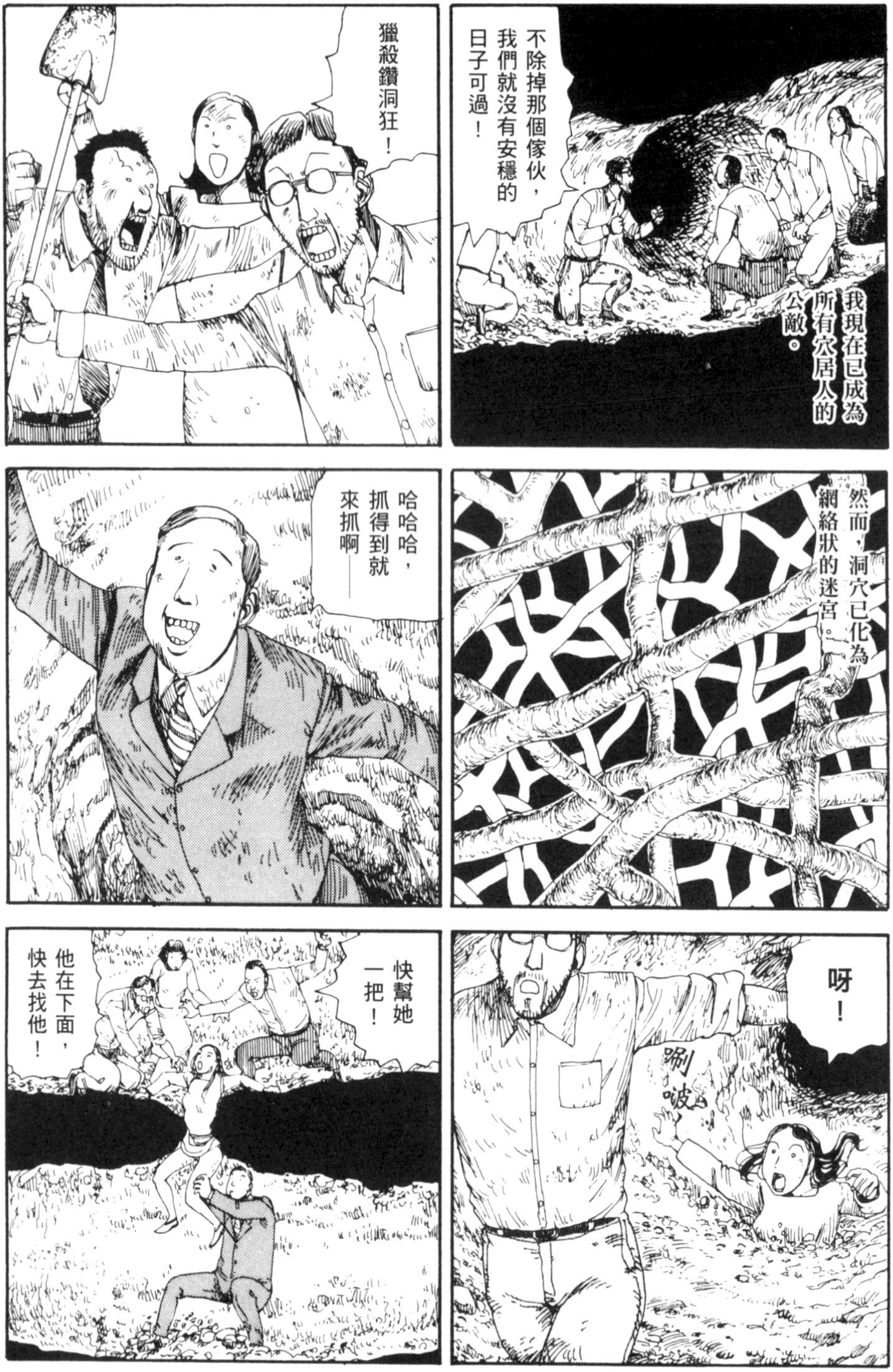
我現在已成為所有穴居人的公敵。
不除掉那個傢伙，我們就沒有安穩的日子可過！
獵殺鑽洞狂！
然而，洞穴已化為網絡狀的迷宮。
哈哈哈，抓得到就來抓啊——
呀！
唰啵
快幫她一把！
他在下面，快去找他！

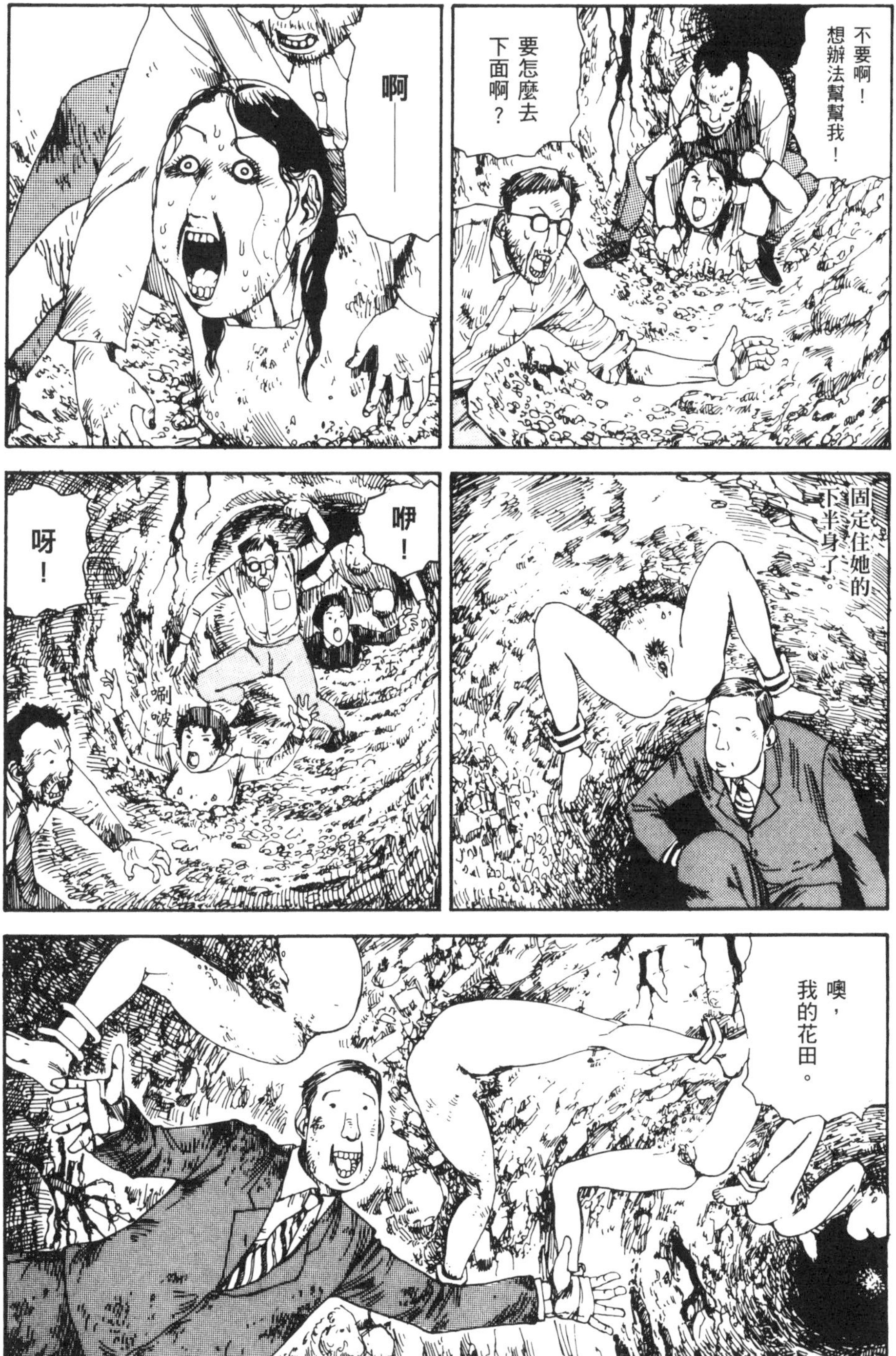
不要啊！想辦法幫幫我！
要怎麼去下面啊？
啊——
固定住她的下半身了。
咿！
呀！
唰啵
噢，我的花田。

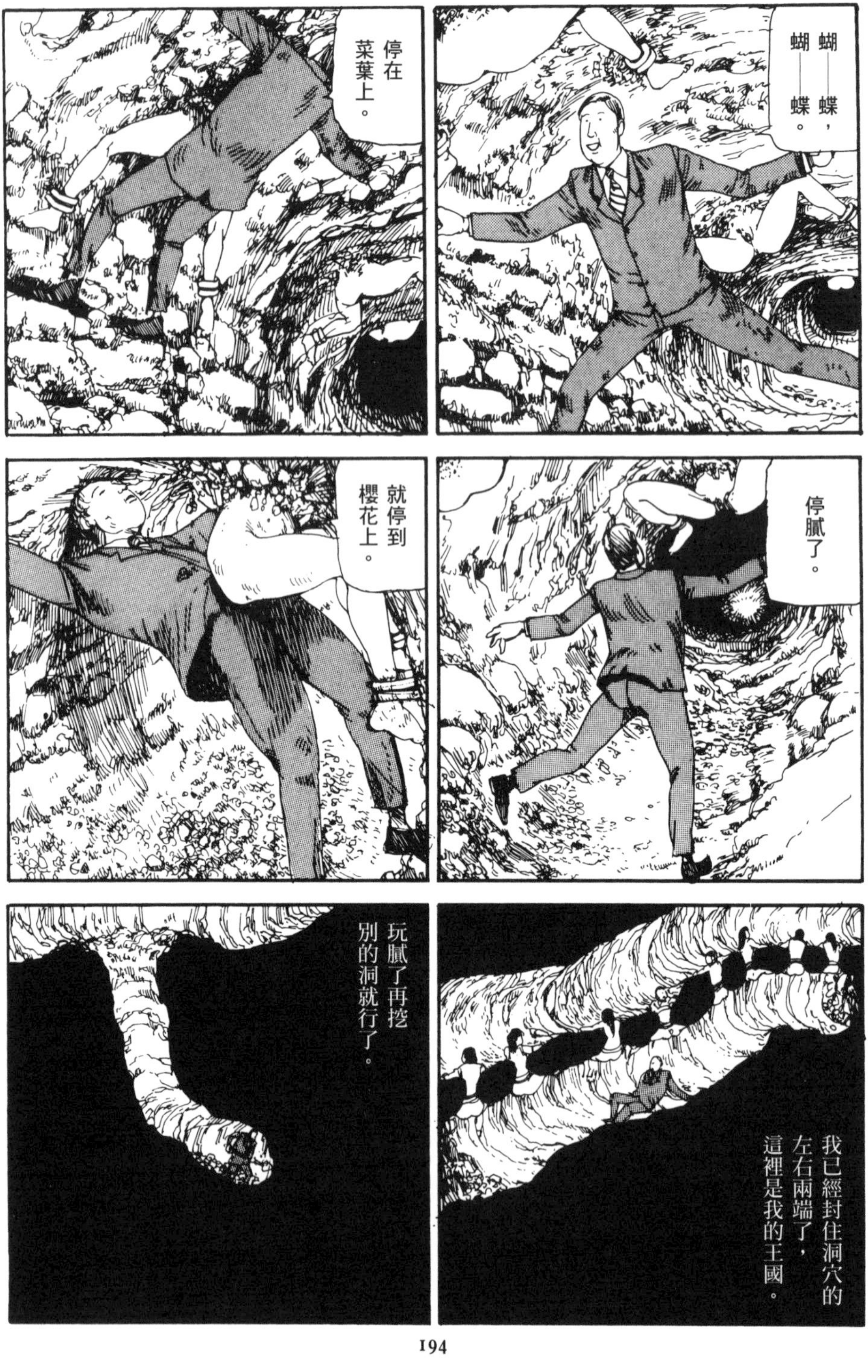
蝴——蝶，蝴——蝶。
停在菜葉上。
停膩了。
就停到櫻花上。
我已經封住洞穴的左右兩端了，這裡是我的王國。
玩膩了再挖別的洞就行了。

站前辭典

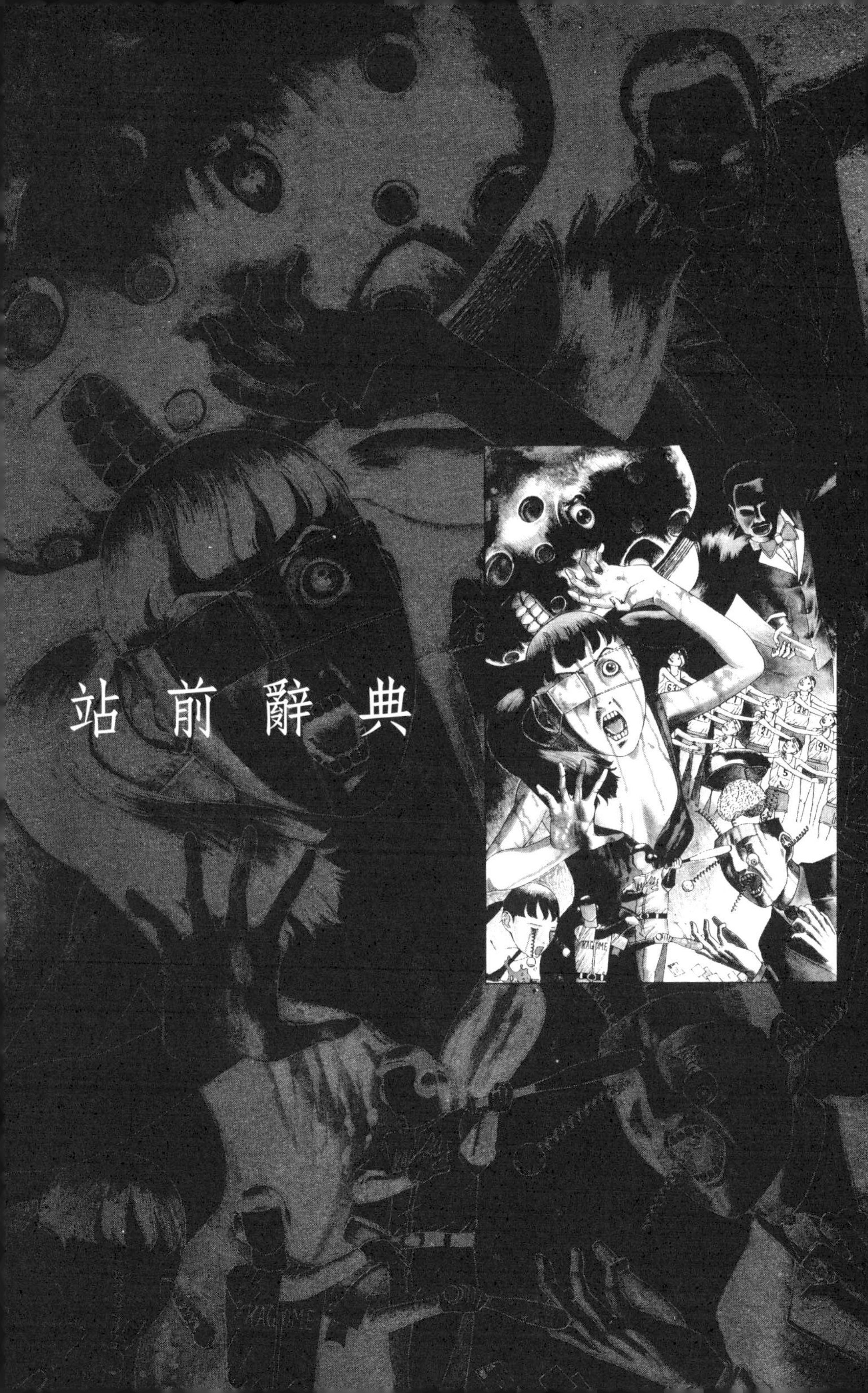

〔站前辭典〕

站前系列（駅前シリーズ）：豐田四郎導演，森繁久彌、伴淳三郎、Frankie 堺主演的喜劇電影系列，第一集為「站前旅館」（駅前旅館），總共有二十四集，彼此劇情並無聯繫，不過一貫以平凡庶民的生活場景為舞台。

〔站前安打〕

野球：運動的一種，一支隊伍有九個隊員，殺害最多敵隊隊員的隊伍就是贏家。

二郎：電影站前系列中固定登場的角色，由 Frankie 堺飾演。

介錯打者：消除切腹武士痛覺的專家，有他們在武士才不會痛太久。子承父業在這一個領域很常見。

〔站前奧運〕

奧運：每四年舉辦一次的世界級運動盛會。

聖火傳遞跑者：從希臘雅典出發，負責將聖火帶到奧運會場的跑者。本作中的跑者應該不是正規人員。

跳遠：競技項目，參賽者助跑後跳入沙坑，比誰跳得遠。在沙坑內預先埋幾個人讓他們只露出頭部，可增加刺激度。

跳水：奧運競技項目之一，從高處推下參賽者加以殺害。

呼吁：似乎是援用水木茂作品中常見的擬聲詞（？）。

〔站前郵局〕

郵差：將投入郵筒的郵件配送給收件人的國家公務員。最近人力短缺、收不完所有投遞郵件，因此常遭到投訴。

怎麼可以把寄到東京都內的信投進「其他地區」呢？…：作品中登場的郵差的台詞。現在的郵筒投入孔則是分有「信件・明信片」和「其他郵寄物」兩種。

山羊：收到信不先讀就直接吃掉的動物，很令人頭痛。牠寫去向對方詢問原信內容的信也會被吃掉，所以他們的通信永遠沒完沒了。最近開始利用電子郵件。

國營機構終究不知變通啊：一心想向郵差復仇的少女的台詞。作者在寫不起眼的台詞時也不忘展現諷刺精神，足見他多麼有才。

〔站前穩上〕

選舉海報：和偶像海報、電影海報

一樣，是收藏家喜歡收藏的東西。

候選人：從事選舉活動、想大出風頭的人，腦袋裡裝滿誇大妄想的狂人。

不倒翁：四肢被砍斷，一隻眼睛被挖出來的人類。當選人會把另一隻眼睛塞回去。

〈站前預報〉

氣象預報員：預測天氣的專家，要通過國家考試才有執業資格。他們的預測手法仍是謎。

低氣壓：容易在人群密集處（長時間排隊的隊伍、客滿電車等等）形成，一旦發達會造成嚴重死傷。

強化服：未來系科幻作品（尤其是動漫畫）中不可或缺的小道具，本作中的功用是撐起巨大的雨傘。

〈站前漫才〉

寒空英京：第二次漫才熱潮時期的頂尖藝人，吐槽畑山因道（兩人下了舞台其實是夫婦）的手法絕妙，獲得觀眾一片好評，但也受到親師會（PTA）砲轟，理由是小孩子會有樣學樣。

三遊亭圓樂：握有大喜利實權的落語會大老，必殺技是「拿掉所有的坐墊」，中招者往往會當場身亡。

吐槽過度致死：表演驚嚇漫才時容易發生的意外。打人不知輕重的新手藝人容易犯的失誤。作者似乎相當喜歡這個情境，在其他作品中也常使用。

就是因為小確性：這是譯者改編的符合中文邏輯的哏，原為「当たり前田のクラッカー」（當然的啊前田製菓），是一九六二至六八年間放映的超人氣電視節目「應該是那樣吧斗笠」（てなもんや三度笠）中，藤田誠飾演的「勾芡時次郎」（あんかけの時次郎）使用的招牌搞笑橋段。「當然」（atarimae）尾二音節與「前田」（maeda）頭二音節同音，因此可以串在一起。前田製菓是「應該是那樣吧斗笠」的贊助商，這個橋段等於是置入性行銷。

全家就是你家：這是譯者改編的符合中文邏輯的哏，原為「わたしゃも少し背が欲しい」（我想再長高一點），為音樂搞笑團體玉川四重奏（玉川カルテット）的招牌搞笑橋段：「我不要錢也不要女人，我想再長高一點。」

植木等：一找到機會就介入他人的行動，之後撇下一句話就離開：「您沒叫我來？真是失禮了。」令人極度困惑的怪人。

鐵折扇：道具，用來殺害老愛講冷笑話的人。

這直條紋手帕只要這樣一弄就會變成橫條紋的：講話有埼玉腔的搞笑魔術師 Maggie 四郎（マギー四郎）的哏。

漂流者狂熱粉絲：六、七〇年代出生的人受到「漂流者大爆笑」（ドリフ）這節目影響的機率很高，容易變成狂熱粉絲。儘管如此，成年男子還是不該強迫別人表演搞笑橋段，這是可恥的行為。

〔站前彈簧〕

吃驚眼：表現「驚訝」的漫畫技法之一。眼球跳出眼眶外的表現手法在四〇年代的美國米高梅短篇動畫中很常見，人稱「T・艾弗瑞（Tex Avery）風格」；T・艾弗瑞是動畫分鏡師的名字。假牙掉出來、頭部脫離身體、假髮脫離頭部、心臟跳出體外、四肢解體也常用於表現驚訝。

彈簧技師：裝設萬物之動力來源——彈簧的技師。彈簧力已是生活中不可或缺的動力，但它造成的意外也多，許多人因而對依賴彈簧的生活抱持疑慮。

江戶蕎麥麵：現實中存在的一家老店，位於東京龜戶。他們會在麵條中加入彈簧以增加麵的嚼勁，麵迷都知道。

〔站前打包〕

打包員：國家公務員，職責是依顧客需要打包各種東西（有時得打包人類）。

漫畫中的場景令人聯想到藝術家克里斯多（Christo）的捆包藝術。

幸福到底在哪裡？…主角的台詞。真的好想知道它在哪裡。

〔站前穿孔〕

穿孔師傅：接受內心忐忑不安者的請託，在對方不安情緒的根源上穿孔的技師，通過國家考試才有資格執業。

靈魂轉移現象：超自然現象，指接受器官捐贈者連器官原主的性格或記憶也一併接受。有人將它解釋為靈異現象，不過有更有力的說法：患者從護士或醫師那裡得到捐贈人的情報，結果無意識中受到影響。

〈站前抽吸〉

抽吸員：應顧客要求抽吸各種東西（大便、嘔吐物等等）的作業員，幾乎都會擔任特定店家的專屬員工，不然就是會在有打契約的數間店家之間移動。

本作主角應該是以森一生導演作品《某殺手》（ある殺し屋）當中的市川雷藏為原型。

〈站前爆炸〉

火藥：有助突破僵局的利器，可用於紓壓、改善病狀，不過也不該做得太過火。惡作劇炸飛別人兩、三根手指頭就差不多了，炸死人前要先慎重考慮。

地雷區斥侯：引導一般用路人閃避地雷的國家公務員。

萬衰：本作主角的女高中生女友的台詞，似乎是引用自杉浦茂漫畫的台詞。

杉浦茂的作品畫風獨特，還有許多語意精妙的台詞，作者似乎深受影響。例如「討厭怕怕」、「辦噗到」、「掰掰不要打什麼柏青哥」等等。

靈魂出竅：人類的靈魂與肉體分離的現象。

〈站前挖洞〉

挖洞現象：曾風行一時的休閒活動（？）。

說到洞，法國導演雅克・貝克（Jacques Becker）的電影《洞》（Le Trou）相當有名，但直接影響本作的作品似乎是漫畫家吾妻日出夫的〈縱穴式〉。

小林桂樹：老牌男演員，〈站前挖洞〉主角就是以他為原型。在東寶社長系列電影中，他固定擔綱演出森繁社長的秘書。

反動份子：從事反社會運動的人。

作者似乎喜歡反社會運動、恐怖主義這種題材，在其他作品中也經常使用。

要怎麼去下面啊？：主角忙著到處惡整挖洞人的期間，其中一個挖洞人對他說的台詞。讀者讀到這裡會想：老老實實往下挖不就得了？但也可以解讀成挖洞人過於心慌意亂才做出這種發言，不至於說不通。

PaperFilm 視覺文學 FC2013

喜劇站前虐殺

作　者　駕籠真太郎
譯　者　黃鴻硯
選書・策畫　鄭衍偉（Paper Film Festival 紙映企劃）
責任編輯　謝至平
封面設計　潘振宇
行銷企畫　蔡宛玲、陳彩玉、陳玫潾

發行人　涂玉雲
總經理　陳逸瑛
編輯總監　劉麗真
出　版　臉譜出版
城邦文化事業股份有限公司
台北市民生東路二段141號5樓
電話：886-2-25007696
傳真：886-2-25001952

發　行　英屬蓋曼群島商家庭傳媒股份有限公司城邦分公司
台北市中山區民生東路141號11樓
客服專線：02-25007718；25007719
24小時傳真專線：02-25001990；25001991
服務時間：週一至週五上午09:30~12:00；下午13:30~17:00
劃撥帳號：19863813　戶名：書虫股份有限公司
讀者服務信箱：service@readingclub.com.tw
城邦網址：http://www.cite.com.tw

香港發行所　城邦（香港）出版集團有限公司
香港九龍九龍城土瓜灣道86號順聯工業大廈6樓A室
電話：852-25086231或25086217
傳真：852-25789337
電子信箱：citehk@biznetvigator.com

新馬發行所　城邦（新、馬）出版集團
Cite（M）Sdn. Bhd.（458372U）
41, Jalan Radin Anum, Bandar Baru Sri Petaling,
57000 Kuala Lumpur, Malaysia.
電話：603-90578822
傳真：603-90563833
電子信箱：services@cite.my

一版一刷　2015年10月
一版十刷　2023年12月
ISBN 978-986-235-468-1
售價：260元